사랑 그리고 다른 사고실험들

LOVE AND OTHER THOUGHT EXPERIMENTS
by Sophie Ward

Copyright © 2020 by Sophie Ward
All rights reserved.

Korean Translation Copyright © 2025 by MUNHAKDONGNE Publishing Corp.
Korean Translation rights arranged with
United Agents LLP through EYA(Eric Yang Agency).

이 책의 한국어판 저작권은 EYA(Eric Yang Agency)를 통해
United Agents LLP사와 독점 계약한 (주)문학동네에 있습니다.
저작권법에 의해 한국 내에서 보호를 받는 저작물이므로
무단 전재 및 무단 복제를 금합니다.

사랑 그리고 다른 사고실험들

소피 워드 장편소설
이수현 옮김
SOPHIE WARD

LOVE AND
OTHER THOUGHT
EXPERIMENTS

문학동네

일러두기
1. 주석은 모두 옮긴이주다.
2. 본문 중 고딕체는 원서에서 이탤릭체나 대문자로 강조한 부분이다.

레나에게

차
례

:

1. 개미 13

2. 게임 체인저 51

3. 선베드 83

4. 아마이징 111

5. 클레멘티눔 139

6. 골딜록스 존 163

7. 아서리시스 193

8. 스스로에게 새로운 223

9. 제우스 257

10. 사랑 279

참고문헌 318
감사의 말 325
옮긴이의 말: 기이하게 이어진 세상 속에서 327

상상은 어떤 상태가 아니다. 인간 존재 그 자체다.
—윌리엄 블레이크, 「밀턴: 두 권으로 이루어진 시」

그런 꿈들은 계속 머릿속에 남아서 나의 생각들을 변화시켰어. 마치 와인이 물에 섞이듯이 거듭거듭 내 안에 퍼져서, 내 마음의 색을 바꿔놓았지.
—에밀리 브론테, 『폭풍의 언덕』

인공 지능에서 더 진전을 이루려면, 우리는 살아 있는 것들에 대한 경외심을 포기해야 할 것이다.
—대니얼 데닛, 『의식을 말하다: 저명한 인지 과학자 스무 명과의 인터뷰』

레이철은 일라이자가 부엌에 두고 간 잡지를 집어들었다. 표지에는 어떤 남자의 머리에 뿌리내린 나무가 그려져 있었고, 그 위로 잎사귀가 달린 나뭇가지들이 엉성하게 얽혀 만들어진 왕관이 태양을 향해 솟아 올랐다. 일라이자가 평소 읽는 책에 나올 법한 그림은 아니었다. 레이철은 잡지를 넘겨 보았다.

"사고실험이란 사물의 본질을 연구하는 데 쓰이는 상상의 장치다."

거창하네. 레이철은 그렇게 생각했지만, 그 말의 울림이 마음에 들었다. 과학자들에게 이용당한 사연들이 떠올랐다. 나도 사고실험이 될 수 있어. 일라이자가 굳은 머리를 자극하려고 생각해낸 무언가.

그날 밤 레이철은 침대에 들면서 일라이자에게 물었다. "내가 사고실험이라면, 어떤 사고실험일까?"

"네가 사고실험이 될 수 있을지 모르겠는데. 사고실험은 어떤 문제를 생각하도록 돕기 위한 거야." 일라이자가 말했다.

"상상할 수 있다면, 가능한 거잖아."

"그렇게 볼 수도 있겠지."

"그러니까," 레이철은 일라이자가 들고 있던 책을 밀어내고 애인을 보며 눈을 깜박였다. "날 상상해봐."

일라이자는 미소 지으며 고개를 가로저었다. "공상가가 사실주의자와 만나면 이런 일이 벌어진다니까."

"누가 어느 쪽인지 잘 모르겠는걸. 시간 끌지 말고." 레이철이 일라이자의 겨드랑이를 찔렀다.

"알았어! 사고실험이 되고 싶단 말이지? 좀비가 될 수 있겠다! 아니, 아니다, 생각났어. 그렇지, 너는 흄의 비어 있는 푸른 색조[*]야. 눈으로 본 적이 없어도 떠올릴 수 있는 색깔. 만족해?"

흄의 비어 있는 푸른 색조라. 레이철은 베개에 머리를 누이며 생각했다. 그래. 그거 괜찮은데. "더 말해봐."

---

* 관련된 감각경험이 없어도 우리의 의식이 자체적으로 발상을 할 수 있다는 철학자 흄의 주장.

ND # 1
개미

파스칼의 내기

17세기 수학자 블레즈 파스칼은 신은 존재하거나 존재하지 않거나 둘 중 하나고 우리는 신의 존재에 관한 입장을 정해야 하기 때문에, 모두가 내기에 참여할 수밖에 없다고 주장했다. 신에게 인생을 바친다면 유한한 판돈(신이 존재하지 않을 경우 끝인 현세의 삶)을 걸어서 (무한한 내세의) 무한한 행복을 얻을 수 있다. 신에게 인생을 바치지 않는다면 유한한 일생을 걸고 지옥에서의 무한한 불행을 얻을 수도 있다. 이 논리에 따르면, 얻을 수도 있는 무한한 이득이 유한한 손해를 훨씬 넘어선다.

그러나 여기에는 무한히 행복한 삶을 획득할 무한한 가능성이 있고, 반면에 질 가능성은 유한하고 판돈도 유한하다.

블레즈 파스칼, 『팡세』, 272편.

"지금 이리로 개미가 옮겨왔어." 레이철이 자그마한 몸을 떨더니 베개를 뒤집었다.

일라이자는 책을 읽다 말고 눈을 들었다.

"개미 말이야. 거실에 있던. 우리를 따라 여기로 들어왔어." 레이철이 말했다.

"확실해?"

"방금 내가 봤어."

"아니, 개미인 게 확실해? 엄청 작잖아. 어떻게 알아봤는지 모르겠네." 일라이자는 가슴에 얹어뒀던 두꺼운 책으로 주의를 돌렸다.

"난 안경 없이도 잘 보거든."

"아직은 그렇지."

레이철이 일라이자를 찔렀다. "개미가 물기도 해?"

"나 내일까지 이 책 다 봐야 해."

"분명 개미야. 지난여름 소파에 있었던 그 개미라고. 창문 틈새로 들어와서는 이제 여기까지 오는 길을 찾은 거야. 개미가 있는 방에 아기를 둘 순 없어. 일라이자?"

"응?"

"전에 개미 봤어? 이쪽에서 잤을 때?"

"아니."

"어차피 너는 알아차리지도 못했겠지."

"한 마리 정도는 봤을지도."

"그래서 나랑 자리를 바꾼 거야?"

일라이자의 손에서 책이 떨어졌다. "뭐라고?"

"아무것도 아냐."

"아니. 말해봐. 벌레가 있어서 내가 너를 그쪽으로 보냈다는 거야?"

"괜찮아. 책 마저 읽어." 레이철이 애인을 쳐다보았다. "알았어. 미안."

일라이자는 책으로 돌아가지 않았지만, 레이철이 잠들 때까지 불을 계속 켜놓았다. 동네에 있는 방제업자에게 집을 살펴봐달라고 해야 할까. 카긴이라는 성을 가진 남자인데, 부업으로 낡은 텔레비전을 수리하고 파는 일도 했다. 언젠가 레이철의 흑백 텔레비전에 맞는 안테나를 사러 그 수리점에 들어간 적이 있었다. 그 남자는 오랫동안 종이 상자들을 뒤적거리며 구식 부품에 대해 뭐라 중얼거렸다.

일라이자는 레이철이 벽에 붙은 포스터에 신경쓰지 않으려고 애쓰는 모습을 보았다. 바퀴벌레나 쥐 사진이 박멸법과 함께 실린 포스터였다. 온갖 생물이 다 있었는데 사진의 크기는 다 똑같아서,

흰개미가 다람쥐만했다. 카긴은 두 사람을 잠시 응시했다.

"날 빤히 쳐다봤어." 레이철이 그 작업장을 걸어나오면서 말했다. "너에게는 안 그러더니."

카긴은 안테나를 찾지 못했고, 애초에 상자를 다 뒤져보겠다는 것도 자기 생각이었으면서 찾는 내내 성질을 냈다. 일라이자는 그가 텔레비전 수리로 큰돈을 벌 것 같지도 않았지만, 방제 일은 수입에 보탬이 될 뿐 아니라 자기표현의 수단일지 모른다고 생각했다. 일라이자는 레이철과 그곳에 다시는 가지 말자고 합의했다.

레이철은 옆에 누워서 무거운 숨을 내쉬고 있었다. 자는 위치를 바꾸자는 건 일라이자의 생각이었는데, 새로 생긴 테이블이 원래 자던 쪽 옆면에 들어맞지 않아서였다. 실용적인 결정이었고 레이철도 그게 말이 된다는 정도는 알았다. 이 집엔 이미 가구가 가득했고 새 테이블은 협탁의 역할까지 할 수 있을 테지만, 그 테이블이 개미집을 건드렸거나 아니면 개미들이 집안으로 이동하는 철일지도 몰랐다. 일라이자가 개미 때문에 잠자리를 바꾼 건 아니었지만, 이제는 그 문제를 해결해서 그만큼 마음을 쓴다는 사실을 증명해야 했다. 아기 갖는 문제를 의논한 후부터 레이철은 줄곧 일라이자의 사랑의 온도를 시험했다.

일라이자는 살면서 자신이 내린 결정 중에 어디까지가 체면을 지키기 위한 것이었을까 생각했다. 대학에 얻은 일자리, 자전거와 채식주의, 심지어 머리 모양까지도 보이지 않는 구경꾼들의 의견에 맞추어 선택한 듯 느껴졌다. 스스로 인정할 만한 사람이 되었으나, 뭐라도 정말로 원하는 것을 선택했는지는 자신이 없었다. 일라이자는 마지막으로 한번 더 베개를 확인하고 침대 옆 조명을 껐다.

개미 문제는 아침에 해결하리라.

program

다음날, 일라이자는 자전거로 출근하는 길에 텔레비전 수리점을 지나쳤다. 진열창 안쪽으로 위태롭게 쌓인 고장난 텔레비전 더미 아래, 전에 본 것보다 작은 해충 포스터들이 붙어 있었다. 그녀는 성질 나쁜 카긴이 쓸 온갖 화학약품을 생각했다. 그 남자는 독극물을 마구 뿌릴 것 같았다. 아무리 개미라 해도 그렇게 살해당하는 건 너무했다.

두 사람은 아침을 먹으면서 개미에 대해 이야기했고 일라이자는 '개미 없애는 방법'을 검색했었다.

"이 개미들은 다 보통 크기야. 유난히 작은 개미 사진은 찾을 수가 없네."

레이철은 개미알과 개미집에 대해 읽고 싶어하지 않았다.

"개미 한 마리 정도는 괜찮아. 하지만 우리 침대는, 수백 마리는 곤란해. 자꾸 그 노래가 생각나…… 그 늙은 개미는 어쩌다가……*"

"페퍼민트 오일." 일라이자는 화면에서 고개를 돌려, 식기세척기에 설거지거리를 채우면서 노래를 부르는 레이철을 보았다. "개미가 페퍼민트 오일을 싫어한대. 그 정도면 쉽네. 이따가 좀 구해올게." 그녀는 검색창을 닫고 이메일로 돌아갔다.

---

* 프랭크 시나트라의 노래 〈High Hopes〉 가사의 일부.

"페퍼민트 오일은 마음에 들지만, 그게 장기적으로 어떻게 개미를 막아줄지 모르겠는데……" 레이철은 조리대를 닦고 일라이자가 앉은 의자 옆에 서더니, 젖어 있는 손을 그녀의 어깨에 올렸다. "개미가 아주 작기는 하지만, 페퍼민트 오일이 발인지 손인지 아무튼 다리 끝에 달린 뭔가에 묻는다고 해도 그 정도로는 해를 입지 않겠지."
"개미들이 그 냄새를 싫어한대."
"그만하면 큰 희망High Hopes이네."

Helloworld;

일라이자가 약국에서 산 작은 페퍼민트 오일 병을 들고 귀가했다.
"슈퍼마켓에서 사기는 좀 싫더라. 먹이를 주려는 것도 아닌데."
레이철은 그 병을 꺼내면서 약국 봉투는 테이블 위에 내버려두었다.
"다른 것도 가져왔어." 일라이자가 봉투를 향해 턱짓했다.
레이철은 페퍼민트 오일에 붙은 라벨을 계속 들여다보았다. 마치 거기에 페퍼민트로 만든 오일 말고 뭔가가 더 있을지도 모른다는 듯이. 일라이자는 잠시 후 조리대로 돌아가서 화이트 와인을 한 잔 따랐다. 퇴근길에 배란 테스트기를 살 생각은 없었는데, 약국에 들어갔을 때 레이철의 기분을 북돋울 선물을 찾다보니 그게 눈에 띄었다. 인생의 결정이라는 게 이렇게 이루어지는 거지, 그녀는 생각했다. 입욕제 대신 배란 테스트기를 고르게 되는 식이지. 테이블에 놓인 종이봉투를 보았다. 분홍색 상자는 어느새 꺼내져 있었고,

레이철은 일라이자가 도저히 충족시킬 수 없을 것 같은 기대감에 차서 의자에 등을 대고 앉아 있었다.

"고마워."

일라이자는 얼굴을 찌푸렸다. "이제 시작인데 뭘."

"응."

페퍼민트 오일로 굽도리널을 닦기에는 둘 다 너무 피곤했다. 레이철은 침대에 들어가 바닥을 흘긋 보았다. 그러다가 고개를 들었더니 일라이자와 눈이 마주쳤다.

"아무것도 아니야." 레이철은 웃어 보였다.

일라이자는 그 웃음을 비-뒤센 미소*라고 진단했다. 그녀의 전문 분야였다. 그 미소는 눈에 이르지 못했다. 그렇다 해도, 일라이자는 레이철이 애쓰고 있는 것을 알았다.

레이철이 베개를 끌어당겼다. "자려고 할 때가 문제야. 개미들이 돌아다닐 것만 같아."

"정상적인 반응이야. 서캐를 생각하면 두피가 근질거리는 것처럼."

"서캐?" 레이철이 기침을 했다. "요새 누가 그런 게 있어?"

"아이들은 있어. 우리도 아이를 가지면 서캐가 생길걸." 일라이자는 이미 자기 뒤통수를 문지르고 있던 레이철의 손을 건드렸다. "지금은 서캐 같은 거 없어!"

---

*뒤센 미소는 광대근과 눈 주위 근육 양쪽의 수축이 일어나고, 비-뒤센은 광대근만 움직인다.

"하지만 개미는 있잖아, 일라이자. 내 상상이 아니야."
 일라이자는 레이철의 손을 입술로 가져갔다. "나도 알아, 자기야." 그녀는 레이철의 통통한 손가락 하나하나의, 손톱 바로 아래 부분에 입을 맞추고 엄지 끝을 야금야금 물었다.
 "아기라고 다 나쁘진 않아."
 "으음?" 일라이자는 멈칫했다.
 "아무것도 아니야. 멈추지 마. 아무것도 아니야." 레이철이 손으로 애인의 뺨을 감싸더니 베개에 다시 누웠다. "멈추지 마."
 일라이자가 그 위로 몸을 굽혔다. "내가 테스트기를 사 왔잖아, 기억해? 나 책도 읽었어. 자, 이제 눈을 감고 잠들 때까지 키스하게 해줘."

uses crt;

 일라이자는 화들짝 일어나 앉았다. 침대 안이었고, 어둠 속이었다. 옆에서 레이철이 베개를 잡아당긴 것이다.
 "레이철? 뭐야? 무슨 일이야?"
 "뭔가가 날 물었어. 꿈에서 우리가 들판에 있었는데, 태양이 반짝였고 풀이 있었어. 네가 가만히 있으라고 해서 나도 그러려고 했는데……" 레이철이 베개를 들어올렸다. "그게 날 물었어."
 일라이자는 허우적거리며 불을 켜려고 테이블에 손을 뻗었다. 레이철의 비명 때문에 그녀의 꿈자리도 어지러워졌다. "풀이 널 물었다고?"
 "내 눈을."

두 여자는 흐릿한 불빛 속에서 눈을 가늘게 떴다.

"어디 좀 봐."

레이철이 숨을 죽였다. "너였어. 네가 풀로 날 찌른 거야."

일라이자는 식은땀이 흐르는 것을 느끼면서 이불을 당겼다.

"레이철. 넌 자고 있었어."

"개미야." 레이철은 문 뒤에 걸린 전신 거울을 향해 달려갔다.

"악몽을 꾼 거야."

"개미가 내 눈 속으로 들어갔어."

일라이자는 침대에 앉아서 하품을 했다. "이리 와서 보여줘."

레이철은 침대에 걸터앉아서 일라이자를 향해 고개를 들었다. 눈 안쪽 구석, 깊은 곳에 선명한 붉은 자국이 있었다.

"네가 긁었나봐. 불쌍한 우리 자기." 일라이자는 떨고 있는 애인에게 팔을 둘렀다.

레이철은 가만히 있지 못했다. "아니야."

레이철이 침대 저편으로 돌아가서 이불을 젖혔다. 두 사람 다 땀에 젖고 구겨진 시트를 응시했다. 개미는 없었다.

"거긴 아무것도 없어." 일라이자가 말했다. "소독제라도 뿌릴까? 레이철?"

레이철은 손과 무릎을 바닥에 대고 엎드려 있었다. 소나무로 된 바닥은 낡았고 니스칠은 얇았다. 일라이자와 레이철이 사흘 동안 사포를 빌려다가 밟고 다녀도 될 만큼 매끄럽게 만들어놓기는 했지만, 아직도 나무가 고르지 않고 움푹움푹 팬데다가 곳곳에 아스피린을 떨어뜨려도 빠져나갈 만큼 큰 틈이 있었다. 그건 레이철도 잘 알았다.

"한밤중이야. 나 여덟시까지 연구실에 가야 해. 부탁이야, 레이철. 아침에 살펴보자."

"난 못 자겠어." 레이철이 차가운 나무 바닥에 앉아서 일라이자를 올려다보았다. 구불구불한 머리가 관자놀이 부근에 돌돌 말려 있었고, 충혈된 눈에서는 눈물이 떨어졌다.

"아, 자기야. 저기, 이봐." 일라이자는 레이철에게 다가가서 바로 옆 바닥에 몸을 웅크렸다. "괜찮아, 괜찮아."

레이철이 몸을 앞으로 숙여 일라이자의 목에 대고 울음을 터뜨렸다. "아니야. 괜찮지가 않아. 난 눈이 아프고, 개미 한 마리가 내 머릿속으로 들어갔는데 너는…… 너는 내가 아기를 돌보지 못할 거라고 생각해."

일라이자는 안고 있던 애인을 살짝 떨어뜨려 얼굴을 보았다. "대체 어디서 나온 생각이야?"

"사실이잖아. 아기에 대해 의논할 때마다 넌 제대로 살펴보고 싶다고, 할은 상관 안 한다고만 해. 네 난자, 내 자궁, 할의 정자에 대해 무슨 레시피나 시처럼 말하지. 하지만 아무 일도 일어나지 않고 그러다가 우린 다른 일을 하고 넌 180도 달라져서 완전히 부정적이 돼. 아기를 갖는 건 끔찍한 일이라는 듯이 굴어. 오늘밤도 그래……" 일라이자의 입술에 질문이 오르기 전에 레이철은 달려들 듯이 말했다. "오늘밤에, 서캐 이야기를 꺼냈을 때 말이야."

"세상에. 아이들에겐 서캐가 생겨. 핑계가 아니라, 애들이 그냥 그렇다고."

"하지만 네가 그 말을 꺼낸 이유는 그게 아니지. 내가 아무것도 감당 못한다고 생각해서 그 말을 한 거잖아. 내가 진짜 세상에 대해서도, 진짜 삶에 대해서도 모른다고 말이야. 어쩌면 정말 그런지도 몰라." 레이철은 주저앉아서 흐느꼈다. 어깨가 들썩였고, 떨면서 내뱉는 호흡이 짧게 끊겼다.

일라이자는 그런 레이철을 잠시 바라보았다. 앞에 앉은 슬프고 겁먹은 여자를 거리를 두고 보았다. 마치 새벽 세시에 안락한 아파트에서 레이철과 함께 바닥에 앉아 있는 게 아니라, 바쁘고 분주한 일상 속 어디 다른 곳으로 가는 길에 창문 너머를 들여다본 것 같았다. 사 년을 함께하면서 이럴 때가 자주 있었다. 거기 있으면서도 없는 듯, 연결되어 있으면서도 비상사태에 대비하듯 마음 한 부분을 따로 떼어두었다. 그리고 지금까지 레이철은 일라이자가 그 정도만 해도 되게 내버려두었다. 아기는 그래서 문제였다. 살짝 못 미덥고 물건을 잘 잃어버리고 사실상 직업이 따로 없는 레이철이 문제가 아니었다. 그런 건 중요하지 않았다. 일라이자는 레이철을 사랑했지만, 아기는 일라이자의 비상용 에너지를 다 써버릴 터였다.

"아니야."

레이철이 숨을 내쉬었다. "뭐가 아니야?"

"난 네가 나쁜 엄마가 될 거라고 생각하지 않아."

"정말로?"

일라이자는 고개를 흔들었다. "끝내주게 잘할걸. 멋진 엄마가 될 거야. 걱정되는 건 내 쪽이야."

레이철이 웃음을 터뜨리더니 코와 입 주변의 액체를 닦았다. "네가? 넌 뭐든 할 수 있어. 원한다면 세상을 지배할 수도 있을걸. 그 두 다리로 말이야."

둘은 일라이자가 무릎을 꿇느라 접고 있는 긴 다리를 쳐다보았다. 레이철은 다리가 짧고 피부가 보들보들했다. 다른 밤이면 일라이자는 레이철의 허벅지 위에 전언을 쓰기를 좋아했다. 비언어적 소통. 그리고 감각적인 즐거움. 그렇게 썼다.

두 사람은 서로의 앞에 무릎을 꿇은 채 손을 맞잡았다.

"옛날식으로 결혼이라도 하는 것 같네, 지금 우리." 레이철이 울어서 잠긴 목소리로 말했다.

"그래."

"그럴 생각이긴 하잖아? 우린 결혼할 거고 아기를 가질 거야. 꼭 그 순서대로일 필요는 없지만." 전등불 아래서 레이철의 얼굴은 주름마다 반짝였다.

"그래, 자기야."

두 사람은 몸을 기울여 서로 이마를 맞댔다.

"봐, 이러다가 서캐가 생기는 거야." 일라이자가 레이철의 이마에 머리를 툭 부딪쳤다.

"이렇게가 아니고?" 레이철은 일라이자에게 달려들어 그녀를 쓰러뜨리고 그 위에 올라탔다.

"잠깐!"

둘은 잠시 동안 바닥에 누워 있었다. 일라이자는 생각했다. 이게 인생이야. 이게 내 인생이야.

"눈이 아파."

미래의 한 장면이 일라이자 앞을 스쳐지나갔다. 레이철과 아기가 눈물바람으로 바닥에 웅크려 있고 도울 사람은 일라이자 말고는 없는 상황. 도무지 합리적이지 않은 두 존재에 대한 책임을 떠

맡는다는 생각. 부당한 생각일까? 레이철이 설마 정말로 개미가 눈속에 들어갔다고 믿을 리는 없었다. 하지만, 아니라면 왜 그렇게 주장하는 걸까? 일라이자는 숨을 깊이 들이마시고 남은 인내심을 끌어모아 손을 뻗었다.

"자. 어디 봐."

레이철은 외동이었다. 아기를 갖는다면 최소한 둘이 좋을 거다. 어린 시절 일라이자가 한밤중에 벌레에 대한 터무니없는 이야기를 늘어놓으며 언니를 깨웠다면 아버지의 백과사전으로 머리를 얻어맞았을 것이다. 일라이자는 일어서면서 레이철의 두 뺨을 감싸고 다시 들여다보았다.

"빨갛네. 내일 의사에게 가보는 게 좋겠다."

레이철이 딸꾹질을 했다.

"오늘밤은 내가 자리 바꿔줄게." 일라이자가 말했다.

그들은 다시 침대에 들어갔고 일라이자가 불을 껐다. 종아리를 누르는 레이철의 차가운 발가락이 느껴졌다.

"고마워." 레이철이 말했다.

"천만에. 그런데 뭐가?"

"날 믿어줘서. 개미에 대해서 말이야."

(*Here the main program block starts*)

일라이자는 약국에서 사 왔던 상자를 전날 두었던 자리에 그대로 둔 채 저녁식사를 차렸다.

"그래서, 의사는 눈에 대해 뭐라고 해?"

"내가 하는 말 하나도 안 들어. 그 여자가 좋아하는 건 너야."

"한 번밖에 안 본 사이인데."

"아마 그래서겠지. 내가 이상하다고 생각해. 거기, 그 벌레 잡는 텔레비전 가게 남자와 똑같아. 빤히 쳐다보는 게." 레이철은 일라이자를 보고 눈을 크게 뜨더니 일라이자의 그릇에 담긴 채소를 가져갔다. "안약을 주면서 계속 아프면 다시 오래. 이제 아픈 건 없어졌다고 말했는데도."

"해충 방제업자 말이지?"

"그래. 그 남자."

"의사가 보긴 봤다고?"

"응. 살짝. 아무래도 전문가를 찾아야 할까봐."

"안과 전문의?"

"모르겠어. 안과의사? 아니면 열대병을 다루는 병원?" 레이철은 그 생각에 기분이 좋아 보였다. "이 근방에서는 잘 모르는 개미일지도 모르잖아."

일라이자는 스파게티가 담긴 냄비를 식탁에 놓고 앉았다. 마음속에 전날 밤의 장면들이 스쳐지나갔다. 레이철과 결혼하고 아이를 갖기로 약속했지만, 함께하는 삶은 신기루처럼 보였다. 언제나 저 앞에 있어서 아슬아슬하게 손이 닿지 않는 신기루.

"이런 문제를 알 의사가 있을 것 같지 않은데."

"전문가라는 게 그런 거 아니야?" 레이철이 말했다. "계속해서 연구하는 사람?"

"네 눈이 멀쩡한데도?"

"지금이야 멀쩡한 느낌이지. 하지만 그런 일이 일어났는데……"

"그런 일이라니?"

"너도 거기 있었잖아."

미래가 식탁 건너편에서 일렁거렸다. 가능성으로 이루어진 세계. 일라이자가 믿을 수만 있다면 가능할 세계.

"우선 먹어." 일라이자는 파스타를 뜨고, 잔을 다시 채웠다. "테스트기 열어보고 재미있는 부분으로 넘어가자."

"나도 그러고 싶어. 정말이야. 늘 원했던 거니까. 하지만 네가 함께했으면 해."

일라이자는 얼굴을 찌푸렸다. "함께하고 있어. 나도 들떴다고. 내가 말했잖아……"

"그거 말고. 내가 아는 걸 너도 알아야 해. 나를 믿어야 해."

"무슨 뜻이야?"

아드레날린으로 일라이자의 손가락 끝이 따끔거렸다. 레이철은 흘려보낼 생각이 없었다.

"내 눈에 개미가 들어갔어. 그리고 그 안에 갇혔어."

"정말로?"

레이철이 애인을 쳐다보았다. "응."

"하지만 악몽을 꿨잖아."

"나도 자는 거랑 깨어 있는 거의 차이는 알아. 개미가 눈 속으로 들어가는 걸 느꼈어."

"그게 가능하긴 해?"

"가능한 일이니 일어났겠지."

레이철은 너무나 확신에 차 있었다. 일라이자는 레이철이 그 손님을 건드리지 않으려는 듯, 속눈썹을 따라 섬세하게 눈을 어루만지는 모습을 지켜보았다.

"그런데 의사는 네 말을 듣지 않았다고?"

"그 여자는 우리가 임신에 대해 의논하러 갔을 때도 똑같았어. 내 말을 안 들었지."

"그러면 전문가는?"

"정말로 전문가를 찾아야 할지는 잘 모르겠어. 내 말은, 개미가 이 안에 있으니 말이야." 레이철이 얼굴에서 손을 뗐다. "머리를 가르고 싶진 않아."

"그런 짓은 안 할 거야."

"그 사람들이 할 수 있는 일이 없다면, 찾아가봐야 소용없어."

"그래."

레이철이 식탁 너머로 손을 뻗었다. "너만 날 믿어주면 돼."

함께하는 삶이라는 신기루가 또렷해졌다.

"날 사랑한다면 날 믿겠지. 안 그래?" 레이철이 말했다.

사소한 일이었다. 그 말에 동의하기만 하면 둘은 일라이자가 레이철을 완전히 받아들인 새로운 관계로 옮겨갈 수 있었다. 단 한 마디에 담긴 사소하고도 큰 일.

"그래." 일라이자는 정말로 믿었다. 레이철을 믿었고, 항복하면 따라올 모든 것을 믿었다. 미래를 믿었다. 개미 문제를 이해할 필요는 없었다. 그게 레이철 이야기의 일부라는 것만 알면 됐다. 손가락 끝에 느껴지던 위험한 따끔거림이 잦아들었다. 무서워할 게 없었다. 일라이자는 이미 선택을 했다.

레이철이 눈을 깜박였다. 그러더니 식탁 너머로 손을 뻗어, 테스트기가 든 상자를 집어들었다. "지금 당장 할 거야. 파스타 마저 먹어." 레이철은 일라이자의 접시를 향해 고갯짓을 했다. "이 분이면 돼."

begin

아서는 일 년도 더 지나서 태어났지만, 레이철과 일라이자에게 아서의 시작은 바로 그날 저녁, 2003년 10월 24일 금요일이었다.

"우리가 아서를 품은 건 그날 밤이지. 사실은." 레이철이 자기 머리를 두드렸다. "제대로 보자면 말이야. 나머지는 공구 쇼핑 같은 거였어. 가구를 조립하려면 우선 장비부터 사야 하잖아."

레이철의 친구들은 이 말을 들으면 웃곤 했다. 다들 레이철이 아기를 낳고 나서 전보다 훨씬 느긋해졌다고 말했다. 엄마가 된 지금이 제일 좋아 보인다고.

친구들이 그런 말을 하면 레이철은 미소 짓고 얼굴을 붉혔으며, 개미에 대해서는 입도 벙긋하지 않았다. 수정 단계(결국 그들은 인공수정을 선택했다), 이사(공간 문제 때문에 그렇게 합의했다), 그리고 생활동반자 신고(웨스트민스터 등록 사무소에서 초대손님 스무 명과 만삭의 레이철과 함께 이뤄졌다)를 거치는 내내 그들은 이 새로운 상황을 불러온 사건에 대해서는 거의 입에 담지 않았다. 말이 나오더라도 일라이자가 최대한 빨리 화제를 돌렸다.

그렇다 해도, 아서의 두번째 생일이 다가올 무렵 아이의 기원은 두 어머니 모두의 마음속에서 그날과 떼려야 뗄 수 없이 얽혀 있었고, 일라이자는 그날 둘 모두를 잃을 뻔했다는 사실을 확실히 자각하면서 아서와 레이철이 피어나는 모습을 지켜보았다. 아들을 낳기 전의 시간들은 혼란스럽고 먼 과거처럼 느껴졌다. 왜 그때 레이철의 이야기를 믿는 것이 그토록 부담스러웠는지 설명할 수는 없었지만, 그후로 너무 많은 기이한 일들이 일어나는 바람에 개미 한 마리의 존재 가능성을 받아들이는 것쯤은 합리적으로 보일 지경이었고, 일라이자도 그 개미가 두 사람을 구했다고는 인정하지 못할지언정 개미가 있다는 생각이 어떤 시작점이었음은 받아들였다. 이제 그녀는 자신의 삶을 살았다. 그건 수영장 한 켠에 앉아 있는 것과 실제 수영을 하는 것만큼이나 달랐다.

"치울래, 아니면 아서 씻길래?" 레이철은 종이 접시와 색종이 테이프들을 주우며 거실을 가로질렀다. "할이 폭죽을 가져오다니, 믿을 수가 없어. 사방이 색종이투성이야."

"할은 그레그를 겁주는 게 좋은가봐. 폭죽이 터질 때마다 그레그가 허공으로 한 뼘은 뛰어오르더라."

"그래도 여기 왔잖아. 이런 건 그레그가 하기로 한 일도 아닌데." 레이철이 미소 지었다.

두 여자는 잠시 서서 방안을 가득 채웠던 아기들이 만든 난장판을 살펴보았다. 아서의 무릎을 생각해서 새로운 집 바닥에 카펫을 깔았지만, 연녹색 울카펫은 포장지와 풍선으로 뒤덮여 거의 보이지도 않았다. 일라이자는 작은 손들에서 케이크와 팩의 주스가 쏟아지던 것을 생각하지 않으려고 노력했다.

"그래도 멋진 파티였어." 레이철이 부엌 쪽으로 고갯짓을 했다. 아서가 바닥에 버려진 플라스틱 컵들을 쌓는 모습이 보였다. "아서도 즐거워 보였고."

일라이자는 레이철의 뺨을 감싸쥐었다. 고운 피부는 아서를 낳기 전보다 조금 더 보드라웠고, 곱슬머리를 어떻게 해보려는 생각을 포기하면서 머리는 전보다 짧아졌다.
 "환상적인 파티였어. 고마워."
 레이철이 준비한 파티였다. 이제 레이철은 혼자서, 소란도 피우지 않고 모든 것을 해나갔다. 세탁기에서 물이 빠지지 않는다거나 어머니가 기분 나쁘게 굴었다는 이유로 일터에 있는 일라이자에게 전화하는 일도 더는 없었다.
 "이 년이야." 레이철이 빈손을 들어올려 일라이자의 손을 잡더니 관자놀이에 대고 눌렀다. "정신없는 질주였어."
 일라이자는 아내에게서 종이 접시들을 받아들고 나머지를 모으기 위해 움직였다. "아서랑 목욕해. 다른 건 내가 치울게."
 레이철은 여전히 손가락을 이마에 대고 있었다.
 "가끔 그게 느껴져. 마치 아직도 안에 있는 것처럼."
 레이철이 그날을 두 사람의 아이만이 아니라 다른 뭔가의 기념일로 보지 않을까 하는 걱정은 언제나 있었다. 둘이서 개미에 대해 이야기하기 직전까지 갈 때마다, 일라이자는 레이철에게 그 개미가 진짜라는 사실을 깨달아야만 했다. 그건 일라이자가 창의적인 미사여구로 쏟아내버릴 수 있는 은유가 아니었다. 그녀는 바닥에 떨어진 과자 봉지들을 주우면서 그만하라고 빌었다.
 "그럴 리가 없지. 내 머릿속에, 내 안에 살아 있다니. 하지만 느껴져." 레이철이 말했다.
 일라이자는 얼굴에 피가 몰리는 느낌이었다.
 "네가 그 이야기를 하고 싶어하지 않는 건 알아." 레이철이 말을 이었다. "그래도 해야 할 것 같아. 이런 날에는."

사실 그 이야기는 언제나 두 사람 곁에 머물러 있지 않았나. 색종이 테이프처럼 두 사람의 삶을 따라 흘러오지 않았나.

"뭘? 뭘 말하고 싶은데? 개미?" 일라이자의 발치에 리본과 과자가 흩어져 있었다. "난 하라는 대로 다 했어. 레이철. 널 믿었어. 널 위해 모든 걸 바꿨어. 우리에겐 함께하는 인생이 있어. 그런데 자꾸 개미 이야기를 꺼내면…… 사람들은 네가 미쳤다고 생각할 거야."

"마미?" 아서가 파티용 컵에 남아 있던 액체를 맨다리에서 뚝뚝 흘리며 부엌 문으로 달려나왔다.

일라이자는 아서를 바닥에서 들어올려 꽉 끌어안았다. "괜찮아, 아가."

"그렇게 생각할까?" 레이철이 말했다. "일라이자, 부탁이야. 계속 이야기하자."

"아서 씻겨야 해." 일라이자는 끈적거리는 아들을 안고 복도를 지나 계단을 올라갔다. 일라이자는 아서를 얕고 미지근한 목욕물과 거품 속에 담그면서도 계속 레이철의 얼굴을 보고 있는 기분이었다.

아서는 레이철을 많이 닮았다. 검은 머리와 올리브색 피부, 그리고 뭔가가 더 있었다. 할이나 레이철의 집안에서는 사라진 무엇인가가, 마치 신들과 신화적인 전투를 벌였다가 인간 소년으로 태어나는 벌을 받기라도 한 것 같은 아득한 인상이 눈과 이마에 새겨져 있었다. 일라이자는 물론 그런 것을 조금도 믿지 않았지만, 아이가 생기면서 특유의 냉소도 누그러들었다. 아들이 매일같이 상상의 힘을 연구하게 만드는데 상상의 중요성을 부정하기는 불가능하다. 그리고 언제나 레이철이 있었다. 자신의 환상을 자기 가족의 중심에, 아니, 그들 가족의 중심에 둔 레이철이. 일라이자는 아서의 끈적끈적한 다리를 목욕 수건으로 문질렀다. 좋다. 레이철에게 문제가 있다면, 레이철이 이야기를 해야겠다면, 일라이자가 도와야 했다.

writeln

마셜 박사의 집 대문은 거리로 나 있지 않고 집 옆면에 있었다. 자갈길을 따라 깔끔한 현관으로 걸어가니 두 개의 초인종에 각각 '집'과 '마셜 박사'라고 적혀 있었다.
"다른 쪽 초인종을 누르고 싶어하는 환자가 많겠다." 레이철의 손가락이 두 개의 초인종을 스쳤다.
"너도 그렇단 소리지?"
"누르면 어떻게 되나 궁금하잖아."
문이 활짝 열리고, 페이즐리 랩원피스를 입은 나이든 여자가 걸어나와 두 사람을 맞이하더니 복도 쪽으로 팔을 뻗어 안내했다. 마셜 박사는 악수를 하는 사람이 아니었다.
둘 모두가 마음에 들어하는 상담사를 찾기까지 육 개월이 걸렸는데, 결국 할의 친구가 손드라 마셜을 추천해주었다. 마셜 박사의 학력은 자격을 중시하는 일라이자에게 잘 맞았고, 현대적인 접근법을 쓰는 것은 프로이트식 분석을 원치 않는 레이철에게 호감을 주었다. 게다가 마셜 박사는 미국인이니 준거 기준이 다르다는 점도 두 사람 모두의 마음에 들었다. 마치 상담사의 사고방식이 두 사람이 만날 수 있는 중립지대가 되는 것 같았달까.

전화로 마셜 박사와 대화를 나누기는 했지만, 방문은 처음이었다. 상담실로 걸어들어가면서 일라이자는 신뢰하기로 한 이 의사의 성격을 추측할 만한 단서를 찾아보았다. 벽에 붙은 자격증 액자들과 책장을 훑어보고는, 상담사가 제일 좋은 의자로 걸어가며 맞은편에 고객들이 앉기를 기다리는 방식에 주의를 기울였다. 일라이자는 자신과는 무관한 어느 신전에 들어섰음을 깨달았다.

마셜 박사가 자리에 앉더니 맨다리 위로 페이즐리 원피스를 정돈했다. 턱 아래까지 오는 직모에, V 자로 깊게 파인 목선 안쪽으로 가슴골이 보였다. 일라이자는 관리를 잘한 육십대라고, 자신은 볼품없어지겠지만 레이첼은 저렇게 나이를 먹으리라고 생각했다. 나이든 두 사람의 모습이 스쳐지나갔다. 레이첼의 편안하고 부드러운 육체가 일라이자의 옆에 있는 모습이.

"전화로 두 분 관계에 생긴 전환점에 대해 이야기를 나눴죠." 마셜 박사가 두 여자를 쳐다보았다. "더 생각하신 게 있나요?"

레이첼이 먼저 대답했다. "예전과 달라졌어요. 아서가 생기고부터는요."

"아서가 아드님이죠?"

"우리 아들이에요. 그 아이를 원한 건 저였고요."

마셜 박사가 고개를 끄덕였다. "일라이자는요? 어떤 느낌이었나요?"

"레이첼을 지지했어요. 그리고 저도 아서를 사랑해요. 하지만 네, 제 생각은 아니었죠. 전 버겁지 않을까 걱정했어요."

"버겁다고요?"

"레이철에게요."

레이철이 의자에 등을 기대고 팔짱을 꼈다.

"왜 그런 생각을 했나요?" 마셜 박사가 차분하게 물었다.

"레이철이 주 양육자예요. 전 일주일 내내 출근하고, 일을 쉴 수도 없어요." 일라이자가 말했다.

"수많은 가족들이 한 사람은 직장에, 한 사람은 집에 있는 상황에 대처해갑니다."

"물론 그렇죠. 그리고 이제 레이철은 전보다 더 자신에 차 있어요. 우리 둘 다 그래요."

"그러니까 염려할 이유는 없었던 셈인가요?"

"그 부분에서는요. 네." 일라이자가 레이철을 흘긋 보았다.

"이제 나오네." 레이철이 말했다.

"우리 그 이야기를 해야 할 것 같아."

"내가 그렇게 말했잖아."

마셜 박사가 노트를 내렸다. "지금은 무엇이든 두 분이 중요하다고 느끼는 것에 대해 대화할 시간이에요."

일라이자가 말했다. "네가 시작하지 그래? 널 위한 거니까."

"아니. 그건 아니지." 레이철이 일어섰다. "우리를 위한 거야. 너와 나. 넌 약속을 했으면서 이젠 마음을 바꿨어."

"더는 못하겠어. 솔직히 이다음에는 또 뭐가 될지도 모르겠고." 일라이자가 말했다.

"레이철, 같이 앉을까요?"

"그게 어떻게 내 잘못이야?" 레이철은 정원이 내다보이는 큰 창문 쪽으로 걸어갔다. "그 일이 너에게 일어났다면 어땠을까? 난 귀

기울여 들었을 거야. 너도 알지."

마셜 박사가 일라이자를 보았다.

"우리 듣고 있어요, 레이철." 상담사가 말했다.

레이철이 유리에 관자놀이를 댔다. "제 머릿속에 뭔가가 살고 있어요. 거의 삼 년 가까이 됐죠. 그동안 무시하려고 했지만, 그래도 사라지지 않아요. 잠에서 깨면 그 자리에 있고, 잠들 때도 그 자리에 있어요." 레이철이 일라이자를 돌아보았다. "너는 날 믿었잖아."

일라이자는 창문에 기댄 아내의 실루엣을 바라보았다. 아서 없이, 철저히 혼자서, 손이 닿지 않는 곳에 있는 그 모습. 몇 년 전, 그날 밤에 이 문제를 해결했더라면. 그때 레이철에게 눈으로 들어갈 수 있는 개미 같은 건 없다고 말할 수도 있었을 텐데. 아니면, 레이철의 말대로 그 독극물을 사용하는 성질 나쁜 방제업자를 불렀다면, 이 모든 일은 일어나지 않았을 텐데.

"내내 그렇게 느꼈던 거야?" 일라이자가 말했다.

"대체로 그래."

"왜 말하지 않았어?"

"어떻게 말할 수 있었겠어?" 레이철이 한 발 내디뎠다. "그렇게 합의했는데."

마셜 박사가 헛기침을 했다. "아무래도 할 이야기가 많으신 것 같네요."

"너는 믿어달라고 했고, 난 믿었어." 일라이자가 말했다.

"하지만 사실은 믿지 않았지. 안 그래? 진짜론 안 믿었어."

일라이자는 대답할 수 없었다. 그때 그녀는 레이철의 이야기를 사랑하는 여자의 일부로서 받아들였다. 일어난 일을 사실적으로 말했다기보다 은유에 가깝게 표현한 것으로 받아들였다. 지금 레이철에게 그런 말을 할 수 있을까?

"우리가 여기 왜 온 거야?" 레이철이 일라이자를 똑바로 보았다. "결정해야 해. 도망칠 수 없어. 또 새로운 집으로 이사해서 다시 시작할 수 없어. 네가 결정해야 해."

"레이철." 마셜 박사가 다시 한번 의자를 가리켰다. "앉아주세요."

레이철은 의자 팔걸이 쪽으로 다가오면서 내내 일라이자를 보았다.

"두 분은 그동안 변화에 대처했어요." 마셜 박사가 말했다. "아이를 갖는다는 건 두 사람이 관계를, 가족 안에서 각자의 역할을 재조정해야 한다는 뜻일 수 있어요."

"우린 합의를 했어요." 레이철의 목소리는 단조로웠다. "전 제 약속을 지켰고요."

"난 네가 행복한 줄 알았어. 아서의 생일이 오기 전까진 말이야. 실제로 행복했잖아."

마셜 박사가 일라이자와 레이철을 번갈아 보았다. "아서의 생일 날 무슨 일이 있었나요?"

"제가 진실을 털어놓았죠." 레이철이 말했다. "그게 다예요."

"머릿속에 든 것에 대해서요?"

레이철이 고개를 끄덕였다.

"일라이자가 들은 게 그건가요?"

"전 그 문제는 끝난 건 줄 알았어요."

"레이철은 머릿속에 뭔가가 살고 있다고 생각한다고 말했고, 일라이자도 한동안은 그 믿음에 동의했던 거군요."

마셜 박사는 노트에 끄적이더니 두 여자를 다시 보았다. "무엇이 달라졌나요?"

일라이자는 상담사를 가만히 바라보았다. 그건 레이철에게 할 질문이었다. 일라이자는 달라진 게 없었다.

"신뢰가 사라졌어요." 레이철이 말했다.

"난 널 믿어, 레이철. 이건 그런 문제가 아니야."

"넌 나를 설득해보려고 여기 데려왔어. 날 치료하려고. 내가 다른 사람이기를 바라는 널 내가 어떻게 사랑하겠어?"

레이철의 말을 듣다보니 앞뒤 없는 공포가 밀려왔다. 대답을 하려고 애썼지만, 입술에서 모든 말이 죽어버렸다. 레이철이야말로 그녀를 믿지 않았다. 레이철은 덫 앞에서 뒷걸음질치는 짐승처럼 물러날지도 몰랐다. 일라이자는 상담사가 둘을 지켜보고 있음을 느꼈다. 이 상담실은 신전이 아니라 그 반대였다. 믿음을 포기하는 곳이었다.

"난 네가 도움을 원한다고 생각했어." 일라이자가 말했다.

레이철이 두 손을 머리에 댔다. "우리에게, 우리 가족에게 도움은 필요하지."

마셜 박사가 몸을 내밀었다. "레이철, 괜찮아요?"

"아무것도 아니에요." 레이철이 말했다. "개미 음악이 들려요."

('Hello, World!');

병원은 우편으로 진단을 통지했다. 천막상부 신경교종.

"이제는 그렇게 부른대." 레이철이 말했다. "신경교종."

"시인-경-교-종." 아서가 따라 했다.

일라이자는 아서에게 바나나 한 조각을 먹였다. "다음 예약은 언제야?"

"내일." 레이철이 종이를 들여다보았다.

"그렇게 금방?"

"아직 확정하진 않았어." 일라이자의 두번째 질문에 대한 대답이었다. "서두를 건 없지."

일라이자는 야금야금 바나나를 먹고 있는 아서에게 집중했다. 레이철의 부자연스러운 침착함에 과하게 반응하지 않는 방법을 익히는 중이었다. 그 진단을 받은 후로 그들은 레이철의 숙명론적인 수용과 일라이자의 열렬한 응원이라는 패턴에 정착했다. 그게 두 사람을 지치게 했다. 일라이자는 마셜 박사에게 습관을 고쳐보겠다고 말했었지만, 본능을 무시하려면 시간이 걸렸다.

"같이 가자. 아서는 할이 돌봐줄 거야."

"아빠." 아서가 말했다.

"그 온갖 검사. 입자 가속기 같아. 사람을 관에 집어넣고 획획 움직이는데 그러고도 찾으려던 걸 못 찾지."

"알아." 일라이자는 고개를 끄덕였다. "기분은 어때?"

레이철이 아서를 의자에서 들어올렸다. "난 괜찮아." 레이철은 아들의 코에 자기 코를 마주댔다. "갠-치?"

아이가 어머니를 올려다보았다.

"개-미." 아서가 말했다.

readkey;

일라이자는 이후에도 혼자 손드라 마셜을 보러 갔다. 일주일에 한 번, 소파 위에 함께 웅크려 누운 레이철과 아서를 두고 자전거를 달려 문이 옆면에 달린 집으로 향했다. 매번 상담사가 나오기를 기다리는 동안 '집'이라는 표시가 붙은 초인종을 보면서 레이철을 생각했다.

"어떻게 지내고 있어요?" 마셜 박사가 의자에 앉았다.

"레이철의 화학요법이 월요일에 끝났어요. 무척 조용하게 지내요. 그래도 이젠 구역질은 하지 않네요."

"당신은요?"

"전 레이철이 그리워요."

"어째서요?"

"죽어가고 있으니까요."

일라이자는 상담실 저편에 난 창문 쪽을 보았다. 처음 이 집에 왔을 때 레이철이 거기 기댔던 것을 기억했다. 유리에 이마를 대던 모습을.

"그 사실이 레이철에 대한 감정을 바꿔놓나요?"

"우리가 함께하는 모든 것은 과거에 있어요." 일라이자가 말했다.

"어떤 식으로요?"

"레이철에겐 시간이 얼마 남지 않았어요. 기껏해야 일 년. 지나가는 하루하루가 마지막 하루예요."

"우리 모두의 인생이 그렇지 않나요?" 마셜 박사는 고개를 끄덕였다.

"하지만 우리는 그 사실을 부정하는 사치를 누릴 수가 없어요."

"차라리 몰랐다면 더 좋았을 것 같아요?"

일라이자는 어깨를 으쓱였다. "검사를 받지 않은 레이철이나 암에 걸리지 않은 레이철은 존재하지 않아요."

상담사는 옷을 반듯하게 정리했다. 매주 색깔만 다를 뿐 똑같은 스타일의 랩원피스를 입었는데, 페이즐리 무늬만은 첫 방문 이후 본 적이 없었다. 일라이자는 거기에도 체계가 있을까 궁금했다.

"그걸 원하나요? 다른 레이철을?"

"지금 이 모든 일이 일어나지 않았으면 좋겠어요."

"과거를 지운다면 어디부터 지우고 싶어요?"

일라이자는 시선을 돌렸다. 함정 같은 질문이었지만, 어디에서부터 지울지는 알고 있었다. 레이철이 개미 이야기를 꺼내자마자 방제업자의 가게로 달려가 돈을 주며 개미를 없애달라고 할 것이다. 일라이자는 과학자이고, 개미 한 마리가 레이철에게 암을 일으켰다고는 생각하지 않지만, 그래도 두 사람 사이에 개미가 없다면 자유로워질 것 같았다.

"일라이자?"

그러면 무엇이 남을까? 지금쯤 혼자 남은 미래를 마주하고 있을까? 그럴 리가 없다. 상상 속 개미에게 물리지 않았다 해도 아서는 태어났을 것이다. 일라이자는 레이철의 머릿속에 개미가 있다는 생각이 자신의 사고방식에까지 영향을 줬다는 듯 고개를 내저었다. 어쩌면 정말 그런지도 몰랐다. 물리적인 정신 말고, 다른 쪽에서 말이다. 이 모든 일이 어떻게 연결되어 있는지를 생각하는 쪽.

"상관없는 문제예요." 일라이자는 말했다. "전 아이를 생각해야 해요. 아내 없이 길러야 할 아들을요."

"쉽지 않겠죠." 마셜 박사가 말했다. "그래도 아서에겐 당신이 있어요. 그리고 대비할 수 있게 레이철이 도와줄 거예요. 함께 할 수 있는 일이에요. 아서에게 두 사람이 원하는 미래를 마련해주는 것."

"하지만 전 유령과 살고 싶지 않아요." 일라이자가 말했다. "레이철과 살고 싶어요."

마셜 박사는 망설임 없이 말했다. "레이철은 지금 거기 있어요. 당신은요?"

거기 있으면서도 없지. 일라이자는 그렇게 생각했다.

end.

일라이자가 집에 돌아갔을 때는 밤 아홉시가 조금 넘었고, 레이철과 아서는 이미 자고 있었다. 그녀는 아들의 두 다리를 이불 속에 넣어주고 복도를 걸어갔다. 침실 문이 열려 있었고, 레이철이 켜둔 침대 옆 램프 불빛이 카펫 위로 길게 쏟아졌다. 일라이자는 문가에 서서 아내의 얄팍한 흉곽이 오르내리는 모습을 지켜보았다. 출산으로 불었던 살도 머리카락만큼이나 급격히 빠졌지만, 잃어버린 살에 대해서는 레이철도 그렇게 슬퍼하지 않았다.

일라이자는 털모자 아래 레이철의 홀쭉한 뺨과 창백한 피부를 보았다. 화학요법이 성공하지는 못했지만, 그래도 암이 공격을 재개하기 전까지 잠시 시간을 벌어주었을 것이다. 한동안은 레이철의 상태가 나아질 것이다. 전문가의 말을 빌리자면 "모든 것을 질서 있게 정리할 시간"이었다. 하지만 부모보다 먼저 죽는 자식에게 질서랄 게 있을까? 자식이 성장하기도 전에 죽는 부모에게는?

레이철에게는 그런 말을 하지 않았다. 레이철이 계획을 세우는 동안 귀기울여 듣기만 했다. 아서가 다닐 학교들, 특별한 행사들에 대한 계획. 레이철은 미래의 일부고 싶어했다. 마셜 박사가 그렇게 말했지. 레이철은 지금 거기 있는데, 당신은 어떠냐고.

일라이자가 문틀에 몸을 기대는데 레이철의 손이 모자 아래를 긁었다. 레이철의 꿈속에서 개미가 돌아다니고 있는 걸까? 그 생각에 일라이자는 숨이 멎었다. 레이철이 암 진단을 받은 이후 일라이자는 아내를 볼 때마다 개미도 보았다. 그 개미는 그들 인생의 한 부분이었고, 그들의 관계에 개입한 힘이었으며, 그들 가족을 만든 배후의 이유였다. 레이철은 자기를 사랑한다면 믿을 수 있을 거라고 했고, 일라이자는 그렇게 했다. 이 모든 시간이 지나고는 정말로 그 개미가 있다고 믿었다.

Hello, World!

아서의 세번째 생일에 그들은 디즈니랜드에 갔다.
할과 그레그는 오지 않았다.
"두 사람도 왔어야 하는데." 레이철이 말했다. "아서는 그레그를 롤러코스터에 태우고 좋아했을 거야."
"그건 또 모르지." 일라이자가 말했다.
두 사람 다 호텔의 유리 엘리베이터 저 아래로 펼쳐진 공원을 보고 있는 아서를 확인했다.

"막 도착해서 그 개가 선물 주머니를 줬을 때 아서 표정 봤어?" 일라이자가 물었다.

"플루토 말이지."

"맞아."

"아서랑 그동안 공부했거든."

"홈스쿨링의 장점이네." 일라이자는 레이철의 손을 잡았다. "혹시 피곤해지면 말해."

"지구상 가장 행복한 곳에선 피곤해질 수가 없지." 레이철은 미소 지었다.

세 사람은 11월 말의 햇살 속에서 디즈니랜드를 돌아다녔다.

"아서 생일마다 프랑스에 와야겠어." 일라이자가 말했다.

"매년."

티컵라이드에 도착해서, 레이철은 근처에 앉고 일라이자가 아서와 함께 줄을 섰다. 주중이라 대부분의 아이들은 학교에 있을 텐데도 줄이 길었다. 차단선을 따라 줄이 몇 번이나 굽어 있어서 오 분에 한 번씩 똑같은 사람들과 마주쳐야 했다.

"엄마는 어딨어?" 아서가 일라이자에게 잡힌 손을 꼬물거리면서 사람들 너머로 레이철을 보려고 발돋움을 했다.

"저기, 저기서 우릴 기다리고 있지." 일라이자는 카페 차양 아래로 겨우 보이는 레이철의 윤곽을 가리켰다.

일라이자는 아들을 업고 다음 굽이를 돌다가, 반대 방향으로 걸어가던 남자와 팔이 스쳤다. 상대는 바로 걸음을 옮겼다.

"엑스쿠제 무아." 일라이자가 말했다.

흘끗 보니 줄 저편으로 터벅터벅 걸어가는 험상궂은 얼굴이 눈에 들어왔다. 볕에 탄 얼굴에 회색 수염 자국, 그리고 숱이 줄어가는 번지르르한 머리카락. 일라이자는 그 성질 나쁜 남자가 누군지 알아보았지만 그는 돌아보지 않았다. 텔레비전 수리점에서 일하던 남자였다. 이름도 기억이 났다. 카긴이었다. 그린 레이스의 방제업자 카긴이 디즈니랜드에서 뭘 하는 걸까?

"마미!" 아서가 움직이라고 일라이자의 옆구리를 찼다.

티컵은 멈춰 있었고 줄이 앞으로 비틀비틀 나아갔다. 아서는 칸막이 뒤에 선 여자를 보고 웃었다. 일라이자는 그곳을 통과하면서 카긴을 찾아보았지만, 군중이 티컵 쪽으로 순식간에 몰려들었고 아서가 등에서 미끄러져 내려가더니 제일 멀리 있는 티컵을 향해 달렸다.

"파란 컵." 아서는 그 컵에 닿을 때까지 달렸다.

앞에 있던 일가족이 일라이자를 뒤에 달고 달려가는 아서를 보더니 비켜서 다음 티컵으로 갔다.

"메르시!" 일라이자는 프랑스어로 외쳤다. 그들이 파리보다는 피오리아* 사람에 가까워 보이긴 했지만.

둘은 문을 닫고 자리에 등을 기댔다.

"자, 아서 네가 운전대를 돌리면 우리도 빙빙 돌 거야."

확성기로 인사말이 울려퍼지더니 음악이 시작되었다. 티컵이 큰 호선을 그리고 움직이면서 서서히 추진력을 모았다. 아서는 돌아가는 세상을 바라보았다.

"엄마는."

---

* 미국 일리노이주에 있는 도시.

"엄마가 와서 우릴 볼 거야. 운전대 계속 돌리렴, 아서. 그렇지."
 아이는 운전대를 살짝 움직였다가 티컵이 반응하는 것을 느끼자 회전 방향으로 온몸을 던지며 두 배로 힘을 주었다. 운전대를 꼭 잡으면서 단호하게 찌푸리는 아서의 얼굴에서 일라이자 자신의 표정이 보였다.
 "네가 움직이는 거야, 아서. 봐. 엄마 저기 있네."
 티컵이 울타리 쪽으로 방향을 바꾸었고, 일라이자와 아서는 난간 옆에 서서 웃고 있는 레이철에게 손을 흔들었다.
 "우리 엄청 빠르다." 일라이자는 레이철에게서 빙빙 멀어져가면서 아서가 다시 운전대에 집중하는 모습을 지켜보았다. 옆에 있는 티컵으로 눈을 돌리자 안에 혼자 앉은 방제업자가 보였다. 옆에 아이를 태우지도 않았다. 티컵라이드 바깥에서 기다리는 사람이 있는 것 같지도 않았다.
 "잠깐만 있어봐, 아서." 일라이자는 티컵의 회전을 멈추려고 했지만, 컵은 계속 돌았고 레이철이 난간 옆을 떠나는 모습이 보였다.
 "더 할래." 아서가 말했다. "빨리, 빨리."
 그 남자도, 레이철도 보이지 않았다. 일라이자는 등을 기대고 방금 본 것에 대해 생각했다. 예전에 살던 동네의 카긴. 그 사람의 성질 때문에 개미를 없앨 독을 쓰지 않게 된 셈인데, 그런 사람과 휴가를 같이 보내고 있다니. 그게 무슨 의미일까? 거대한 파란색 티컵 가장자리에 매달린 일라이자는 울렁거림을 느꼈다. 아무 의미도 없다. 왜 이런 식으로 생각하고 있지? 우연에는 아무 의미도 없었다. 전해들은 이야기를 짜맞추기 좋아하는 레이철의 어머니가 아니고서는. 그렇다 해도 일라이자의 목 안쪽에서는 타액이 차올랐고 파리의 따듯한 가을 날씨에도 몸서리가 쳐졌다. 그 개미가 레이철의 눈 속으로 들어가고부터 사 년, 그들은 아서의 생일을 맞아 여기에 와 있었다. 바로 그날 밤 때문에.

일라이자는 온 힘을 다해 운전대를 돌리고 있는 아서를 보며 생각했다. 아서가 개미 덕분에 태어난 걸까? 티컵을 돌리느라 분홍빛이 된 작은 두 손을 보았다. 아서와 개미, 그 둘은 언제까지나 연결되어 있었다. 눈을 감자 눈꺼풀에 개미의 모습이 스쳤다. 그 개미는 레이철의 머릿속만이 아니라, 그녀의 머릿속에도 있었다. 그리고 누구든 이 이야기를 안다면, 그 사람들과도 함께할 것이다. 내가 이 이야기를 하기만 하면 들은 사람들의 머릿속에도 언제나 개미가 있을 것이다.

티컵라이드가 느려지고 아서가 외쳤다.

"또 타!"

"다음에 하자." 일라이자는 작은 문을 열고 내리면서 몸의 균형을 잡으려 했다. "어지럽네. 아서는 안 어지럽니?"

"우린 돌았어." 아서는 출구를 향해 걸어가면서 이쪽저쪽으로 몸을 기울였다. "빙글빙글……"

"아서, 제발 멈춰." 일라이자는 비어가는 티컵 쪽을 돌아보았지만 카긴은 보이지 않았다.

"엄마는 어딨지?"

일라이자는 레이철을 두고 떠났던 벤치 쪽으로 고갯짓을 했다. 레이철은 무릎 위로 몸을 구부리고, 한 손으로 머리를 누르고 있었다. 아서가 일라이자의 손을 놓고 그쪽으로 달려갔다.

"엄마, 내가 우릴 밀었어, 티컵 안에서."

"나도 봤어." 레이철이 아이를 끌어안았다. "영리하기도 해라."

놀이공원의 활기에 흠뻑 빠진 아이는 꿈틀꿈틀 레이철의 무릎 위를 벗어나서 벤치를 밟고 섰다. 레이철은 심호흡을 하고, 새로 자란 머리카락을 귀 뒤로 쓸어넘기고 일라이자에게 미소를 지었다.

"안녕."

"안녕, 여보." 일라이자는 두 손으로 아내의 얼굴을 잡고 위로 기울였다. 레이철의 눈 속을 들여다볼 수 있었다. 각막 옆으로 사 년 전에 생긴 붉은 자국을 볼 수 있었고 그곳에, 눈동자 흰자위에 작고 빠른 그림자가 하나 보였다. 일라이자가 눈을 깜박이자 그림자는 사라져버렸다.

일라이자는 계속 레이철의 얼굴을 잡고 있었고, 두 여자는 머리 위로 구름이 흘러가고 옆에는 아들이 선 벤치에 한참을 앉아 있었다.

"아프진 않아." 레이철이 말했다. "전혀 아프지 않아."

2
게임 체인저

죄수의 딜레마

두 죄수를 각기 다른 방에 가두고 자백을 하는지 서로를 배신하는지에 따라 다른 처우를 제안하는 딜레마다. 단기적으로는 배신하는 편이 유리하지만, 장기적으로는, 즉 두 사람이 계속해서 서로를 상대해야 한다는 사실을 알았을 경우에는 두 죄수가 서로 협력할 때 더 유리하다는 결과가 나왔다.

사람들이 수학이 단순하다는 사실을 믿지 않는다면, 그것은 오직 삶이 얼마나 복잡한지 깨닫지 못하고 있기 때문이다.
존 폰 노이만, 1947년 미국계산기학회(ACM)에서

Ⅰ. **협력**

 모두가 아이를 '알'이라고 불렀다. 아이는 인기가 있었고 부모는 아들이 모두와, 그러니까 나이가 많거나 적거나, 남자애거나 여자애거나, 그리스인이거나 튀르키예인이거나 가리지 않고, 심지어 영국인과도 잘 어울리는 모습을 보고도 신경쓰지 않았다. 반대하는 사람은 할아버지뿐이었는데, 알리는 신경쓰지 않았다. 데데*는 성격이 괴팍했다.
 "할아버지 성질이 오죽 뚱해야지. 신경쓰지 마라." 알리의 어머니는 그렇게 말했다.
 알리는 할아버지를 예전에 돌보던 염소와 비슷하게 생각했다. 애정을 갖되 일정한 거리를 두는 편이 나은 존재로 말이다. 알리의

---

* '할아버지'라는 뜻의 튀르키예어.

부모는 라르나카시 북쪽에 작은 게스트하우스를 가지고 있었고, 염소떼를 돌보는 것은 아이들의 일과였다. 알리와 누이는 학교에 가기 전과 후에 염소떼를 목초지로 몰고 가고 필요할 때 들여놓았다. 여름이면 오렌지나무숲에서 일을 하거나 수많은 외벽을 하얗게 칠하는 것도 아이들의 몫이었다. 바깥에서 일을 하지 않을 때면 알리는 잡일꾼 코스타스를 따라다녔다. 오븐이며 자동차며, 전등이며 진공청소기까지, 코스타스는 못 고치는 물건이 없었다. 알리는 철사 조각이나 약간의 손질로 물건이 되살아나는 모습을 지켜보았다.

여름 내내, 따분한 집안일을 끝내고 나면 친구들과 함께 바닷가에 갔다. 알리는 일을 끝내기가 무섭게 속옷 위에 티셔츠와 반바지를 걸치고, 부엌에서 차가운 뵈레크*를 집어들고 누이가 따라잡기 전에 쏜살같이 문으로 달렸다.

"네 누이도 데려가라." 알리의 어머니는 신기하게 언제 어느 때라도 아이들이 어디 있는지 알아차렸다. "하니페, 동생이랑 같이 가렴."

그러면 알리는 하니페가 가방을 싸는 동안 기다리곤 했다.

"가방은 필요 없어." 알리는 그렇게 말하곤 했다.

"어디 두고 봐."

알리는 이번만은 누이에게 아무것도 달라고 하지 않으리라 다짐하곤 했다. 같이 모래언덕으로 이어지는 자갈길을 걸으면서, 애초에 하니페에게 가방이 없다면 뭘 달라고 할 이유가 없지 않겠냐는

---

* 튀르키예 요리로 고기나 채소, 치즈를 넣어 구운 담백한 빵.

논리도 세웠다. 하지만 그렇게 다짐하면서도 진 기분이 들었다. 누이가 옳았다. 해가 저물 무렵이면 그 가방 속의 뭔가가 알리의 결심을 수포로 돌릴 터였다.

아이들이 길에 흩어진 돌을 피해가며 걸을 때 해는 머리 위에 있었다. 알리는 뾰족한 돌이 적어서 맨발로 밟기 나은 길가에 붙어 걸으면서 풀밭에 귀를 기울였다. 매미가 우는 곳에서는 뱀에게 공격당할 걱정도 없었다. 길이 자갈에서 모래 위주로 변하면 하니페도 신발을 벗었다. 하니페가 신발을 벗는 지점은 그날그날 달랐다. 알리는 하니페가 어디쯤 가야 신발을 신고 걷기엔 모래가 너무 많다는 판단을 내리고 천천히 가죽 샌들을 풀기 시작하려나 안달하면서 폴짝폴짝 뛰었다. 애초에 누이가 왜 바닷가에 가면서 신발을 신는지도 이해가 가지 않았지만, 그런 말을 해봤자 도착만 더 늦어질 뿐이니 아무 소용이 없었다. 알리가 앞서서 달려가버리면, 하니페가 아버지에게 이를 테고 알리만 곤란해질 것이다. 둘의 나이가 오 분밖에 차이가 나지 않는다 해도 달라질 건 없었고, 그게 하니페에게 유리한 점이었다. 알리는 누이를 기다려야 했다.

"뛰지 좀 마, 알. 기다리지 말고 먼저 가."

참을성을 발휘하기가 왜 그토록 힘든지 알리도 정확히 말할 수 없었다. 그 문제를 생각해봐야 속만 더 부글거리고 폭발할 것만 같아 뛰고 싶어질 뿐이었다. 학교에서 선생님은 자꾸 꼼지락거리지 말라고 알리의 두 다리에 스카프를 묶었다.

"상징적인 조치예요." 알리의 어머니가 항의하자 선생님은 그렇게 말했다. "다시 한번 생각하게끔요."

알리는 상징이란 상형문자처럼 글자로 적는 것이라고 생각했다.

선생님이 스카프 그림을 그렸다면 괜찮았을 것이다. 어쨌든 알리의 어머니는 선생님이 잘못했다고 생각했다. 알리가 왜냐고 물었을 때 어머니는 알리가 그 반에서 공부하기엔 너무 영리하다고 했지만, 알리는 사실 그게 무슨 뜻인지 알았다. 어른들이 하는 말이 다 그렇듯, 진짜 의미는 말 속에 숨겨져 있었다.

부모님이 세 가지 언어로 말하는 것만으로도 힘든데 이젠 속뜻까지 짐작해야 하다니. 그런데 이제 아홉 살이 되고 나니 하니페까지 그런 식으로 말했다.

"어서 가, 친구들에게 달려가."

하니페 혼자 두고 가고 싶지는 않았다. 집에 있을 때 알리는 누이와 같이 있는 게 좋았다. 안뜰에서 진흙 파이를 만들거나, 집 뒤뜰에 사는 당나귀를 탈 때 말이다. 누이가 다시 가방과 신발을 챙기기 전처럼 굴면 좋겠다고 생각했다. 그때는 같이 뛰어다녔는데. 그때 하니페는 알리 못지않게 빨랐는데.

"제발 아블라,* 어서 가자. 나랑 경주해."

하니페가 달려가버리던 날이면, 알리는 먼저 출발했다고 비난했다. 하니페보다 몇 초 늦게 바닷가에 도착해서 함께 모래언덕 반대편의 깊은 모래밭에 쓰러졌다.

"잘 좀 해봐, 알리 에세크.**" 하니페는 헉헉거리고 숨을 고르면서 소리 내어 웃었다. "가라, 당나귀야."

'칼로스'***라고 부르는 넓은 초승달 모양의 반투명한 물가에 이

---

* '누이'라는 뜻의 튀르키예어.
** '당나귀'라는 뜻의 튀르키예어.
*** '덧신'이라는 뜻의 튀르키예어.

미 아이들이 수십 명은 모여 있었다. 좋은 장소였고, 특히 관광객들이 도착하기 전 초여름이면 아이들이 만을 다 차지할 수 있었기 때문이다. 물가에서 알리의 친구들이, 파도치는 쪽으로 공을 차고 있었다. 한 아이가, 뼈만 앙상한 다몬이라는 시스카*가 그 아이들을 막으려고 하는 모습도 보였다. 그 공은 다몬의 것이었다.

"괜찮아, 에셰크. 다몬한테나 가봐." 하니페가 일어나 앉더니 머리카락에 묻은 모래를 털었다. 알리는 누이와 확 멀어진 느낌이라고 생각했다. 아무리 손을 뻗어도 닿지 않을 것만 같았다.

알리는 주머니에 든 뵈레크를 하나 꺼내 반으로 잘랐다.

하니페는 빵은 거들떠보지도 않고 가방에서 하얀 면 손수건을 꺼내어 내밀었다.

"닦아. 모래투성이로 먹는 건 좀 아니잖아, 알."

알리는 몇 번 떨어내고는 세 입 만에 반을 먹어치웠다. 모래가 씹히긴 했지만 그런 것엔 익숙했다. 여름이면 으레 입안이 모래로 가득차곤 했다. 알리는 하니페를 보며 웃고는 입에 든 걸 꿀꺽 삼켰다.

"어유! 구역질나." 하니페가 알리를 밀어냈다.

알리는 어깨를 으쓱이고 일어서서 나머지 반을 먹었다. 저 아래 물가에서 친구들이 소리치며 손을 흔들고 있었다. 알리는 누이를 돌아보았다.

"난 셀레나랑 저쪽에 있을게." 하니페는 턱끝으로 만 반대편을 가리켰다. "나중에 봐."

---

* '말라깽이'라는 뜻의 튀르키예어.

여자애들은 바닷가 제일 먼 쪽에 진을 치고, 물에 잠깐 들어갔다 나갔다 하면서 더위를 식혔다. 제일 가까이에는 아직 일하러 갈 때가 안 된 손위의 남자애들이 담배를 피우고 일광욕을 하다가 한 번씩 젖은 모래밭을 어슬렁어슬렁 돌아다니며 여자애들에게 부쩍 자란 몸을 과시했다. 그 중간이 알리네 패거리의 영역이었다.

알리는 하니페에게 혀를 내밀어 보이고 뛰어갔다. 밟는 걸음마다 의무와 걱정이 떨어져나갔다.

"알! 알! 알!" 아이들이 다몬에게 닿지 않는 쪽으로 공을 걷어차면서 외치는 소리를 들을 수 있었다. "골 넣어!"

아이들이 생각하는 골대는 바닷가 전체였고, 다몬은 공이 물에 들어가지 않게 하려고 허우적거리고 있었다. 알리는 학교 친구를 보면서 그렇게 안절부절못하며 공을 지키려고 할 바에는 그냥 두고 오지 그랬냐고 생각했다. 다몬이 공을 지키려고 할수록 다른 아이들은 더 놀려댔다. 대체로 아이들은 버려진 비치볼을 최대한 활용하거나, 옷을 천으로 묶어서 가지고 놀았다. 다몬이 그렇게까지 그 공에 연연하지 않았다면 다몬의 아버지가 열 살 생일선물로 사준, 구멍 하나 없는 열여덟 조각짜리 아름다운 가죽공을 가지고 모두가 그냥 즐겁게 놀았을 것이다. 그러나 자기 축구공과 자기 규칙을 내세우며 거드름을 피우는 다몬과 어울려 놀기보다는 공을 빼앗는 쪽이 더 재미있었다.

알리는 다몬 쪽 바다로 공을 다시 걷어찬 다음 티셔츠와 반바지를 벗어던졌다.

"이봐, 스텔라, 살살 해." 안드라스라는 손아래의 땅딸한 아이가 두 팔로 자기 어깨를 감싸고 영화 속의 키스를 흉내냈다. 멜리나 메르쿠리는 그 여름 가장 인기 있는 그리스 배우였고, 불운한 스텔라 역할을 맡은 멜리나의 사진이 섬 전역에 붙었다. 그 영화를 본 아이는 아무도 없었지만, 스텔라가 축구 선수와 결혼했다는 사실은 모두 알고 있었다.

다몬이 미처 반응하기도 전에 니콜라이가 물에서 발을 내밀어 공을 바다 깊이 차버렸다. 알리는 나머지 패거리가 달려들어 공을 더 멀리 떠미는 가운데 물살을 헤치며 걸어들어갔다.

"곧 다들 싫증낼 거야." 알리는 친구의 어깨를 가볍게 쳤다. "놀게 놔둬."

다몬은 고개를 저었다. "봐." 둘은 팔다리를 허우적대는 아이들 너머로 바다에 둥둥 떠내려가는 물에 젖은 갈색 구체를 보았다. "아빠가 날 죽이려 할 거야."

몇 주 전, 다몬은 나무를 타다가 나뭇가지에 반바지가 걸렸는데도 주머니칼로 벨트 고리를 끊지 않겠다고 울었다. 알리가 나뭇가지를 부러뜨려서 울어대는 다몬을 풀어줬다. 다른 아이들은 낄낄거리며 웃었고, 그후 며칠 동안 놀러갈 때 다몬을 빼놓으려고 했다.

"다몬은 아기야. 니피오스*하고나 놀아야지." 안드라스가 말했다.

"부모님이 엄해서 그래." 알리도 정말 그런지는 잘 몰랐지만, 그래야 말이 됐다. 그렇지 않고서야 왜 다몬은 부모님이 어떻게 생각할지를 늘 걱정할까? 알리의 부모는 너무 바빠서 알리의 옷과 장난감에 대해서는 신경쓰지도 않았다. 알리가 예의 없이 굴면 손바닥

---

* '아기'라는 뜻의 그리스어.

으로 때리고, 집안일을 다 해놓으라거나 누이를 도와주라고 소리치긴 해도 그 외에는 내버려두었다. 알리는 그리스 부모라고 튀르키예 부모보다 더 무섭거나 덜 무섭지 않을 거라고 생각했다. 어른들은 다 자기들만의 이해하기 힘든 습관이 있는 것 같았다. 그렇다 해도, 다몬은 돌봐줘야 하는 부류의 친구였다. "한 번만 더 기회를 줘봐."

그래서 패거리는 그 일을 잊기로 했고, 다몬의 생일에 같이 가지고 놀 새로운 축구공이 생기자 다몬에게 진절머리가 나면 해대던 '클랍세 모로'* 소리도 그만두었다. 어쨌든 알리는 말썽이 생길 줄 미리 알고 다몬에게 공을 집에 두고 나오라고 했지만, 인기 없는 아이는 쥐꼬리만한 권력의 맛도 저항하기 힘든 법이었다.

"부탁이야, 알리. 재들 좀 막아줘."

알리는 이제 물러나는 조류 속에서 덜덜 떨고 있는 앙상한 다몬을 흘긋 보고는 물속에 머리를 넣고 공을 향해 헤엄쳤다. 알리는 패거리에서 제일 헤엄을 잘 쳤지만, 아이들은 정해진 깊이 너머로 나가지 말아야 했다. 이 년 전 여름, 게스트하우스의 손님 하나가 바다에 떠내려가서 그대로 빠져 죽었다. 해안 경비대가 없었고, 어른이라고는 가끔 느릿느릿 산책을 하러 나오는 마을 노인들뿐이었다. 해안에 있던 누군가가 수평선에 보이는 남자에게 큰일이 난 것을 알아차렸을 때는 이미 구하러 가기에 너무 늦었다. 시신마저 영영 찾지 못했다. 공식적으로는 관광객이 이 지역 바다를 잘 몰라생긴 사고라고 했지만, 학교와 집에서는 아이들에게 뒷마당에 도사

---

* '울어라, 아가야'라는 뜻의 그리스어.

린 위험을 다시 일깨웠다.

땅이 아래로 쑥 꺼지고, 물 색깔이 옅디옅은 새벽의 푸른색에서 할아버지의 조끼 같은 빛바랜 잉크색으로 변하는 첫번째 지점을 지나자 해류가 더 강해졌다. 알리는 큰 파도를 몇 개 타넘으면서 뒤쪽 아래로 자신을 당기는 힘을 느꼈다. 방파제 너머는 수면이 잔잔해 보였고, 저 앞에서 흔들리는 가죽공만이 수면 아래 저류를 짐작케 했다. 알리는 햇빛 속에서 눈을 가늘게 뜨고 거리를 가늠해보려 했다. 뒤에서는 아이들의 고함소리가 파도 소리와 함께 커졌다가 작아졌다. 이제 알리는 멀리 떨어져서 만을 벗어나는 방향으로 가고 있었고, 알리가 다가가는 동안에도 가죽공은 탁 트인 지중해로 떠내려가고 있었다. 알리는 자기가 만든 물결에 공이 떠밀려가는 일이 없도록 잠수했다가 공을 앞질러 보려고 했다.

물속에서는 얼굴 앞으로 물을 미는 두 손만 간신히 알아볼 수 있었다. 눈이 따가웠고, 콧속을 채운 바닷물 때문에 목 안쪽이 쓰라렸다. 알리는 공과 나란하지만 조금 오른쪽으로 떨어진 곳에서 솟아올랐고, 남은 힘을 쏟아 그 거리를 좁혀보기로 결정했다. 숨을 크게 들이마시고, 두 다리를 피스톤처럼 써서 허공에 몸을 던졌다. 떠가는 공을 잡으려던 손가락 끝이 거친 가죽을 긁었다. 알리는 몸을 숙여 발로 공을 잡고 두 팔로 공 주위를 감싸서 온몸으로 작은 웅덩이를 만들었다. 공을 잡은 알리는 숨을 헐떡이며 둥둥 뜨는 보물에 몸을 얹고 잠시 쉬었다.

배 아래에서 공이 까딱거렸다. 알리는 삼촌과 함께 차를 타고 니코시아에 목욕을 갔던 하루를 생각했다. 당나귀 그리의 앙상한 등에 더 익숙한 알리는 삼촌의 메르세데스에 깔린 편안한 가죽 위에서 집에 오는 내내 자버렸고, 삼촌이 해준 야간의 섬 투어를 놓쳤다.

"경비견은 못 될 녀석이네." 암자*는 그렇게 말했다. "징집되는 일은 없길 빌자고."

그 말은 강한 인상을 남겼고, 알리는 그 말이 굉장히 부당하면서도 아프다고 생각했다. 삼촌은 숨겨진 진실이라도 아는 것 같았다. 군인이 되고 싶은 마음은 없었지만, 용감하고 의리 있는 사람이고는 싶었다. 알리는 분명 쓸모 있을 수 있었다. 코스타스를 도와 잡다한 일을 할 때면 만족감을 느꼈고, 코스타스도 잘했다며 기뻐했다. 그런데 삼촌이 알리에게서 끔찍한 결점을 보고 만 걸까? 한 학년 위의 아폴로에게 점심을 빼앗기지 않으려고 숨어다닌 적이 있기는 했다. 일주일을 그러다가, 혼자 먹는 데 질려서 그냥 제일 좋아하는 고기 뵈레크를 포기하고 말았다. 아폴로가 채소를 싫어한다는 사실을 알고는 어머니에게 콜리플라워를 넣은 뵈레크만 만들어달라고 했다. 콜리플라워를 썩 좋아하진 않지만 그후로는 점심 시간을 평화롭게 보낼 수 있었고, 알리의 친구들도 모두 학교에서는 채식주의자처럼 먹게 되었다. 그게 비겁한 행동이었을까?

알리는 눈을 감고 있었고 아래에서는 물이 출렁거렸다. 그사이 더 떠내려왔다는 건 알지만, 아폴로 때도 방법을 찾았으니 열심히 생각하면 이 상황에서도 빠져나갈 길을 찾을 수 있을 것이다. 삼촌이 틀렸다. 알리는 군인이 될 수 있다. 집 바깥 변소에서 전갈을 한 번 보고는, 변소에 가는 대신 여러 밤 침실 창밖으로 오줌을 눈 것

---

* '삼촌'이라는 뜻의 튀르키예어.

을 삼촌이 알 리가 없었다. 그건 분별 있는 행동이었다. 전갈에 쏘이거나 거미에 물리고 싶은 사람이 어디 있을까? 하지만 무서워서 그런 것처럼 보이리라는 것도 알았다. 용감하다는 건 위험을 무릅쓴다는 뜻이니까, 알리는 대담해지기로 마음먹었다.

머리 위로 니코시아를 향해 날아가는 영국 공군 비행기의 진동 소리를 들을 수 있었다. 남자아이들은 영국 항공기를 보면 주먹을 들어올리곤 했지만, 최근에는 헬리콥터까지 새로 더해지면서 매번 반응하기에는 수가 너무 많아졌다. 알리는 친구들이 뭘 하고 있나 다시 돌아보았다. 방파제 이쪽으로는 안드라스만 보였고, 다른 아이들은 해변에 선 막대기 같았다. 알리는 수위가 어떻게 되는지 주변을 훑어보았다.

알리는 만을 한참 벗어나 있었고, 익숙한 해변가 양쪽으로 바위투성이 해안선이 쭉 뻗어나간 모습이 보였다. 왼쪽 저멀리에서 여객선 한 척이 어딘가로 다가가고 있었다. 분명히 라르나카 항구일 것이다. 해안에서 이렇게 멀리까지 와보기는 처음이었다. 예전에 불가사리를 찾아 만 남쪽 면에 있는 동굴까지 헤엄치려 해본 적은 있었다. 하지만 산에 난 구멍까지 기어올라갈 발판 정도로 보였던 바위가 실제로는 너무 높고 가팔랐다. 쉬지도 못하고 돌아가려니 헤엄치기가 여간 힘들지 않았다.

"다음엔 다른 쪽을 시도해볼래. 아니면 밀물이 더 들어왔을 때 가보거나." 알리는 패거리에게 돌아와서 그렇게 말했지만, 다시는 가지 않았다. 헤엄쳐 돌아오는 길에 느꼈던 그 기분은 다시 느끼고 싶지 않았다. 계속 헤엄은 치는데 어디로도 가지 못하는 것 같았을 때 몸을 타고 오르던 그 메스꺼운 두려움. 그때의 헤엄이 중요했던 건 친구들이 그런 알리를 보았고, 알리가 두려움을 모른다고 생각했기 때문이다. 지금 친구들이 위험을 알릴 생각은 없이 해변에 서서 지켜보기만 하는 건 그래서였다. 알리는 헤엄을 칠 줄 아는 녀석이니까.

물론 알리는 여기 조류를 잘 알았다. 학교에서는 '지중해의 온화한 조류'라고 했다. 하지만 바다는 교과서에서 읽은 것처럼 마냥 평화롭지도 예측 가능하지도 않았다. 어떤 작은 만에도 저마다의 성격이 있었고, 해변마다 각각의 골칫거리가 있었다. 칼로스도 다르지 않았다. 출발하려고 다리를 차자 종아리 근육이 쑤셨다. 앞쪽에서는 오후 햇살을 받은 바닷물이 출렁이고 굽이쳤다. 이 시간에 이렇게 멀리 나오지 말았어야 했다. 쉬는 동안 해변이 더 멀어졌다.

두 팔에 공을 끼니 추진력을 얻을 곳이 다리뿐이었다. 알리는 더 세게 발을 차고 공 위로 몸을 당겨 팔의 힘을 더하려 했다. 상체가 너무 올라가면 통제력을 잃었고, 반대로 덜 올라가면 손만 물에 들어갔다. 자세를 바꾸어 공을 한쪽 겨드랑이에 끼고 반대쪽으로 팔짓을 했다. 공이 가슴을 밀지 않으니 숨은 쉴 수 있었지만, 균형이 잡히지 않고 속도도 나지 않았다. 이번에는 공을 앞으로 던지고 거기까지 헤엄치는 식으로 해보았지만, 네번째 시도에 팔이 벌써 돌덩이처럼 무거워져서 기껏해야 한두 번 팔짓하면 닿는 거리까지밖에 던지지 못했다. 그리고 헤엄을 멈출 때마다 물결이 몸을 뒤로 떠밀었다.

눈에는 소금기가 가득했고 피부는 타는 것 같았지만, 알리는 발을 계속 찼다. 이제는 해변에 서 있는 사람이 더 많아졌다. 유리창 너머를 보듯, 이쪽에는 물이 가득한 세계가 있고 저쪽에는 땅과 공기가 있는 것처럼 보였다. 지금 그 사람들이 필요했다. 한 명이라도 도와줄 사람이 필요했다. 저기서 알리가 보이거나 알리의 소리가 들릴까? 그러면 누가 오기는 할까? 머리에 기름을 바르고 으스대며 걸어다니는 손위 남자애들은 어림없었다. 부모님 말을 잘 듣는 여자애들도 어림없었다. 그래도 도움을 구해볼 수는 있겠지. 혹시 위험을 무릅써줄 친구도 있을까? 알리는 뱃속 깊은 곳에서 올라오는 구역질을 알아차리고 시간이 얼마 남지 않았음을 알았다. 계속 공을 잡고 있다가는 돌아가지 못할 것이다.

알리는 공을 머리에 대고 계속 앞으로 나아갔다. 좀더 안전한 만 안쪽으로 들어가야 하는데 팔을 위로 들면서 헤엄칠 힘은 없었다. 공 위에서 쉬면서 잠시 자는 그림이 떠올랐다. 위험한 생각인 줄 알면서도, 잠깐 자고 일어나면 되살아날 것만 같았다. 머리로 공을 밀기에도 너무 지친 알리는 배영 자세로 누워 턱밑에 공을 끼웠다. 자세를 바꾸고 잠시 동안은 새로운 힘이 솟았지만 이내 목이 아파왔다. 공이 가슴에서 미끄러져 떨어졌고 알리는 손을 뻗어 공을 잡았다. 놓아버려야 했다. 공만 없으면 해변으로 돌아갈 가능성이 생길지 몰랐다. 고개를 돌려 혹시 구조의 손길이 오는지 보려고 했지만 시야가 흐렸고 수면에 반사된 하얀 햇빛이 눈을 찔렀다. 그런데도 알리는 공을 놓을 수가 없었다. 헛되이 구조받게 되리란 부끄러움, 임무에 실패했다는 생각, 다몬의 실망과 친구들이 던질 농담이 부담이 되어 공을 놓을 수가 없었다. 그는 용감한 알리였다. 삼촌이 틀렸다.

알리는 몸을 다시 뒤집어서 공을 붙들고, 소금기에 따끔거리는 눈을 아예 감아버리고 두 다리를 페달 돌리듯 찼다. 코로 숨을 쉬어보려 했다. 목이 마르고 목구멍이 따가웠다. 몸이 망가진 느낌이었다. 자기 친구들과 해변에 있을 하니페를 생각했다. 하니페는 알리가 큰일난 줄 알아차렸을까? 어머니는 알 것이다. 지금 어디에 있든 아들이 위험하다는 걸 깨달았을 것이다. 그가 소리를 질렀던가? 손은 흔들었던가? 지금 누군가가 알리에게 헤엄쳐 온다면 빠져 죽을 위험을 무릅쓰는 셈이었다. 아무도 오지 않는다면 다들 알리가 빠져 죽는 모습을 지켜보아야 했다. 알리는 너무 피곤해서 다리만 계속 구르고 또 구르며 집으로 돌아가는 문제를 생각했다.

공을 품에 안고는 힘차게 헤엄칠 수가 없었지만, 공을 놓고 싶지가 않았다. 끈이 있다면 끌고 갈 수 있겠지만, 그래도 저항 때문에 느려지긴 하겠지. 공에서 바람을 빼야 하는데, 어떻게 빼지?

축구공용 펌프라면 공에 바람을 넣거나 뺄 수 있었다. 알리에게는 자전거용 펌프가 있었지만, 이러나저러나 마찬가지였다. 자전거용 펌프는 집에 있는 창고에, 커다란 스패너들과 코스타스의 다른 공구들과 같이 들통 안에 있었다. 코스타스가 여기 있었다면 바늘 없이도 공을 납작하게 만들 방법을 찾았을 텐데. 알리는 코스타스가 전선을 하나로 잇는 모습, 밀가루 반죽으로 벽을 메우는 모습, 건초로 지붕 타일을 받치는 모습을 본 적이 있었다. 한번은 코스타스가 임신한 염소 배를 가르고 새끼염소들을 꺼낸 후에 라켓 줄을 실 삼아서 어미 배를 꿰매는 것도 보았다. 그 염소는 한 시간 만에 일어섰다. 그 모습을 본 이후, 알리는 어떤 일이든 가능하다고 생각했다. 지금 알리는 그 기분을 기억하려 했다. 결승선과 연단을 생각하고, 병사들과 대령들을 생각했다. 알리는 카긴 집안 사람이었다. 원하는 건 뭐든 손에 넣고, 꿈꾸는 건 무엇이든 이룰 수 있었다.

부드러운 물체가 발을 스치고 지나갔는데 마치 누군가의 손 같았다. 알리는 흠칫 다리를 접었다. 물고기였다. 물고기일 뿐이라고, 스스로에게 되뇌었다. 여기가 어딜까? 잠깐 잠이 들었나보다. 해안선은 멀어졌고 알리는 다시 만 바깥으로 밀려나와 있었다. 축구공이 알리를 죽이고 말 것이다. 너무 늦기 전에 목숨 걸고 헤엄을 쳐야 했다. 알리는 둥둥 뜬 공을 스르륵 내려놓고 수면 아래로 가라앉았다. 숨을 내뱉었지만 몸이 더는 떠오르지 않았다. 물이 아래로 잡아당기는 힘을 느끼고 얼굴을 물 밖으로 내밀어보려 몸부림쳤지만 헛수고였다. 이제는 다리가 옴짝달싹 못하게 되었고, 팔 하나가 목을 감고 있었다. 알리는 온 힘을 다해 그 허깨비를 때렸다.

"아야! 알! 그만해. 나야. 그만하지 않으면 우리 둘 다 가라앉아."

알리의 귀에는 물이 가득했다. 스스로가 허우적대고 첨벙대는 소리 말고는 들리지 않았지만, 볼 수는 있었다. 한 팔로 공을 안고 다른 팔은 방어하는 듯, 애원하는 듯 알리에게 뻗은 채 옆에서 헤엄치고 있는 사람은, 다몬이었다.

알리는 잠시 동안 이해할 수가 없었다. 여긴 다몬이 있을 곳이 아니었다. 술집에서 선생님을 목격하거나, 어머니가 나무를 타는 모습을 보는 느낌이었다. 혹시 아직 잠에서 안 깼나 생각했다. 아니면 죽었나. 어쨌든 몸부림을 멈추고 다몬의 도움을 받아서 머리를 물위로 띄울 수 있었다. 다몬의 주머니칼이 알리의 어깨를 받쳤다.

"해파리였어." 친구가 말했다. "숨쉬어. 그다음에 돌아가자."

배는 없었다. 다몬이 어떻게 여기까지 온 걸까? 알리든 다몬이든 어떻게 해변까지 돌아갈까? 알리의 두 다리는 갓난아기처럼 힘이 없었다. 두 팔도 거의 움직일 수가 없었다. 게다가 다몬에겐 그 공이 있었다. 둘 다 빠져 죽고 말 것이다.

"힘을 빼야 해, 알. 내가 헤엄치게 해줘."

다몬은 알리의 몸에 팔을 두른 채, 반대쪽 팔에는 공을 끼고 친구를 해안으로 끌고 가기 시작했다. 둘 다 거의 앞으로 나가지 못했다.

"공." 알리가 공을 잡으려다가 바로 다시 물속으로 가라앉았다. 알리는 기침을 하면서 공 위에 몸을 올리고 다몬에게 매달렸다. "공은…… 버려야 해."

둘 다 멀리 떨어진 해변을 쳐다보았다. 이제는 몇 명이 두 사람 쪽을 향해 머리를 끄덕거렸지만, 여전히 멀기만 했다. 알리는 제대로 버티지 못했고 다몬은 알리의 몸 아래 공이 미끄러지는 바람에 친구의 몸을 세울 수가 없었다.

"가!" 알리는 공을 놓고 다몬을 붙잡았다. 공은 물위를 미끄러졌다. 두 아이는 이토록 먼 바다까지 둘을 데려왔고, 자칫 돌아가지 못하게 만들 수 있는 축구공을 빤히 바라보았다.

"잠깐만." 다몬이 알리를 지탱하면서 나머지 한 손으로 주머니 칼을 들었다. 다몬은 단번에 거리를 좁혀서 공을 잡고 가죽 깊숙이 칼을 찔러넣었다. "받아." 다몬은 구겨진 달 같은 축구공을 알리 쪽으로 밀었다. "꽉 잡아."

두 아이는 천천히 귀환의 먼 여정을 시작했다.

*

 신랑 들러리 연설이었기에, 다몬은 말을 신중하게 골랐다. 다몬은 옛날에 고향 해변에서 자기가 알리의 목숨을 구했다는 말은 사실이 아니라고 말했다. 사실은 알리가 다몬을 구했다고. 알리라면 분명 그 골치 아픈 해파리를 헤치고 집에 돌아올 방법을 찾아냈을 것이다. 물론 위기 상황이었다는 사실은 인정할 수밖에 없지만 말이다.

 "알은 언제나 문제를 해결하는 방법도, 말썽에서 벗어나는 방법도 알았죠. 설령 그전까지 그런 녀석인 줄 몰랐다 해도, 시스마* 중에 여러 번 목격했습니다."

 하객들은, 알리의 튀르키예인 친구들과 셀레나의 그리스인 친구들은 모두 키프로스섬의 분단을 안다는 뜻으로 고개를 끄덕였다.

 "우리가 페디아**였을 때 알이 용감하게 구는 법을 보여주지 않았다면, 저는 결코 여기까지 오지 못했을 겁니다." 다몬은 바깥 거리를 가리키고, 팔을 더 크게 저어 공원과 런던 북부까지를 가리켰다. "다들 등을 돌릴 때 알은 제 편이 되어주었어요. 제가 떨어질 뻔했을 때 절 구하려고 나무를 탔죠. 알은 제가 가장 먼저 의지하는 사람이고, 마지막까지 곁에 있을 사람입니다. 친애하는 셀레나." 다몬은 유리잔을 들어올렸다. "남편을 잘 골랐어. 현명하게 골랐어. 두 사람이 함께하는 삶이 길고 황홀하기를. 그리고 절친한

---

* '분단' '분열'이라는 뜻의 그리스어.
** '어린이'라는 뜻의 그리스어.

친구와 축구공 중에서 선택을 해야 하는 어려움은 겪지 않기를. 살리니자!*"

Ⅱ. 저버림

알리는 구해낸 공을 몸 아래에 안정적으로 받치고 바다로 더 멀리 밀려나갔다. 해변에 있을 하니페를 생각했다. 아침마다 하니페를 보며 조바심을 내고, 기회만 되면 두고 가려고 안달을 했는데. 이제는 그렇게 가만히 있지 못하던 두 다리에서도 힘이 빠졌다. 다시 누이 옆에 서서, 발가락 사이에 모래를 느끼며, 남는 게 시간뿐이라는 듯이 누이가 느릿느릿 신발끈을 푸는 동안 기다릴 수만 있다면 얼마나 좋을까.

사방이 뚫린 바다에서는 남은 시간이 없었다. 알리는 해안가를 돌아보았다. 해변에 작게 한 무리의 사람들이 보였다. 이 거리에서 보니 윤곽은 흐릿했지만, 함께 모여 선 것만은 확실했다. 방파제 이쪽에는 아무도 보이지 않았다.

알리는 공 위에서 미끄러져 살짝 물에 잠겼다. 근육이 너무 지쳐서 몸을 받쳐주지 못했다. 밧줄 같은 물줄기가 얼굴 앞에 나타났다. 아니, 물이 아니라 촉수였다. 수도꼭지에서 쏟아지는 물처럼 투명한 촉수. 알리가 한쪽으로 몸을 숙이자 해파리가 멀어졌고 축구공은 어깨 위를 미끄러졌다. 내버려두었다. 해파리가 한 마리 있

---

* '건강을 기원하며'라는 뜻의 튀르키예어.

다는 건, 더 많이 있다는 뜻이었다. 지금 쏘인다면 다몬이 나뭇가지에 벨트가 걸려서 나무에서 떨어졌던 때만큼이나 빠르게 바다 밑바닥으로 가라앉을 것이다. 그 시스카 녀석은 벨트를 잘라내는 대신 몸부림을 치다가 균형을 잃었다. 다몬은 군인감이 아니지만, 다몬의 뼈가 부러졌다고 해봐야 지금 알리를 기다리는 운명에 비할 바는 아니었다.

삼촌이 말했던 그런 순간이었다. 알리는 지금, 징집이라도 당하듯이 지중해의 심연으로 불려가고 있었다. 온 힘을 다해 해변으로 헤엄을 칠 수도 있고, 포기할 수도 있었다. 가족들은 영영 알리를 찾지 못할 것이다. 어머니만은 아들이 어디 가라앉았는지 알 테지만, 그렇게 남은 평생 바다 아래 잠든 알리를 생각하리라. 그리고 하니페는 영영 형제 잃은 쌍둥이가 될 것이다.

알리는 이런 순간에 직면한 경험이 없었다. 이제 겨우 아홉 살이었다. 죽음에 가장 가까웠던 경험이라봐야 태어날 때가 다였다. 무서웠던 순간들은 기억이 났지만, 죽음의 두려움을 겪어봤던가? 바깥 변소에 도사린 생물들은 알리의 주된 적이었지만, 알리를 죽일 일은 없었다. 아폴로와 그 부하들도 마찬가지였다. 하지만 여기, 바다에서 알리는 죽을 수도 있었고 아무도 그를 구하러 오지 않을 터였다. 배를 타고 나왔던 그 남자를 모두가 지켜보면서도 구하지 못한 것처럼.

알리는 눈부신 하늘을 향해 얼굴을 들어올리고, 숨을 깊이 들이마신 다음, 의지력으로 팔과 다리를 움직였다.

*

 "너무나 오랜 시간이 흐른 것 같았어요." 알리는 완벽한 영어로 말했다. "마치 온 세상이 느려진 것 같았죠. 전 갓난아기처럼 해변으로 쓸려갔어요."

 "친구들이 겁에 질려 있었겠네요." 젊은 여자는 알리를 보고 얼굴을 찡그렸다. 아직도 사람들을 좋게 생각하나보다.

 "쯧. 다들 축구공만 신경썼는걸요. 그러니까……" 알리는 이 불편한 이야기를 지금 왜 꺼냈는지 기억해내고 바다를 보았다. "부디 해류를 조심하세요. 이 작은 칼로스 해변은 잔잔해 보이지만 사람을 가지고 놀 수 있답니다. 정말이에요."

 두 사람은 부드러운 파도가 발밑까지 모래를 끌어왔다가 다시 몰고 가는 모습을 지켜보았다. 만은 거의 텅 비어 있었다. 아이들은 아직 학교에 있었고 어른들은 일터에 있었다. 평소의 알리는 손님을 이 해변에 데려오지 않았다. 여기는 그의 바닷가였다.

 "성난 바다라기보다는 수영장 같은 느낌이지만, 고마워요. 충고해줘서." 여자가 말했다.

 여자가 미소를 보이자 알리는 그만 떠나라는 신호라고 받아들였다. 게스트하우스는 이제 막 성수기에 접어들었고 셀레나와 코스타스가 곧 점심을 제공할 터였다.

 "알리, 맞죠?" 여자가 한 손을 내밀었다. "엘리자베스예요. 급하게 돌아가야 하나요?"

 그녀는 나이가 많지 않았다. 기껏해야 알리보다 몇 살 위일까. 이틀 전에 혼자 도착해서는 오늘 아침식사 때까지 자기 방에만 틀어박혀 있다가, 밀짚모자를 쓰고 작은 테라스에 나타나서 해변으로 가는 길을 물었다.

"알리에게 물어봐요." 셀레나가 말했다. "수영 잘하는 사람이니까."

알리가 별을 항해하는 사람이라면 결코 추락을 잊지 못하련만. 알리는 셀레나를 향해 어깨를 으쓱였지만 그래도 이 영국 여자에게 몇 시간 기다려줄 수 있다면 함께 가겠다고 했다. 여행사에서는 '정성이 담긴'이니 '고객 만족'이니 하는 소리를 자주 했지만, 알리는 자기가 돕고 싶은 사람들에게만 도움을 제공했다. 여자는 기다리겠다고 했고, 결코 인정하지는 않겠지만 알리는 평소보다 조금 서둘러 일했다.

그 여름에는 게스트하우스에서 일하는 사람이 몇 명 없었다. 셀레나와 코스타스, 알리와 알리의 아버지, 그리고 세탁을 담당하는 여자 하나. 하니페는 런던으로 가서 핀스베리 파크라는 곳 근처에 있는 튀르키예 신문사에서 일했다. 섬을 떠날 수 있게 되자마자 떠났는데, 이 섬이 어머니를 죽였고 이젠 자기도 죽일 참이라서라고 했다. 어머니는 뇌종양으로 돌아가셨고 알리는 그 병이 그들이 사는 장소와 관계가 있는 것 같지는 않았지만, 하니페의 주장은 그랬다.

"난 다시는 침공받고 싶지 않아. 침공하는 쪽이 되고 싶어."

하니페는 그렇게 말하고, 자기만의 앙갚음을 위해 잉글랜드로 떠났다. 알리는 누이에게 영국을 정복한 기분이 드는지 묻지 않았다. 자기가 사는 런던 북부 구석에서 충분히 잘 해내고 있었으니까. 하니페는 알리와 아버지가 이제 호텔에 더 가까운 게스트하우스를 운영하게 내버려두고 떠났고, 알리에게는 스스로의 미래를 생각하라고 말했다. 일 년에 한 번씩 섬에 돌아왔고, 셀레나와 코스타스의 결혼식 때도 왔다. 결혼식에서 하니페는 알리의 얼굴을 두 손으로 잡고 말했다.

"스스로를 괴롭히지 마, 알리 에셰크. 떠나서 새로운 삶을 살아."

알리는 셀레나가 다른 남자에게 사랑을 맹세하는 모습을 지켜보았고 아무 말도 하지 않았다. 그의 내면에 삶이 많이 남아 있는 것 같지 않았다.

대신 알리는 집을 개조하고, 새로운 배관을 설치하고 거미와 전갈과 뱀들, 부엌에 줄지어 다니던 개미들과 싱크대 안에 모인 좀벌레들을 박멸하는 데 모든 힘을 쏟았다. 알고 보니 알리는 허술한 건물에 출몰하는 온갖 해충을 박멸하는 데 재능이 있었다. 그 작은 호텔은 유럽 여기저기를 날아다니며 패키지 여행이 아니라 '진짜' 섬을 경험하고 싶어하는 새로운 관광객 무리에게 안성맞춤이었다. 알리가 보기에 그 '진짜'란 뜨거운 물이 나오는 개별 욕실과 대형 호텔의 반값으로 포도넝쿨 아래에서 즐기는 아침식사를 말했다. 방문객들이 진짜 시골집을 숙소로 삼는 모험을 해본다면 충격이 이만저만이 아닐 것이다. 알리는 다음에 또 염색한 히피가 와인 리스트를 두고 불평하면 그런 여행을 제안해볼까 생각했다.

영국 여자, 엘리자베스는 불평이 많은 타입 같지도 않았고, 히피도 아니었다. 그들은 엘리자베스가 타월을 깔아둔 좀더 아늑한 모래언덕으로 돌아갔고, 그녀는 가방을 풀더니 단정한 검은색 비키니 차림으로 두 손에 책을 들고 엎드렸다. 해변까지 걸으면서 이 섬의 풍경과 역사에 대해 이야기를 나눠보니 엘리자베스와는 대화하기가 편했고, 안전을 위해 충고한다는 게 업무상의 발언보다는 개인적인 고백처럼 되어버린 참이었다. 알리는 엘리자베스를 슬쩍 보았다. 매력적이었다. 살결은 곱고 몸매가 좋았으며 검은 곱슬머리가 어깨까지 왔다. 저도 모르게 그 등뼈를 따라 손가락을 미끄러뜨리면 어떤 느낌일지 궁금해했다.

"잠시 더 있을래요?" 엘리자베스가 눈 위로 손그늘을 만들고 올려다보았다. "아니면 오후 내내 혼자 책을 읽어야 하거든요."

"책이 마음에 안 들어요?"

"아, 책이야 괜찮죠. 동행이 없어도 괜찮을지를 잘 모르겠어요."

알리는 그게 무슨 뜻일까 생각하면서 천천히 타월 옆 모래밭에 앉았다.

"혼자 있기가 싫어요?"

엘리자베스는 얼굴을 찡그렸다. "별로요. 혼자도 있어봐야 한다는 건 알아요. 안 그래도 그것 때문에 여기 왔으니까요. 익숙해지려고요."

"음...... 고독한 인생을 계획하고 있나요?" 퍼뜩 아요스 미나스의 그리스인 수녀들이 떠올랐다.

"오!" 엘리자베스는 웃음을 터뜨렸다. "아뇨, 아마 그 반대일 거예요. 그렇지만 제 어머니에겐 독립성에 대한 집착 같은 게 좀 있는데 저는 별로, 그렇게 살질 않아서요. 이제는 배울 때가 된 것 같아요."

"어머님이 굉장히 현대적이시군요."

"그렇다고 봐야죠. 하지만 본인은 그렇게 살지도 않았어요. 이제 세번째 남편과 결혼하기 직전이거든요. 아차." 엘리자베스가 손으로 입을 막았다. "혹시 신앙심이 깊으세요?"

"전혀요. 저도 어머니가 현대적이었거든요. 당신 어머니 같진 않지만, 아무튼 집안이 종교적이진 않았어요."

"여긴 다들 종교적인 줄 알았어요. 아름다운 교회가 정말 많잖아요."

"그래요. 하지만 난 그리스인이 아니에요. 튀르키예인이죠."

"아, 그렇군요."

알리는 고개를 끄덕였다. 물론 엘리자베스는 알지 못했다. 알리인들 어떻게 설명할 수 있겠는가? 부모님에게 왜 주일학교에 가야 하냐고 물었더니 소란 피우지 말라고 했던 날부터 시작해야 할까? 아니면 모두와 친구라고 생각했는데, 어느 날 그 모두가 다몬과 한편이 되고 알리가 패거리에게 버려진 일부터? 모두 알리가 그 깡마른 그리스 소년이 나무에서 떨어지게 내버려뒀다고, 또 다몬의 축구공을 훔친데다가 바다에 떠내려가게 놔뒀다고 비난했다. 그후부터 알리는 '알'이 아니라 알리였고, 의자에 다리를 묶었던 선생님에 대해 어머니가 했던 말이 무슨 뜻인지도 이해하게 되었다. 알리는 달랐다. 그렇다, 알리는 종교적이지 않았고, 그리스인도 아니었다.

"괜찮아요." 엘리자베스에게 말했다. "이 섬은 좀 복잡해요. 하지만 곧 상황이 바뀌겠죠."

엘리자베스는 생각이 다 드러나는 얼굴로 알리를 바라보았다. 알리는 셀레나가 자신을 사랑하지 않는다는 사실을 받아들인 이후 처음으로 누군가가 자신을 원할지도 모른다는 희망을 느꼈다.

"그래서 당신은요. 어머니처럼 독립적인 여성이 될 건가요?"

엘리자베스는 한숨을 내쉬었다. "그래요, 거의 그렇죠. 다만, 남편은 하나만 두고요. 아마도." 왼손을 들어올리자 네번째 손가락에 하얀 선이 보였다. "그이는 화가예요. 다음달에 결혼해요."

갑자기 찾아왔던 희망이 바로 사라졌다. "이미 피부가 탔네요, 두번째 휴가인가봐요."

"어? 아, 네." 엘리자베스는 깜짝 놀란 얼굴이었다. "벗어나야 했어요. 어머니고, 어머니 약혼자고, 제 약혼자고 모두에게서 말이에요. 다같이 제가 어릴 때 어머니가 늘 데려갔던 프랑스의 어느 호텔에 묵었거든요. 지금보다 어렸을 때요." 눈썹을 치켜올리며 말했다. "무척이나 고급이죠. 일광욕 의자도 있고, 수영장에서 칵테일도 마시고. 모든 게 너무, 당연했어요. 마치 아무것도 달라지지 않았고, 앞으로도 달라지지 않을 거고, 절대 달라질 일 없다는 듯이요. 그래서 뭐랄까, 제가 선택하고 있다는 걸 확실히 하고 싶었어요."

두 사람은 앞에 놓인 반짝이는 바다를 보았다.

"선택요? 올바른 선택이 아니라?" 알리가 물었다.

"그게 올바른 선택이라면 더 좋을 테고요."

엘리자베스는 가방에서 오렌지맛 탄산음료를 두 개 꺼내 하나를 알리에게 건넸다.

"아마 괜찮겠죠." 엘리자베스는 음료수병의 금속 뚜껑을 밀어젖히고는, 그로 인한 통증을 누그러뜨리려고 엄지를 말아쥐었다. "그러니까 우리가, 나와 니콜라스가 결혼하고, 같이 세상으로 나아가고, 자식도 낳고. 기왕이면 아들 하나 딸 하나면 좋겠네요. 세상은 계속 돌아가겠죠. 그게 우리 자리예요."

"하지만……?"

"그래요. 바로 그거예요. 하지만."

알리는 음료수를 마시면서 엘리자베스가 고운 하얀 모래 속에 손을 집어넣는 모습을 지켜보았다.

"그래서 반지를 빼고 도망쳤군요. 당신이 제 신부라면 걱정이 되겠는데요."

엘리자베스는 미소 지었다. "그이는 걱정하는 타입이 아니에요. 자기 그림만 빼고요. 그림에 대해서는 조바심을 치죠."

불길 같은 분노가 치솟았다. 스스로를 그렇게나 대단하게 여기는 그 남자는 대체 뭘까? 알리는 음료수를 다시 마시다가 유리병에 이를 세게 부딪혔다.

"보크!"* 알리는 작게 욕설을 뱉었다.

"어우. 조심해요." 엘리자베스가 손을 뻗어 병을 받았다. "입술에서 피가 나네요."

얼굴이 너무 가까워서, 그 뺨에 내려앉은 빛을 볼 수 있을 정도였다. 엘리자베스는 화장을 하지 않았고, 꾸밈없는 얼굴을 검은 곱슬머리가 감싸고 있었다. 알리는 병을 잡은 손을 겹쳐 쥐면서 반지 자국을 덮었다.

"당신은 인간이 만든 어떤 물건보다 귀해요." 알리는 그렇게 말하고, 키스했다.

"오." 엘리자베스가 내뱉었고, 알리는 엘리자베스의 관자놀이에서 맥박이 고동치는 것을 느꼈다.

---

* '젠장'이라는 뜻의 튀르키예어.

"이건 당신이 원하는 거예요?" 알리는 상대방의 아랫입술에 묻은 자기 피를 닦으며 물었다.

엘리자베스가 알리를 보았고, 알리는 그 투명한 시선에 비친 자신의 모습을 보았다. 알리는 지구 역사의 아주아주 작은 순간 동안 함께하는 두 사람을 보았고, 미래를, 그 여자와 함께는 아니지만 그 곁에서 살아가는 미래를 보았다. 이 순간 이 해변에서, 알리의 칼로스 해변에서 담아낸 무엇인가가 엘리자베스 안에서 영원히 메아리치는 미래를.

"그래요." 엘리자베스가 말했다. "이게 내 선택이에요."

Ⅲ. 패배

구해내고 싶었던 축구공은 망망대해로 떠내려가버렸다. 알리는 손닿지 않는 곳에 둥둥 떠가는 공을 바라보았다. 어차피 그 공을 원했던 건 아니었다. 가져갈 수 있다는 걸 증명하려고 여기까지 헤엄쳐 온 건데, 예전 패거리 친구들은 관심도 주지 않았다. 아이들은 저 뒤편 얕은 물에서, 어느 관광객에게 얻은 비치볼을 던지고 서로를 떠밀면서 놀고 있었다. 깡마른 다몬만 이쪽을 보고 있을 터였다.

너무 멀리까지 헤엄쳐 와버렸다. 누워서 숨을 고르려고 해보았지만, 빨리 해안으로 헤엄쳐야 했다. 여름 내내 패거리를 유혹하던 비밀 동굴이 있는 만 가장자리 바위까지 갔던 때를 생각했다. 알리만이 그렇게 멀리까지 헤엄칠 만큼 용감했다. 삼촌의 말이 귓가에

맴돌았던 것이다. 알리를 창피하게 만들기로는 할아버지보다 삼촌이 더 지독했다. 삼촌의 차를 타고 니코시아까지 다녀온 이후, 삼촌은 알리에게 나약하고 게으른 녀석이라는 낙인을 찍었다.

"군인은 절대 못 될 거야. 의지할 녀석이 못 돼." 삼촌은 그렇게 말했다.

알리는 삼촌에게 제대로 보여줄 작정이었다. 하지만 해변에서 보았을 때는 너무나 신비롭고 매혹적이던 바위 절벽에 도착해보니, 동굴이라는 건 그냥 바위틈에 불과했고 올라가서 더 살펴볼 만한 곳도 없었다. 알리는 두 손에서 피가 날 때까지 날카로운 바위에 매달려 있다가 몸을 돌려야 했고, 팔은 쑤시고 호흡은 달리는 상태로 돌아가는 먼길을 헤엄쳐야 했다. 겨우 친구들이 있는 곳에 도착했을 때는 울지 않기 위해 온 힘을 다해야 했다. 다몬은 나무에서 떨어졌을 때 울었지만, 다른 아이들은 다몬을 돕지 않았다며 알리 탓을 했고 그후에는 모든 것이 전과 달랐다.

저멀리 하늘에서 영국 기지로 돌아가는 비행기 소리가 들렸다. 군인들. 군인들에게 손을 흔들며 와서 날 데려가라고 하고 싶었다. 소리치고 싶은 만큼 소리쳐도 아무도 듣지 않을 것이다. 해변에서조차 듣지 못할 것이다.

알리는 가라앉고 있었다. 몸을 바로 세우고 물속에서 페달을 밟으려고 했지만 두 다리가 멈춰 있었다. 동굴에서 해변까지 어떻게 스스로를 채찍질해서 돌아갔는지는 기억났다. 그때 들인 노력도, 해내지 못할 수도 있다는 걸 알았던 순간도. 방파제까지는 어떻게 간다 해도 파도를 헤치고 나아갈 힘이 없어서 빠져 죽을 수도 있었다. 배 안에서 잠들었던 관광객도 그랬다. 노를 잃어버리고 헤엄쳐서 돌아오려고 뛰어들었지만 해안 가까이까지 오는 데 그쳤다. 섬 사람들은 그 영국 남자를 지켜보았다. 시신은 다시 쓸려나갔다. 끔찍한 사고였다.

물소리를, 바다의 포효를 들을 수 있었고 출렁이는 물결도 느껴졌다. 폐에 공기를 채워봤자 다시 가라앉을 뿐이었다. 알리는 이제 헐떡이고 흐느끼며 외쳤다.

"야르딤! 야르딤 에트!"*

시간이 느려졌다. 친구들을, 다른 아이들을 볼 수가 없었다. 도우러 오는지 어떤지 볼 수 없었다. 누이는 알리를 기다리고 있을까? 다가올 상실을 감지했을까? 다시 한번 하니폐 발치의 모래언덕에 드러누워서 음료수나 수건, 누이가 늘 들고 다니는 가방에 든 물건 중 뭐든 달라고 할 수만 있다면 얼마나 좋을까. 뭘 받게 되든 진심으로 고마워할 텐데.

두 눈은 소금기투성이였고, 몸뚱이는 어렸을 때 가던 목욕탕의 낡은 스펀지처럼 물을 잔뜩 머금어, 그때 사방에서 아이들을 비누칠해주던 임신한 여자들처럼 몸이 무거웠다. 어머니를 생각했다. 두 아이를 한꺼번에 임신했던 어머니는 얼마나 몸이 크고 불편했을까. 그래서 두통에 시달리게 된 걸까? 알리는 언제나 어머니가 피곤해하는 게 자신의 잘못일까 생각했고, 어떻게 하면 언젠가 어머니를 낫게 할 수 있을지, 코스타스가 전등을 고치듯 어머니를 고치려면 어떻게 해야 할지 생각했다. 다만 이제는, 그 언젠가가 없을 터였다.

---

* '살려줘! 살려줘요!'라는 뜻의 튀르키예어.

삼촌은 뭐라고 할까? 알리는 용감했다고 할까? 알리는 바다에 헤엄쳐 나가서 돌아오지 못했다. 임무에 실패했고 아무도 도우러 오지 않았다. 수업시간에 의자에 알리의 다리를 묶었던 선생님이 옳았다. 알리는 달랐다. 이제는 '알'도 아니고, 패거리에 속하지도 않았다. 바깥에서 안을 들여다볼 뿐이었다. 다시 한번 몸을 밀어올렸지만, 손만 간신히 물위로 올라갔다. 알리는 바깥에 있었다. 언제나 바깥에 있을 것이었다. 이제는 바다의 일부였다. 낮이고 밤이고 매일같이 바다 밑에 누워 있을 것이다. 추울까? 아니, 죽으면 그런 걸 느끼지 못한다. 이것이 추위다. 이 가라앉음, 물이 가득차고 추락하는 것, 천천히 소리 없이 해저로 가라앉는 것. 아직 죽지 않았어. 아직 죽지. 아직.

3
선베드

박쥐 되기

토머스 네이글은 이렇게 썼다. 우리가 박쥐에게 나름의 인식 경험이 있다는 사실을 받아들인다면 박쥐 되기와 같은 어떤 상태가 있다는 뜻이지만, 그 경험은 우리 자신의 경험에서 너무나 동떨어져 있기에 어떤 건지 상상할 수 없다. 인식을 가진 생명체에서라면 모두 똑같이 말할 수 있고, 다른 인간도 마찬가지다. 다른 사람에 대해 물리적으로는 알 수 있지만, 그 사람의 경험을 가지면 어떨지를 과연 이해할 수 있을까?

하지만 나는 **박쥐에게** 박쥐 되기란 어떤 것인지 알고 싶다.
토머스 네이글, 〈철학 리뷰〉

엘리자베스 프라이스는 남편이 눈을 붙이는 그 순간에 정확히 그쪽을 돌아보았다.
"자는 거야?"
니콜라스는 흠칫하며 대서양이 어두워지는 동안 편히 누워 있으려고 고른 등의자 팔걸이를 잡았다. 정작 바다가 어두워지려면 멀었는데. "뭐?"
"잠들 뻔했구나. 아직 여섯시도 안 됐고 우린 일곱시에는 올리버네에 가야 해. 정말이지." 엘리자베스는 남편이 손에 쥐고 있던 유리잔을 들고 일어섰다. "우리 아직 죽지 않았어, 니키."
그녀는 유리잔들을 싱크대에 놓고, 저녁 약속에 나갈 준비를 하러 침실로 향하면서 텔레비전을 켜고 연속 방영중인 일일드라마의 볼륨을 올렸다. 사실 니콜라스가 낮잠을 좀 잔다고 화를 낼 건 없었다. 남편은 언제나 긴장을 풀고 있어서 순식간에 잠들곤 했는데, 하루종일 그녀 혼자 깨어 있는 시간이 얼마나 되는지 헤아려보니 소름이 끼칠 정도였다.

화장대 앞에 앉은 엘리자베스는 거울을 보면서 손가락 끝으로 두 뺨에 크림 블러셔를 찍어 발랐다. 잉글랜드를 떠난 이후로는 매일 가볍게 대화할 상대가 거의 없었다. 이런저런 수업에 다니고 집을 건사하고 니키를 돌보느라 여전히 바쁘긴 했다. 게다가 오십 대 후반에 접어든 여자치고 그만큼 몸매 좋고 매력적인데다 사범들과 카포에이라 수련까지 하는 사람이 얼마나 있겠는가? 하지만 너무 많은 시간을 혼자, 아니면 남편하고만 보내야 했고 가끔은, 특히 밤이면, 마치 한때 선명했지만 빨 때마다 점점 흐려지다가 언젠가는 그 자리에 존재했다는 사실마저 잊게 될 시트의 얼룩처럼 희미해져간다는 기분을 느낄 수밖에 없었다.

나는 존재해. 그녀는 숱이 줄어가는 속눈썹에 마스카라를 바르며 생각에 열중했다. 난 메이다 베일*에서 마호가니 가구에 둘러싸여 시들어가는 애니타 브루크너** 작품 속 재미없는 여자가 아니야. 난 아직 매력이 있어.

"내가 그렇게 지루해?" 엘리자베스는 침실로 들어와서 어찌할 바를 모르고 침대 끝 쪽에 선 채 양말을 찾고 있는 남편의 거울 속 모습을 노려보았다. "멀쩡히 깨서 단 몇 분도 나랑 대화를 나눌 수 없을 만큼?"

정말 그런 식이었다는 생각에 그녀는 제대로 말하려고 의자에서 몸을 빙글 돌렸다. 그는 마치 그녀가 잠들라는 신호, 집중은 그만

---

* 런던의 부촌.
** 영국의 작가로, 대표작 『호텔 뒤락』을 통해 여성의 일과 결혼 문제를 날카롭게 그려냈다.

두고 멀어지라는 신호라도 되는 것처럼 굴었다. 작업중에는 잠드는 일이 없었다. 그는 미술작품을 만들어내는 사람이었다. 색채와 열기로 가득한 크고 아름다운 캔버스들을. 남편이 저녁식사중에 잠든 일이 한두 번이 아니지만, 유화를 앞에 두고 그렇게 잠든 적은 없다는 생각에 그녀는 눈을 깜박였다.

니콜라스 프라이스는 잠시 동안 가만히 서서 아내가 말을 끝내기를 기다렸다.

"정말 미안해, 자기. 혹시 내 양말 봤어? 분명히 침대 위에 뒀는데."

더할 나위 없이 이성적인 말투였다.

"좋았던 옛 시절을 함께 추억하려고 당신 카디건한테 갔겠지. 지금 바깥 기온이 27도야."

"그래?" 니콜라스는 느긋하게 욕실로 걸어가면서 아내의 정수리에 입을 맞췄다. "나도 당신 하는 것처럼만 내 몸을 돌본다면 추위를 이렇게 심하게 타진 않을 텐데 말이야."

남편은 화장실에 들어가서 문을 닫았고 엘리자베스는 옷장에서 드레스를 골라 머리 위로 해서 입었다. 니콜라스는 언제나 소극적인 관심을 선호했다. 아버지의 부재와 억압된 어머니. 그녀는 바이어스 컷 치마를 매만지며 생각했다. 그녀의 어머니는 심리상담사였다. 그것도 프로이트학파의. 프로이트 정신 분석을 실천하는 여자들의 심리치료가 조금 과감하던 때였다. 엘리자베스는 어머니가 친구들을 에고이스트, 오이디푸스콤플렉스, 신경증이라고 쉽게 일축하는 분위기 속에서 성장했다. 사람의 정신을 마치 뜨개질 본대로 만들어낸 결과물처럼 분류하기가 참 쉬워 보였지. 그것도 각양

각색의 트위드옷처럼 하나같이 끔찍하리만큼 남성적이고 원기 왕성한 패턴으로.

니콜라스가 몸매 이야기를 했던가? 그녀는 뒷모습이 보일까 싶어 빙그르르 돌았다. 작년 한 해 조금 몸이 붇기는 했다. 옷이 끼는 느낌이나, 침대에서 돌아누울 때 접히고 밀리는 느낌으로 살이 찐 것을 느낄 수 있었다. 호르몬 변화 탓이었다. 신진대사에 이런 변화가 일어나리라는 경고를 받기는 했다. 인근 40마일 이내에 있는 유일한 호텔에 모여 외국에 나와 사는 다른 부인들과 차를 마시면서 큰 목소리로 의견을 교환했다. "때가 오면 포르탈레자에 있는 훌륭한 의사가 도와줄 거야. 물론 약초 치료법으로!" "코카인도 약초야, 비어트리스." 엘리자베스가 그렇게 대답하자 비어트리스는 미소지으며 과장스레 코웃음을 쳤다. "글쎄, 그것도 환상적이지, 안 그래?"

엘리자베스는 두통에도 아스피린을 먹지 않는 사람이었지만 그 훌륭하다는 의사 이름은 적어두었고, 이제 육 개월째 월경을 하지 않게 되자 상대적으로 큰 탈 없이 이 시기를 헤쳐나왔다는 사실이 기뻤다. 그러고 보면 어머니가 갱년기에 대해 불평하는 말을 들은 기억이 없었고, 어머니는 내내 몸매를 유지했다. 죽을 때도 발목이 우아했다.

거실에서는 브라질 배우들이 사랑에나 가짜 풍경에나 똑같은 열정을 품고 뛰어들거나 벗어나면서 열렬하게 외치는 목소리가 들려왔다. 프라이스 부부가 카노아 케브라다*로 이사한 수많은 이유

---

* 브라질 동쪽의 진주로 불리는 해안.

중에서 여전히 유효한 것은 언어적 친밀감이었다. 적어도 엘리자베스에게는 그랬다. 그녀가 자랄 때 어머니는 포트와인으로 재산을 모은 환상적인 조상들 이야기를 그녀에게 주입했다. 텔레비전에 특정한 광고가 나올 때마다 이렇게 외치곤 했다. "저게 네 작은 할아버지의 할아버지야. 넌 해적의 후손이란다." 엘리자베스는 주정 강화 와인과 공해상의 도적질이 무슨 관계가 있는지 미심쩍었고, 늦은 밤시간 텔레비전에 망토를 휘날리며 가끔 나타나는 것을 제외하면 그 남자의 실체는 보이지 않았으므로, 그 조상에 대한 기억을 어린 시절의 상상처럼 간직했다. 그러나 나이가 들수록 지중해 혈통은 뚜렷이 드러났다. 햇볕에 곧잘 갈색으로 타는 피부와 급한 성격, 튀어나온 콧등과 다루기 힘든 곱슬머리. 딸아이의 곱슬머리는 더 심했다. 한때는.

레이철을 떠올린 엘리자베스는 얼굴을 찡그렸다.

"배가 고프네." 니콜라스가 화장실을 나오며 말했다. "언제 출발하지?" 그는 아내의 얼굴에 떠오른 표정을 보고 멈칫했다. 수년간 봐오면서 그것이 딸을 생각할 때 나오는 표정임을 알았다. 그녀의 이마에 고통의 입체 지도가 새겨질 위기 상황이었다. "잉글랜드는 지금 티타임이야. 내키면 전화해도 괜찮을걸."

"말도 안 되는 소리 마, 니콜라스. 이제 막 옷을 입었는데."

남편은 어깨를 으쓱이더니 한번 더 침대 끝을 보고는 다시 침실을 나갔다. 삼십오 년 동안 결혼생활을 하더니 섹스나 멋진 유머와 마찬가지로 양말도 사전 통보 없이 언제든 쓸 수 있다고 믿게 됐나 보다. 그저 침착해야 했다.

남편이 문을 닫고 나가자 브라질 일일드라마 스타들의 열정적인 목소리는 사라졌다. 엘리자베스는 평소에 들고 다니는 가방의 내용물을 저녁 파티용 클러치백에 옮겨 넣고 오늘밤 약속에 집중해보려 했다. 레이철에 대해 생각하고 싶지 않았다. 남편의 내면을 일련의 소음으로, 영혼의 모스부호로만 접할 수 있다고 한다면 딸의 마음은 수기신호로도 알 수가 없었다. 딸과 통화를 하려면, 특히나 장거리통화를 하면서 울지 않으려면 마음의 준비가 필요했다.

그러니 휴대폰은 가방에 넣어버리고, 거울에 비친 머리를 손질하는 데 집중했다. 금발 부분 염색으로 흰머리를 가렸지만 그건 젊음이 아니라 관리의 결과였다. 처음 브라질에 왔을 때만 해도 습기를 머금고 붕붕 뜨던 곱슬머리는 탈색으로 길이 들었고, 이제는 걸을 때도 통통 튀는 일 없이 엘리자베스가 낮에 즐겨 입는 저지의 어깨 위로 축 늘어지기만 했다. 테이블 램프의 빛만 받고 있는 지금, 거울상은 마치 물속에서 그녀 자신과 마주보는 것처럼 보였다. 엘리자베스는 더 자세히 들여다보며, 확신도 없이 말했다. 넌 아직 그 안에 있어. 심연 속에서 딸의 얼굴이 위를 올려다보았다. 엘리자베스는 서늘한 거울에 이마를 대고 눈을 감았다.

참 조용한 아기였다. 대체로는 숨을 쉬고 있는지조차 잘 알 수 없었다. 침대까지 살금살금 발끝으로 걸어가서, 자그마한 드레스 아랫단을 당겨본다. 앙증맞은 얼굴 주위로 땀에 젖어 흩어진 검은 머리카락. 아이를 들어올려 꼭 끌어안는다. 아이가 얼마나 나를 사랑하는지 느낀다. 얼마나 나를 필요로 하는지를. 아이 앞길에 있는 모든 것. 다가올 모든 모험.

딸은 손이 많이 가지 않는 아이였고, 십대 시절 내내 아무런 말썽도 일으키지 않았다. 저럴 거면 왜 하나 싶을 정도로 가벼운 보디아트와 마약을 한 게 전부였다. 엘리자베스는 로널드 랭* 시대에 성년이 되었기에 그렇게 생각했다. "내 말은, 취하고 몸에 상처를 내고 싶다면 대마초와 나비 문신보다는 더 재미있는 걸 찾을 수 있잖아?" 그녀는 그런 엄마로 살아왔다. 너그럽고 재미있는 엄마. 어린애다운 사소한 반항쯤은 쉽게 다룰 수 있었다. 레이철이 집을 떠나고, 아이의 독립적인 성격이 차츰 드러나고서야 딸을 전혀 이해하지 못했음을 알게 되었다.

레이철은 비밀스러웠다. 그게 문제였다. 엘리자베스는 비밀이 필요하다고 생각한 적이 없었고, 사생활을 지키는 데 열심인 사람들을 도덕적으로 미심쩍게 여겼다. 엘리자베스는 비밀을 만들지 않았다. 아니, 그녀가 기억하는 비밀들은 모두 어디까지나 사랑하는 사람들을 위해서 비밀로 했던 것이었다. 소통하고 공유하는 건 인간의 가장 큰 본능이었다. 예술, 시, 과학의 최대 업적은 모두 드러내고자 하는 욕망에서 태어나지 않았던가? 엘리자베스는 누구든 만나는 사람에 대해서 최대한 많이 알고 싶어했고 그 대신 스스로에 대해서도 공유하려 했다. E. M. 포스터는 "다만 연결하라"라고 했건만, 정작 그녀가 낳은 딸은 고집스레 연결되지 않으려 했다. 적어도 보기에는 그랬다.

레이철이 썩 매력적이지 않은 런던 북부의 셰어하우스로 이사하고 일 년도 안 되어, 엘리자베스는 딸이 레즈비언이라는 말을 들었다. 레이철이 직접 말한 것도 아니었다. 언제든 말을 했다면 전적으

---

* 1960년대 반(反)정신의학의 선두주자로, 정신증을 골방에서 햇볕 아래로 끌어냈다는 평가를 받는다. 대표작으로 『분열된 자기』가 있다.

로 지지했을 텐데, 친구인 헬렌에게 들었다. 아들이 어느 날 밤 파티에서 레이철을 만났더라면서 말이다. 엘리자베스는 헬렌의 아들이 잘못 안 거라고, 최근에도 나이 많은 남자와 연애 문제가 있어서 레이철이 속상해했다고 말했다. 하지만 나중에, 헬렌이 가고 나서 데번의 습한 거실에 앉아 니키가 장작을 가져오기를 기다리며 그 연애 문제라는 것을 생각해보니, 나이 많은 남자를 직접 소개받은 적은 없었고 그저 어느 주말인가 런던의 그 끔찍한 집에 찾아갔을 때 멀리서 레이철을 내려주는 남자를 본 게 다였다. 나중에 집에 들어온 레이철이 울자 세심하게 굴고 싶었던 엘리자베스는 딸의 손을 잡고 사랑은 까다로우며 남자는 다 개자식이라는 말을 해주고, 충격을 달래주려 럼을 넣은 커피를 만들어주었다.

남편에게 헬렌이 레이철에 대해 뭐라고 했는지 전하자 남편은 격분했다. 마치 그녀가 친구와 짜고 자기를 속상하게 만든다는 듯이 굴었다. 엘리자베스도 레이철이 레즈비언이라고는 생각하지 않는다고 이야기하고, 런던에서 창 너머로 본 남자에 대해서도 다시 말했으며, 물론 개자식 발언은 언급하지 않았지만, 그때 내가 레이철 옆에 있었다고, 마음을 썼다고 말했다. 니콜라스는 창백한 얼굴로 입을 작게 오므리더니, 그날 밤 옷도 갈아입지 않고 침대에 누웠고 그녀가 건드리자 몸을 말아 외면했다. 엘리자베스는 희미한 새벽빛이 벨벳 커튼 사이로 새어들 때까지 깨어 앉아 있었다.

그러고는 며칠이나 레이철에게 어떻게 말을 꺼낼까 고민했다. 전화로 쉽게 말할 수 있는 문제는 아니었다. "그나저나, 헬렌이 네가 레즈비언이라던데"는 좀 그렇잖은가. 그녀가 겨우겨우, 아주 조심스럽게 그 화제를 꺼냈을 때는 이미 헬렌의 아들에게 어머니가

'전투태세'라고 전해들은 모양이었다.

"그럴 리가 있니." 엘리자베스는 불리한 상황에 처했고, 다시는 헬렌과 마음을 터놓고 이야기하지 말아야겠다고 생각했다. 헬렌은 터번을 두른 아프리카 여자에게 남편을 빼앗긴 주제에, 그럴 이유도 없이 우쭐거리며 친구를 이해하는 척했다. "네가 걱정이 되어서 그래."

레이철은 웃었다. "엄마가 그렇게 말할 줄 알았어."

엘리자베스는 딸이 방어적으로 나오리라 예상했지만, 비난은 모욕적일 수밖에 없었다. 그저 레이철이 최대한 행복하기를 바랄 뿐인데, 동성애자인 게 잘못은 아니지만 아무래도 그런 부류는 완전한 성취를 누릴 수가 없지 않은가.

"거긴 막다른 골목이야, 얘야." 엘리자베스는 라디오4에서 흘러나오던 '무엇이든 답해드립니다' 코너에서 어떤 여자가 그렇게 말하는 걸 들은 적이 있었고, 그 말에 감명을 받았다.

전화기 저편에서 커다란 한숨소리가 들렸다. "그게 대체 무슨 소리야? 아이 이야기야? 지난 오 년 동안은 내내 나보고 임신하지 말라며."

레이철은 언제나 두 지점을 잇는 가장 뻔한 길을 택했다. 그 아이에게는 미묘한 뉘앙스도, 유연한 상상력도 없었다.

엘리자베스는 침실 거울에 몸을 기댄 채, 소소한 기억에 빠져들었다. 비키니 후크를 능숙하게 끄르던 그 아름다운 튀르키예 청년. 아니, 그리스 청년이었던가. 그 청년에겐 상상력이 없지 않았다. 그녀는 애써 그 기억을 있어야 할 자리에 다시 밀어넣었다. 올바른 행실 사이에 파묻었다. 레이철은 그 청년을 조금도 닮지 않았다.

만난 적도 없고, 알지도 못했으니까. 레이철은 니콜라스의 딸이었고 니콜라스를 닮았다. 어머니는 성격이 유전된다고 믿지 않았고 엘리자베스도 마찬가지였다. "우리는 우리를 이루는 부분들의 합 이상이야." 엘리자베스는 누구든 진화생물학에 대한 의견을 내놓는 사람이 있으면 그렇게 말했고, 때로는 그러는 사람이 없어도 똑같이 말했다.

목재 테이블에 놓인 클러치백에서 거센 진동이 일자 키프로스에서 벌였던 정사에서 생각을 돌릴 수 있었다. 이제는 거의 꽉 찬 가방에서 힘겹게 휴대폰을 꺼내, 버클 쪽에 얼룩진 립스틱 자국을 닦아내고 화면에 뜬 문자를 보았다.

내가 자동차 좌석을 먹어버리기 전에 갑시다

니콜라스는 집안 곳곳에서 문자를 보내곤 했는데, 주로 와달라고 하는 경우였고 가끔은 사랑을 전하는 듯한 메시지도 보냈다. 그렇다 해도 남편이 제일 많이 하는 농담은 그녀의 시간엄수에 대한 인용이었다. 그 습관에 대해 불평하자 남편은 "당신은 언제나 실제 삶보다는 문학에 더 잘 반응하잖아"라고 했고, 그게 사실이라는 점은 인정해야 했다.

"도대체 뭘 하고 있는 거야?" 엘리자베스는 몇 분 만에 밖으로 걸어나가서 물었다. 정원 가장자리는 바다에 떨어지는 황혼의 자줏빛에 물들어 있었다. 니콜라스는 지프차 운전석에 앉아서 운전대에 책을 올려놓고 손전등을 입에 물고 있었다.

"내가 언제나 하는 망할 짓이지요. 천사님." 니콜라스가 손전등을 치우면서 말했다. 엘리자베스는 니콜라스가 숨을 깊이 들이마시는 소리를 들었다. "파티에는 가지 않아도 돼, 여보." 다시 한번 심호흡을 하고. "걱정이 된다면 말이야."

"그 아인 당신 딸이기도 해."

니콜라스는 시동을 걸고 주택 진입로를 벗어났다.

엘리자베스는 언덕에 올라 집을 돌아보았다. 아래에서 조명을 쏜 수영장은 유리처럼 푸른 사각형이었다. 멀리서 보니 선베드들이 마치 곧 도착할 자그마한 관광객들을 위해 정리된 미니어처 가구처럼 보였다. 엘리자베스는 차가 모퉁이를 돌 때까지 정원을 바라보았다. 그 선베드들은 그녀가 남프랑스에서 휴가를 보내던 십대 시절의 추억 때문에 고집한 물건이었다. 티버턴에서는 선베드가 필요 없었다. 알고 보니 브라질 해안에서도 필요는 없었지만. 그래도 그녀는 선베드를 두고 싶었고, 수영장 가에 놓여 있는 모습은 예뻤다. 정작 해가 나와 있을 때는 너무 뜨거워서 누워 있을 수 없지만. 이 새로운 가구를 푹신하게 해줄 쿠션을 사는 것을 니콜라스가 반대했을 때 설명했다시피 그건 중요하지 않았다. 그 선베드는 장식이었고, 일종의 약속이었다. "피부암을 약속하겠지." 남편은 그렇게 말했고, 그녀는 결국 포르탈레자까지 택시를 타고 가야 했다.

선베드는 어쨌든 채워지지 않는 자리였다. 그것이 그녀가 청소년기의 여름 이후 쭉 품고 산 환상이었다. 어렸을 때 그녀는 실용적인 원피스를 입고, 선베드를 하나로 잇는 플라스틱 이음매 사이에 어머니의 핸드백을 밀어넣고 앉아서 매력에 대한 나름의 이론을 발전시켰다. 일광욕을 하는 사람들이 팽팽한 피부를 금색으로 물들이고, 일렁이는 물빛에 눈을 반짝이며 걷고 물속에 몸을 담그고 으스대는 동안 벌어지는 온갖 음주와 흡연과 독서와 시시덕대기. 바에서 풀장으로 의자로 오가며 흘러가는 나날. 선베드 자체가 활동의 원천이었다. 구릿빛으로 탄 사람들이 물러나서 쉬고, 담배나 선크림이나 모자나 책을 찾는 보금자리였다. 선베드는 자리 주인의 영혼을 엿보는 창이었고 엘리자베스는 진정한 자신을 드러낼 물건들을 갖게 될 미래를 갈망했다. 그날이 오면, 딱 맞는 남자가 그녀의 선베드 옆을 지나가다가 그 취향의 증거만 보고 사랑에 빠질 거라고 말이다. 본인이 자리에 있을 필요도 없이.

부모님에게서 벗어나, 수영장으로 내려가서 파티에 한 자리를 차지할 수 있는 날이면 빈 선베드를 관찰하며 자리에 없는 사람의 삶을 생각해보곤 했다. 제대로 맞히면 점수도 얻었다. 나이대는 3점, 매력이나 미모를 맞히면 2점이었는데 이 분야에는 여러 가지 기준이 있었다. 성별은 제일 쉬우니 1점이라고 생각했지만, 핸드백을 가지러 돌아가는 남자나 의자 뒤편에 바지를 걸어놓은 여자를 보고 놀라는 일도 몇 번 있었다. 그녀는 그때 지중해 사람들은 기질이 다르다는 사실을 알았다. 제모를 하지 않는 여자도 있었다.

레이철의 기질도 거기서 왔는지 모른다. 망토를 펄럭이던 조상의 격세유전인지도. 그녀의 집안에는 다른 동성애자가 없었고, 동성애자라고 해도 그 사실을 고래고래 소리치고 다니지는 않았다. 누가 물어보면 인척들과 북클럽 사람들, 심지어 우편배달원에게까지 레이철이 레즈비언이라고 설명해야 하다니, 어찌나 싫증나는지. 아니, 그렇다고 성큼성큼 걸어다니는 뼈대 큰 여자를 암시하는 그런 추한 단어를 대놓고 쓰진 않지만 말이다. 언성 높이는 일 한

번 없는데다 부드럽고 몸매도 굴곡진 사랑스러운 딸아이에게 그런 말이 어울리기나 하나? 부당한 꼬리표인데도, 레이철은 무슨 일만 있으면 그 말을 쓰기를 고집했다.

"아, 엄마. 그냥 내가 레즈비언이라고 해." 왜 이렇게 레이철이 안 보이냐고 묻는 헤어드레서에게 뭐라고 말할지 묻자 레이철은 그렇게 대답했다.

"그게 네가 안 보이는 것과 무슨 상관인데?" 엘리자베스는 물었다. "게다가 왜 사적인 문제를 온 세상에 알리고 싶어하는 거니?"

"엄마는 사람들이 스트레이트라고 말할까봐 걱정하고 그래? 엄마 딸은 레즈비언이야." 레이철이 말했다. "엄마가 그 말을 하기 힘들어하는 건 알겠어. 혼자 있을 때 가끔 말해봐. 아니면 머릿속으로라도." 딸은 심호흡을 했다. "한번 해봐…… 그 말 하는 걸 상상해봐."

엘리자베스는 멈칫했다. 레이철이 이런 상태가 되면 논리적인 설득이 불가능했다. "정말 재미있구나, 얘."

둘 다 웃지 않았다.

"기운 내, 우리 비둘기." 니콜라스가 도로를 따라 지프차를 몰다가 움푹 팬 곳을 피하느라 방향을 바꿨다. "배스가 파티 전문이잖아."

엘리자베스는 다가올 저녁시간이 훤히 보였다. 햄프스테드나 라임레지스에서 썩는 대신 브라질 북동부 해안으로 훌쩍 떠나온 특정 유형의 영국 남자들에 대한 불가피한 지식이 따라왔다. 그녀가 잘라내려 했던 부르주아 생활은 도착하고 몇 주 만에 다시 무성하게 자라났다. 니콜라스는 이곳으로 터전을 옮긴 화가와 소설가들

선베드 97

에 대해 이미 들어봤을 테지만, 엘리자베스는 여기 모래언덕 사이에 둥지를 튼 대안 예술계에 대해 알지 못했었다. 브라질 이주가 완전히 색다른 경험이리라 상상했었다. 솔직히, 마지막으로 젊음을 즐기는 데 절박하게 매달리는 중년의 중산층 보헤미안들과 대면하게 되자 이루 말할 수 없이 짜증스러웠고, 섣불리 재단하고 싶지는 않았으나 고상하게 낡은 집과 떠들썩한 저녁식사야말로 이 무리가 죽어가는 증거 같았다.

차를 꺾어 올리버의 집으로 다가가다가 샌들을 신고 천천히 그 집으로 줄을 지어 걸어가는 과체중의 커플들을 보며 그녀는 생각했다. 과거를 잊지 못하는 사람들은, 자기 삶을 반복할 운명이야.* 창의력을 발휘하고 새로운 관심사를 찾아야지, 아니면 그냥 포기하든가.

"내 엉덩이가 저렇게 커지면 차라리 나를 쏴죽여줘." 엘리자베스는 차가 도카스 놀스 옆을 지날 때 남편에게 말했다. "현관 앞까지 몰고 가면 돼."

길 끝에 자리잡은 올리버 가족의 집은 북대서양을 향해 몸을 내밀고 있었다. 정원 끝의 깎아지른 벼랑에서 솟아오른 빽빽한 나뭇잎 사이사이에 흩어진 외등이 칠이 벗어져가는 회반죽 벽과 기둥들에 조명을 비췄다. 그래서 열대의 무질서 같은 느낌이 났다. 마치 주변 경관이 집을 되찾으려 하는 것 같았고, 집 전체가 돌이킬 수 없이 바다를 향해 떨어지는 궤도에 오른 듯한 모양새였다.

엘리자베스는 현기증이 일어서 마침 챙겨온 지팡이를 움켜쥐었

---

* 철학자 조지 산타야나의 말을 변형해 인용했다.

다. 물론 그녀에게는 지팡이가 거의 필요치 않았다. 사실 그 지팡이는 올리버 부부가 가진 몇 안 되는 편안한 의자를 차지하기 위한 소도구에 가까웠고, 또 약간의 불편으로 받게 되는 관심도 즐거웠다. 그 지팡이는 니키의 아이디어였다. 차로 한 시간 내 갈 수 있는 유일한 이탈리안 레스토랑인 아라카치에서 둘이 점심을 먹고는 남편더러 주차된 차를 빼서 태우러 와달라고 했을 때였다. 무릎이 살짝 아파서였는데, 조금은 통증을 과장했는지도 모르겠다. 뭐가 됐든 도움을 구하면 남편이 워낙 짜증을 내기 때문이었다. 니콜라스는 반시간 후에 차를 몰고 돌아왔는데, '돌아다니는 데 도움이 되게' 바퀴 달린 거대한 보조 기구도 가지고 왔다.

"재밌기도 해라." 그때 엘리자베스는 웃어야 할지 울어야 할지 몰랐다.

"나는 언제나 당신 생각뿐이야."

"그건 돌려줘도 돼."

실제로 그렇게 했다. 하지만 돌려주러 간 가게 안에서 반질반질한 손잡이가 달린 예쁜 지팡이가 눈길을 끌었고, 니키는 과장된 몸짓과 입맞춤과 함께 그 지팡이를 구입하며 절대 그 지팡이로 자기를 때리지 말라는 약속을 받아냈다.

"댄스 수업에 가져가도 좋겠다. 당신의 라틴 연인 중에 누군가를 한두 대쯤 때려줘도 좋겠지."

"댄스가 아니라 카포에이라야. 그리고." 수수께끼 같은 미소와 함께. "그거 괜찮겠네."

그녀는 남편의 질투를 부추겼고, 어차피 남편은 스튜디오에 찾아오는 일이 없었으니 그 수업에 참석하는 몇 안 되는 남자들이 전부 남편보다 나이가 많다는 사실을 알 필요가 없었다. 아니면 유일하게 아내보다 어린 남자가 지금은 소피아로 불리고 가슴이 나온 사람이라는 사실도.

지프차가 올리버네 현관 앞에 급하게 멈춰 서는 바람에 음료 쟁반을 든 여자가 펄쩍 뛰었다.

"이만하면 충분히 가까워?"

"그럭저럭." 엘리자베스는 고개를 내저으며 차에서 내렸다. 니콜라스는 해야 할 일이 늘어나더라도 자기 주장을 분명하게 밝히기를 좋아했다. 지금같이 급정지를 한 경우에는 내려서 웨이트리스에게 사과한 다음, 좀더 적당한 주차 장소를 찾아내고 나서, 인간의 분비물로만 작업하는 새로운 조각가를 만나게 해주고 싶어 안달하는 도카스 놀스를 옆에 끼고 집까지 걸어돌아오는 가욋일이 더해졌다.

"진짜 떨어진 과일* 같은 예술가라니까요."

"어쨌든 과일이긴 하겠죠."

"내실이 있어요, 니콜라스. 영혼의 장인이에요."

엘리자베스는 이미 복도 벤치에 앉아 있었다. 레드 와인 두 잔을 높이 들고서.

"실례해도 될까요? 아내를 도와야 해서요."

남편이 존재감 넘치는 도카스에게서 벗어나는 모습을 지켜보던 그녀는 와인잔을 건네며 미소 지었다.

---

* fallen-fruit. 로스앤젤레스를 기반으로 한 예술가 모임. 지나치게 극단적이고 우스꽝스럽게 보이는 프로젝트라는 평도 있다.

"너무 마시진 말아줘, 니키. 다시는 집까지 아탈란타 차를 얻어 탈 생각 없으니까."

"아탈란타한테 같이 살자고 해야겠어. 집에 술을 마시지 않는 사람 하나쯤 있으면 좋잖아."

"그 사람이 술을 마시지 않는 건 그저 알코올중독이기 때문이고, 그럼 안 마신다고 볼 수 없지. 그리고 당신도 요새는 내가 거의 안 마시는 걸 알면서 그래."

"정말 맞는 말이야. 하지만 당신은 운전도 안 하지."

"운전이야 할 수 있지. 끝내주게 잘한다고." 엘리자베스는 지나가는 웨이트리스에게서 술잔을 하나 더 받았다.

"당신은 운전면허가 없거든, 여보. 그건 운전을 못 한다는 뜻과 같아."

"그 면허 심사관은 신경쇠약이었어."

"번거롭긴 해도 이런 문제에서는 절차가 핵심이지."

"회사에서 나한테 사과 편지도 썼어."

"그 편지를 늘 가지고 다녀야겠군. 우린 사람을 달에 보내기도 했고, 키스 체그윈 같은 놈도 유명하게 만들어줬잖아. 당신이 받은 사과 편지가 사실상 운전을 할 수 있다는 증명으로 받아들여지는 일도 불가능하진 않아."

"키스 체그윈? 작작 좀 해, 니콜라스."

"친구들에게는 체거스라고 불린다나. 안타깝게도 나는 그 친구들에 포함 안 되지만."

"오늘밤에 위스키는 입에도 대지 마."

"알겠습니다." 니콜라스는 엘리자베스의 머리 너머로 정원을 보았다. "아탈란타와 잠깐 얘기 좀 나눌게. 술 한 방울 없이 사는 비결이 있을지도 몰라. 당신에게 도움이 필요할까?"

"당연히 아니지."

엘리자베스는 벤치에 앉은 자세를 바꾸며 벨벳 정장을 입은 나이 많은 신사에게 미소를 던졌다. 정말이지, 올리버네 친구들은 놀랄 만큼 나이가 많았다. 그렇게 많은 노인과 계속 어울려서 좋을 일이 없을 텐데. 그녀는 넓은 복도에 놓인 이런저런 액자 없는 캔버스들을 잘 보려고 안경을 꺼냈다. 벨벳 정장의 노인은 그녀 쪽으로 은발의 머리를 까딱이더니 카프탄*을 입은 동행에게 몸을 돌렸다. 왜 뚱뚱한 사람들은 꼭 저렇게 끔찍한 옷을 입는 걸까? 저렇게 거대하게, 저걸 뭐라고 하지? 젖소? 그래. 암소처럼 입을 이유는 없지 않나. 엘리자베스는 혼자 고개를 끄덕이다가 마침 쳐다보던 벨벳 정장과 시선이 마주쳤다. 그 순간을 무마하려고 노인을 향해 유리잔을 들어올리는데 다 마신 잔이었다. 웨이터가 없나 주위를 둘러보았다.

레이철도 임신했을 때 비슷한 옷을 입었었다. 엘리자베스가 딸의 집에 찾아갔다가, 레이철이 침대보 같은 옷을 펄럭이는 모습을 본 게 한두 번이 아니었다. 심지어 단순한 무늬도 아니었다. 처음에 딸에게 옷을 갖춰 입으려던 참인지 물었을 때 레이철은 두 팔을 벌리고 빙그르르 몸을 돌렸다.

"이게 다야, 엄마. 자유롭지."

"알겠다. 아주 용감하구나."

---

* 아시아 여러 나라에서 입는 낙낙한 가운 형태의 옷.

"무슨 말인지 알아. 이 옷은 아주 편하거든요."
"네 신발처럼 말이니?"
레이철의 얼굴이 붉어졌고, 엘리자베스는 딸이 자신을 한 대 칠지 모른다는 듯 뒤로 물러섰던 기억이 났다. 엘리자베스도 딸이 그러지 않을 줄은 알았지만, 분홍빛 얼굴에 박힌 두 눈이 격분해 어두워져 있었고 피부에서 스파크가 튀어오르는 것만 같았다.
"난 아이를 배고 있어. 엄마 손주야. 왜 내가 암탉처럼 몸을 동여매고 싶겠어?"
"너에게 선택지가 그뿐일 리 없어서 그래, 레이철. 정말이지, 일라이자는 이런 옷차림을 좋아하니?"
"우린 엄마같이 가부장적이고 이성애중심적인 억압을 관계의 모범으로 삼지 않아. 일라이자는 날 사람으로 본다고."
"사람으로 보이기 위해서 흉측해질 필요까진 없잖니."
"흉측해?" 레이철의 목소리가 십대 시절 옥타브까지 올라갔다.
"아, 네가 그렇다는 게 아니야. 네가 흉측해 보일 리야 없지. 왜 내가 하는 말을 언제나 엉뚱하게 받아들이는 거니?"
엘리자베스는 나무 벤치가 허벅지 뒤쪽을 꼬집는 느낌을 받았다. 니콜라스와 함께 해질녘에 한잔하면서 삼킨 소량의 신경 안정제가 효과가 다했기에, 더 센 약을 찾아 핸드백에 손을 넣었다. 다들 어디 있는 거지? 웨이터는 돌아오지 않았고, 술잔에 남은 와인은 알약을 삼킬 만큼도 되지 않았다. 정말이지, 조금은 돌아다녀야만 했다. 아직 올리버 부부도 보지 못했다. 복도에는 나이든 남자와 뚱뚱한 여자만 남아 있었는데 그 둘과는 대화하고 싶은 마음이 없었다. 그녀는 지팡이의 도움 없이 벤치에서 일어나 핸드백을 내려다보았다. 립스틱 자국이 번진 것 같았다.

많이 더웠고, 축축해진 머리카락 아래로 목이 끈적거렸다. 정원에서 불어오는 산들바람이 마음을 끌었기에 그녀는 핸드백을 두고 갔다가 나중에 찾으러 오기로 했다. 다리에 달라붙은 드레스 가장자리를 잡아당기는데 벨벳 정장의 시선이 느껴졌다. 엄청나게 나이가 많은데다 복장이 부적절하긴 해도, 그 시선에는 우쭐할 수밖에 없었다. 엘리자베스는 몸을 일으켜 최대한 똑바로 정원을 향해 걸어가면서 나중에 비어트리스 올리버가 이렇게 소곤거리는 모습을 상상했다. "세상에, 내가 독신인 친구들을 위해 초대한 신사분을 네가 다 홀려놨잖아. 다들 화가 날 대로 났어. 어떻게 그랬니?"

그녀는 어머니가 기숙학교 다음으로 보냈던 기관에서 자세가 바르다고 상을 받은 적이 있었다. 니콜라스와 결혼하지 않았다면 패션 모델의 길을 걸을 수도 있었다. 어쩌면 지금도 늦지 않았는지도 몰랐다. 숭배자의 시선을 확인하려고 돌아보았지만, 늙은 남자는 카프탄을 입은 여자의 말에 정중하게 웃고 있었다. 뚱뚱하고 게다가 쾌활한 여자라. 엘리자베스는 둘 중 한 가지 특징만 갖춰서는 의미가 없으리라 생각했다. 아무튼 벨벳 정장은 그 나이에도 불구하고, 또는 오히려 그 나이 때문에, 흠잡을 데 없이 행동할 수밖에 없으리라. 엘리자베스는 그 노인에 대해 비어트리스에게 조금 더 들어보고 나서 대화를 해보기로 마음먹었다.

정원에는 램프불이 켜져 있었다. 무더운 밤공기 속에 담배 연기와 칼미아 향기가 풍겼다. 테라스에 서서 파티를 둘러보려니, 다른 손님들의 온기가 파도처럼 밀려오면서 관자놀이에 기어들던 통증이 희미해졌다. 어쩌면 늘 알던 사람들에게 둘러싸이는 것도 그렇게 끔찍한 일은 아닐지 몰랐다. 음료 테이블 앞에서는 도카스와 아탈란타가 위층 발코니에서 흘러나오는 포르투갈어 발라드 방송 음악에 맞춰, 맞지 않는 리듬으로 몸을 흔들고 있었다. 한 손에는 닭 간을 끼운 꼬챙이 하나를 통째로 들고, 반대쪽 손에는 담배를 든 니콜라스가 테라스 저편에 선 모습도 볼 수 있었다. 구깃구깃한 리넨 바지를 입은 남자와 신나게 떠들고 있었는데, 올리버 부부가 이전에 연 파티에서 본 기억이 있는 유명한 도예가인 그랬다. 두 남자 모두 반백의 얼굴에 더없이 행복한 표정을 하고 있었다. 만약 즐거움의 정도로 사랑을 잰다면, 엘리자베스 생각에 저 둘은 사랑에 빠졌다고 해도 될 것 같았다.

비어트리스 올리버가 한 팔을 자기 허리에 두르고 있던 회색 꽁지머리 남자의 어깨 너머로 손을 흔들었다. 비어트리스는 수염이 무성한 그 남자의 뺨에 입을 맞추더니 심상찮은 미소를 던지며 엘리자베스에게 다가왔다.

"엘리자베스! 어디 있었어? 손에 술이 한 잔도 없잖아, 자기."

"술 마실 기분이 아니었어." 엘리자베스가 말했다. 그건 사실 아니었던가? 그리고 비어트리스가 복도에서 뭐가 괜찮은 술 한 잔과 친절한 말을 건네면서 맞으러 와줬어야 하는 것 아닌가? "어떤지 알잖아."

그럴 수가 없을 것 같았는데 비어트리스의 미소가 더 환해졌다. "아유, 저런. 그렇지만 레이철은 다 좋아졌다고 하지 않았어? 다 없어졌다며?"

"그래, 그래. 없어졌지." 엘리자베스는 그 놀라운 사고방식에 한쪽 눈썹을 치켜올리는 것을 잊지 않았다. 정말이지, 비어트리스는 멍청이나 다름없었다.

"그렇다면 축하를 해야겠네. 자기한테 미치도록 소개해주고 싶은 사람이 있어."

비어트리스는 엘리자베스의 팔짱을 끼고 테라스 바깥으로 끌고 나갔다. 갑작스레 움직였더니 무릎이 꺾여서 균형을 유지하려 애를 썼지만, 집주인에게 그런 불편을 내색하지는 않았다. 비어트리스는 저보다 다섯 살 위인데 브래지어도 없이 홀터넥 맥시드레스를 입고 있었다. 엘리자베스는 그렇게 부적절한 취향을 지닌 여자에게 동정받을 마음은 전혀 없었다. 아무리 친한 친구라 해도 그랬다.

복도로 돌아가서 벨벳 정장을 만나게 될 줄 알았는데, 비어트리스가 지붕 덮힌 아치길로 이어지는 울퉁불퉁한 산책로로 끌고 갔을 때는 놀라고 말았다. 그 지붕 아래에는 키가 큰 남자 하나가 다른 남자와 같이 큰 소리로 웃고 있었다. 그녀는 더 가까이 다가가서야 그 키 큰 남자가 하이힐을 신고 드레스를 입었음을 알았다. 카포에이라 수업을 같이 듣는 소피아였다.

비어트리스가 엘리자베스의 팔을 꼭 잡았다. "정말 멋쟁이 아니니? 몇 주 전에 레이스 시장에서 만났지 뭐야. 소피아! 이쪽은 내 친구 엘리자베스야. 내가 말했던 친구 있지. 그 딸이 있는 친구 말이야. 세상에나, 오늘밤은 말도 안 되게 덥네."

엘리자베스는 우뚝 서서 집안의 벤치에 기대놓은 지팡이를 생각했다. 당장 어딘가 앉아야겠는데 보이는 곳에 의자라곤 없었고 비어트리스는 그녀의 팔꿈치를 잡고 있던 앙상한 갈색 손을 떼더니 날개도 없는 팔로 산들바람이라도 부를 것처럼 퍼덕거리면서 퇴장하려는 듯했다.

모르핀으로 만들어냈던 차분함이 날아가버렸다.

"딸요?" 소피아가 미소 지었다. "따님도 카포에이라를 잘 하시나요? 수업에 안 나오셔서 궁금했어요."

소피아의 동행은 소개받기를 기다렸다. 혈색 나쁜 얼굴에 검은 두 눈이 엘리자베스를 똑바로 응시했다. 엘리자베스는 간장병이 있는 듯한 얼굴이라고 생각했다. 한 대 치고 싶었다. 비어트리스가 소개해주고 싶어하는 게 이런 사람들이라니. 딸이 내린 선택 때문에 이런 어중이떠중이와 한 무리로 묶이다니. 이런 낙오자들과! 수염이 있는 여자들과 젖가슴 달린 남자들, 작고 슬픈 시위나 하고 추한 옷을 입으며 언제나 남과 다르기를 원하고 까다롭게 구는 화가 난 사람들. 정작 화내야 할 사람은 그녀인데 말이다. 그녀는 딸을 도둑맞았다. 딸아이는 이름까지 그녀와 비슷한 다른 여자에게 가버렸다. 프로이트까지 끌어들이지 않아도 설명이 되는 일이었다.

소피아가 옆에 있던 남자의 어깨에 한 손을 올렸다. "엘리자베타?"

엘리자베스는 움찔했다. "아! 그래요, 우리 딸은 잉글랜드에 있어요. 그애는…… 나는…… 몸이 좋지가 않네요. 실례해요." 엘리자베스는 집 쪽으로 몸을 돌려 억지로 앞으로 나아갔다.

무릎이 아팠다. 한 걸음 디딜 때마다 집이 언덕 비탈 속으로 더 멀리 물러나는 것 같았고, 그녀는 답답한 밤공기 속에서 숨을 돌리려다 비틀거렸다. 뒤에서 놀란 소리가 들리더니 그녀의 다리가 풀리기 전에 힘센 팔이 허리를 감았다.

"엘리자베타!" 소피아가 그녀의 엉덩이를 받치더니 뒷문 쪽으로 데려갔다. "쉬어야겠어요. 이쪽에 같이 앉아서 따님 얘기나 해줘요."

엘리자베스는 절뚝거리면서 니콜라스를 보려고 안간힘을 썼다. 니콜라스는 한 손에 꼬챙이를 들고 의자 위에 서서 머리를 뒤로 젖힌 채 턱에 꽃병을 올려놓고 있었다.

"오, 니키!" 도카스가 카메라를 들고 소리쳤다. "살짝만 왼쪽으로요. 조명이 완벽해요."

"남편이……" 엘리자베스는 콩트가 벌어지고 있는 테라스 쪽을 몸짓으로 가리켰다.

"당신 남편은 나중에 데려올게요."

두 여자는 집안으로 들어갔다. 복도에서는 희미하기 그지없는 바람이 파닥였고 나방이 불빛 위로 천장을 때리고 있었다. 엘리자베스는 어리석게도 제 발로 떠났던 벤치 쪽으로 비틀비틀 마지막 몇 걸음을 디뎠다. 옆에 활기 넘치는 트랜스섹슈얼이 있는 게 느껴졌고 저 앞에는 벨벳 정장과 카프탄이 책 한 권을 같이 읽고 있는지 서로 딱 붙어 있었다.

"정말 고마워요." 그녀는 벤치 손잡이에 손을 뻗으면서 몸을 기울였다. "이제 괜찮을 거예요."

소피아는 엘리자베스가 의자에 무너지는 바로 그 순간에 황급히 아래를 쓸었다. 바닥에 작은 물건이 후두둑 떨어지는 소리가 나고 이어서 쾅 소리가 나더니 타일 위에 술병이 빙그르르 도는 소리가 메아리쳤다. 엘리자베스는 헉 하고 가슴을 부여잡았다. 기절할 것만 같았다. 아니면 토하거나. 천장을 올려다보면서 겨우 숨을 고르고 다시 시선을 내렸더니 아래에 머리 세 개가 보였다.

"이건 당신 것 같군요." 벨벳 정장이 한 팔을 뻗으며 말했다. 그 손에는 얼룩이 진 핸드백이 늘어져 있었고, 내용물은 바닥에 다 흩어진 상태였다. 혹사당한 구두 주위에 레드 와인이 고여 있었다. 세 사람이 소지품을 하나씩 주워서 엘리자베스 옆에 놓았다. 갖가지 알약이 담긴 병들, 화장품, 안경, 빈 유리잔까지. 마지막으로, 그리고 약간의 격식을 차려 지팡이를 부리가 위로 오게 무릎에 놓았다.

"이게 전부인 것 같네요." 소피아가 일어나서 레이스 치마를 가다듬었다. 치마 가장자리가 짙은 분홍색으로 물들어 있었다. "남편분에게 가서 이야기할게요."

다른 두 사람은 다시 책장 쪽으로 돌아갔다. 엘리자베스는 소지품을 주위에 늘어놓은 채, 최대한 꼿꼿하게 앉았다. 온몸이 쑤셨다. 엉망이 된 핸드백에서 규칙적으로 빛이 깜박였다. 안에 손을 넣어 휴대폰을 쥐고 메시지를 보았다. 레이철에게서 온 부재중 전화 한 통. 그거 말고 더 있겠나, 그렇게 생각하고 휴대폰을 내려놓았다. 지금 여기에서 죽으면 다음에 일어날 일을 겪어낼 필요가 없겠지. 내 딸보다 오래 살 필요도 없고.

아기 때 레이철의 모습이 저절로 떠오르자 그녀는 눈을 감아버렸다. 품에 안은 갓난아기의 검은 곱슬머리와 발그레한 뺨. 처음 며칠 동안은 그 모습에서 아이 아버지가, 핏줄에 바다가 흐르던 그 해변의 청년이 너무나 뚜렷하게 보였다. 그때 엘리자베스는 니키가 보지 못하게 하려고 레이철을 가까이에 두었고, 배내옷과 담요에 꽁꽁 싸서 감췄다. 하지만 그럴 필요는 없었다. 니키는 친딸이 아니라는 사실은 전혀 눈치채지 못했고, 언젠가 그리겠다고 상상한 그림 속 소녀만 보았다. 그리고 엘리자베스는 포르투갈 조상들에 대한 이야기를 늘어놓았고 알리에 대해서는 아주 잠깐씩만, 진한 원두를 갈 때나 예술영화에서 파도가 칠 때만 기억했다. 알리를 어머니가 없는 청년으로 기억하는 일은 없었다. 그 이유에 대해서도. 그 생각을 어떻게 하겠는가?

니콜라스가 정원에서 들어왔을 때 그녀는 꼿꼿이 앉아서 고개를 앞으로 떨구고 잠들어 있었다. 남편이 건드리자 그녀는 비명을 지르며 가슴팍을 움켜쥐었다.

"나 아직 여기 있네." 엘리자베스는 낙담하지 않았다.

"그런 것 같네, 내 사랑."

"정말로?"

"여기 말이야?"

"아니. 내가 당신의 사랑이야, 니키?"

"아니면 어쩌려고." 말은 그렇게 해도, 퉁명스럽지는 않았다. 니콜라스는 엘리자베스에게 한 팔을 뻗었다. "내 꽃병 춤 봤어?"

"어쩔 수 없이 봤지." 엘리자베스는 일어섰다. "우스꽝스럽더라."

니콜라스가 미소 지었다. "그렇지, 웃겼지? 소지품을 챙길 마음은 없고?" 니콜라스는 아래에 흩어진 물건들을 손짓으로 가리켰다. 휴대폰에 메시지가 왔다는 불빛이 계속 깜박였다.

"별로." 그녀는 벤치에서 몸을 돌리며 말했다. "그것들은 진짜 내가 아니야."

4
아마이징*

철학적 좀비

데이비드 차머스는 우리와 동일하되 의식을 가지고 있지 않은 생물인 철학적 좀비, 또는 P-좀비라는 용어를 만들어낸 것으로 유명하다. 차머스는 물리적으로 모든 면에서 인간과 똑같지만 지각력은 없는 생명체를 상상할 수 있으므로, 설령 그것이 실제로는 존재할 수 없다 할지라도, 이를 통해 의식은 물리적인 것이 아니며 인간됨의 다른 속성이라는 사실을 알 수 있다고 논증한다.

> 만약 이 세상과 똑같되 좀비들이 존재하는 가능세계가 있다면, 그것이야말로 '의식'이 우리 세상의 물리적 사실과 관련 없는, **그 이상**의 사실임을 시사하는 듯 보인다.
> 데이비드 J. 차머스, 〈웹상의 좀비들〉

---

*Ameising. 독일어 'ameise'는 개미를, 영어 'amazing'은 놀라움을 뜻한다.

내 삶에는 두 부분이 있고 그 두 부분의 차이는 어느 여름날 버스 옆자리에 앉은 낯선 사람 혹은 당신이 언젠가 읽었던 도서관 책을 빌린 낯선 사람과 당신의 차이만큼이나 크다. 나의 이전과 이후는, 많은 삶이 그러하듯 하나의 전체를 둘로 나눈 것이 아니다. 젊은이와 늙은이, 아이와 부모 같은 것이 아니다. 자연스러운 진행처럼 따라오는 변화가 아니라, 오직 선명한 나뉨만이 있다. 물론 당신이 나를 직접 만난다면, 사소한 미비점이라면 몰라도 특별한 구석을 알아차리지는 못할 것이다. 하지만 나를 이런 식으로, 그러니까 정신의 만남을 통해 소개함으로써 당신도 나에게 일어난 아주 큰 변화를 이해할 수 있으리라. '정신의 만남'이라고는 하지만 사실 이것은 쌍방향의 발견이 아니고, 내 정신을 당신이 만나게 될 뿐이다.

환영한다.

당신이 내 이야기를 이해하는 데 겪을 어려움을 예상한다. 나의 변신을 당신이 겪게 될 변화와 비교해봐도 비슷한 구석은 별로 없다. 당신의 발견은 전통적인 방식으로 이루어질 테지만, 나의 경우, 어떻게 말하더라도 특별했기 때문에. 당신은 갑작스러운 충격과 놀라움에 사로잡힐 터이고, 이 세상과 그 물리적 제약에 대해 당신이 이미 발전시키고 정리해두었던 지식은 이와 상충하는 새로운 정보를 흡수하는 데 한 번씩 방해가 될 것이다. 그렇다 해도, 당신은 지금 여기에서 그 과정을 받아들이고 있다. 우리는 우리의 탐구적인 본성을 북돋아야 한다.

모든 것이 바뀐 그 밤부터 시작하자.

우선 어려운 부분은 현재 내 모습에 대한 당신의 인상을 오염시키지 않으면서 어떻게 그날 밤 일어난 일을 제대로 전달하느냐다. 내 원래 생으로 비집고 들어가 거기서부터 풀어나갈 수 있다면 훨씬 더 많은 것을 이해할 것이다. 그러기 위해, 어느 따뜻한 6월 밤 빅토리아식 테라스를 개조해서 만든 침실을 상상해보자. 우리의 작은 부대는 뭔가 단것이 풍기는 냄새에 이끌려 정원에서 잠든 집 안으로 들어간다.

program TimeDemo;

니스칠을 하지 않은 테이블 가장자리를 가볍게 두드리며 나아간다. 단것의 흔적을 따라서. 설탕냄새. 이차와 카는 내 뒤를 따라오고, 키와 에키는 내 앞을 걷는다. 우리는 한 줄로 움직인다. 이제 길이 보이니 경로를 이탈할 필요가 없다. 이전에도 와본 곳이다. 죽은 동족의 메스꺼운 냄새가 우리를 여기로 이끌었다. 우리는 죽음에, 그리고 앞에 놓인 약속에 취한다.

한 줄로 움직이자 클릭 클랙 소리가 난다. 테이블 아래쪽에 거꾸로 매달린 채 인간의 몸뚱이를 본다. 두 여자가 자고 있다. 그 둘의 냄새가 방안을 뒤덮는다. 달콤한, 금속성의 향기. 그리고 한쪽은 죽어가고 있다.

척후병이 내는 소리가 거세진다. 크릭. 크릭. 크릭. 크릭.

설탕의 근원지. 놋쇠 침대다리 옆 테이블 한쪽 구석에 물기 있는 포도당의 흔적이 빙 둘러진 유리잔을 본다. 우리는 그 유리잔으로 향하고, 키가 기어올라간다. 키는 설탕을 즐기지만, 유리벽 반대편에는 액체가 있어 척후병들이 먼저 가야 한다. 계속 건조했기 때문에, 키는 뭐라도 마시고 싶은 마음이 너무 간절하다. 우리 주위의 자갈과 콘크리트도 그렇고, 돌과 벽돌 사이를 뚫고 올라온 풀도 건조했다. 굶주린 만큼 갈증에도 시달린 키는 갇힐 위험을 무릅쓰고 액체 표면에 접근한다. 수액처럼 예쁘진 않아도 위험은 같다.

척후병들이 한 줄로 그 뒤를 따라 올라간다.

뒤에 남아서 잠든 인간 형체들을 지켜본다. 몸뚱이가 오르락내리락하는 모습. 인간은 단순한 생명체다. 배와 가슴이 붙어 있고 팔다리가 넷뿐인데다 안테나도 없다. 수컷도 날지 못한다. 인간은 그 거대한 크기와 설탕을 만들어내는 능력 면에서 흥미로운 존재다. 인간을 보면 우리 군집 근처에 사는 새나 여우 같은 야생동물이 아니라, 이야기 속에 나오는 짐승들이 떠오른다. 여왕을 위해 일할 때 인간들에 대해서나 그들의 생활 방식에 대해서 듣긴 했지만, 여기 어둠 속에서 잠든 인간들은 놀랍다.

키가 유리잔 위에서 몸을 돌린다. 우리는 여왕을 같이 모셨고 키는 나를 감지할 수 있다. 척후병이 키 옆을 지나쳐서 천천히 단물 가장자리로 내려가는 모습을 본다. 우리는 한입에 액체 표면을 걷어낼 수 있고, 그러면 척후병들이 그 단물 방울을 둥지로 가져간다. 이번에는 우리 모두 하나씩 들고 갈 것이다. 건조하니까. 계획은 그렇지만, 잠든 짐승들의 냄새에 멈칫하게 된다. 또다른 이유도 있다. 죽음.

잠든 짐승들 사이에서 고래의 노랫소리가 오간다. 저들의 몸에는 클랙도 크릭도 없기 때문에, 그런 소리가 입가에서 흘러나온다. 우리가 아는 사실이다. 우리는 낮에 저들의 긴 그림자를 보고, 멀리에서 저들의 소리를 듣는다. 그리고 설탕 때문만이 아니라도 저들에게 끌린다. 애벌레방에서 우리 종족의 이야기에 빠져드는 이들은 자기네 유충을 먹고 살면서 죽이지는 않는 드라큘라들에 대해 알고 싶어한다. 아니면 군집을 버리고 날아가버린 여왕들에 대해서. 하지만 인간에 대한 이야기를 좋아하는 이들도 있다. 자기 파괴가 예정된 부드러운 껍질의 생명체들. 멸망할 생명체. 우리는 그렇게 믿고 있으며, 최초의 화성 탐사차를 보았더라면 과연 그렇구나 확신했을 터였다. 탈출 계획이 필요하지 않은 삶이라면 탈출할 계획을 세우지 않는 법.

우리도 여행을 했다. 우리 몸으로 배를 만들었고, 큰 바다에도 나섰다. 우리 종족은 세상 여기저기를 탐사하고 개척했다. 이런 지식 일부는 영겁의 과거로부터 세대에서 세대로 전해지기도 했다. 선사시대, 초기 역사시대, 성서 이야기 속에도 우리는 존재해왔다. 그러나 우리의 세계 지도는 DNA의 제한을 받는다. 우리는 다른 행성들에 대해서는 알지 못했다. 조상들의 기억 속에도 없었다.

키가 유리잔에 합류하라고 나를 부른다. 크릭. 크릭 크릭.

나는 인간 여자들이 꿈꾸는 모습을 보며 더 가까이 가보고픈 충동을 느낀다. 이 충동을 어떻게 이해하면 좋을까. 애벌레방의 일꾼들은 양육하는 법을, 어린 것들의 목숨을 어떻게 이어놓을지를 안다. 군집을 위해서다. 단일 개체로서의 나를 위해서나 다른 누군가를 위해서가 아니다. 우리의 코딩이 그렇다. 우리의 삶은 다음 매개체들이 성숙하는 데 필요한 만큼만 지속된다.

군집의 뇌를 파고들어가는 남아메리카의 균류를 하나 안다. 이 기생생물은 숙주를 어떤 풀 위로 기어올라가게 인도한 다음 숙주의 머리를 터뜨려서, 다음 척후병이나 일꾼을 감염시키기 용이한 곳에 포자를 생성한다. 그렇게 순환을 계속한다. 그 숙주는 스스로 생각을 할 수 없기에 좀비라고 불리지만, 기생생물의 코딩에 의해 움직이는 것과 자기 DNA의 통제대로 움직이는 것 사이에 사실상 무슨 차이가 있을까?

그 여자들을 보면서 그런 자각이 생겼다. 언어로 표현하긴 어려웠지만. 내 원래 프로그래밍 바깥에서 작동하는 힘이 있었다. 키의 부름이나 단 액체가 풍기는 향을 넘어서는 힘. 밤에 내 주위를 둘러싼 물체들의 빛 너머에. 나의 안테나는 또다른 감각, 뭔가 사과처럼 달콤한 지식의 맛으로 생동하고, 그 느낌에 따라 행동하고픈 욕망에 저항할 수가 없다.

톡톡톡 테이블을 내려가서 썩은 냄새를 따라간다. 잎사귀처럼 매끄러운 바닥은 너무 멀어 끝 간 데 없어 보인다. 클릭 클랙을 써서 쇠로 된 침대기둥을 찾는다. 천천히, 천천히. 그늘에 늘어진, 다리처럼 굵은 거미줄들을 알아본다. 저 너머를 지켜보는 눈들. 타닥, 타닥, 타닥 차가운 금속을 따라 올라간다. 올라가면서 우리 사이 공기로 군집의 부름을 다시 강하게 느낀다. 귀기울이지 마. 부르지 마.

첫번째 인간이 내 쪽으로 몸을 돌린다. 재생이 아니라 혼돈의 냄새를 풍기는 쪽. 그 몸 주위로 빛의 입자들이 흐른다. 낯선 긴장감으로 여자의 몸이 떨린다. 압도적인 정보다. 군집의 소리도, 먹을 것이나 마실 것을 찾는 임무도, 집단적 책임도 몰아내버린다.

최초의 피부 접촉. 얼굴 부위에 다량의 털, 구멍들과 구멍 가에 고인 노폐물과 습기. 벌어진 입술과 후각 돌기 옆에 멈춘다. 미지의 곳으로 들어가는 동굴 같은 입구. 감은 눈을 지키는 숲까지 계속 간다. 안테나보다 굵고 단단한 수염에, 폐기물을 먹고사는 생물들. 공생 관계지만, 양쪽 모두 서로의 삶을 모른다. 말이 안 되는 크기 차이다. 군집에서 우리는 진딧물을 키워 그 꿀을 받아먹고, 먹을 것에 대한 대가로 포식자들로부터 그들을 지켜준다. 아니, 대가라는 표현은 옳지 않다. 진딧물에게는 선택권이 없으니. 어쩌면 그것들도 좀비인지 모르겠다.

가까이에서 느끼는 인간의 크기란. 우리는 같은 종 중에서도 작고, 더 작은 생물들과도 관계를 맺는다. 인간에게도 삶을 지배하는 더 큰 존재들이 있을까?

키의 부름이 직접 들리지는 않지만 그 메아리는 느껴진다. 응답하고 싶은 열망으로 안테나가 씰룩인다. 키는 나를 따라오지 않을 것이다. 우리는 알을 깨고 나올 때부터 서로를 알았고, 같은 애벌레방에서 먹고, 같이 여왕을 섬겼다. 원래대로라면 삶이 다하는 날까지 하나일 터였다. 그때의 별개면서 함께인 느낌을 어떻게 설명할까? 우리에게는 함께 하는 일, 풀밭으로 퍼져나가는 냄새의 부름과 응답, 몸으로 내는 크릭과 클랙 소리밖에 없었다. 그것이 우리의 소네트, 우리의 노래였다.

나의 비행을 멈추기에는 충분치 않다. 그 너머의 것을 원하는 이 느낌이 더 강하다. 내 행동이 독단적인 행동인 이상 군집은 위험하지 않다. 신호를 회신하려고 하지만 메시지가 마땅치 않다. 스스로도 잘 이해하지 못하는 의도를 전하기란 불가능하다. 어떤 냄새. 어떤 임무. 선택도 얽혀 있나? 그 질문에 적절한 답은 없다, 지금까지도. 답이 없다.

얼굴 위를 걸으며, 그 냄새의 출처를 찾는다. 저기, 속눈썹 구석에, 단물이 아닌 물방울이 있다. 그리고 언젠가 군집이 쓰레기통 옆에서 발견했던 죽은 아기 쥐가 풍기던 살냄새. 안테나를 바삐 움직여 눈조리개를 더듬는다. 작은 물방울을 깨물고, 분홍색 눈두덩을 따라 작디작은 틈을 찾는다. 저기 있다. 이것이 허기와 갈증에 대한 해답이다. 이 새로움, 원하던 '그 너머'. 인간이 움직이면서 속눈썹의 숲이 벌어지고 지금, 지금이야, 얼른 나아가서 살아 있는 살 속에 머리부터 뛰어들자 눈이 꽉 감기면서 엄청난 압력이 위쪽 공간으로 나를 밀어넣는다. 안으로. 내 몸 대부분을. 다리 하나가 걸렸다. 압력이 다시 돌아오고, 다리가 뜯기며 풀려난다. 풀려나다니. 잘못된 말이다. 내 부속지에서 풀려날 수는 없다. 부속지는 나의 일부다. 나 자신이다.

당신은 이것이 아픈지 알고 싶겠지. 아프기도 하고 아프지 않기도 하다. 당신이 통증을 처리하는 방식과는 다르다. 발가락이나 손가락이 조금만 공격당해도 말을 못하고 움직이지 못하게 되는 당신의 경우와 다르다. 아픔이란 내 존재를 중지시키거나, 그러지 않거나 중 하나다. 다리는 뒤에 남고, 나머지 몸은 눈 안쪽에 있는 구멍으로 더 깊이 파고들어간다. 나의 존재는 지속된다.

흔들리고 떨리는 격렬한 움직임. 인간의 머릿속에서 나의 세상이 빙빙 돈다. 지구가 초속 400미터로 회전해도 우리는 느끼지 못하지만, 이 여자가 몸을 일으키자 나는 균형을 잃는다. 주위를 측정할 크릭도 클랙도 없어. 흔들림이 멈추자 오랫동안 가만히 있는다. 나의 첫번째 더듬거림, 다리 다섯 개로 인간 환경에 발을 내딛는 움직임은 시간을 모른다. 군집도 없고, 키도 없고, 대열도 없다. 현재 상태라는 것도 없다. 무슨 일을 했는지에 대해서도 알지 못한다. 그저 그곳에 있어야 한다는 욕구뿐.

먹을 것은 있다. 그 냄새가 나의 탐사를 압도한다. 너무나 많은 새롭고 다양한 냄새들이 덮쳐오지만 그날 밤 침대에서 나를 부른 냄새가 이 미궁 속에 나와 함께 있다. 여자의 뇌 안쪽에 부드러운 종양이 파묻혀 있다. 주위를 둘러싼 조직과 따로 떨어진데다 재질도 다르다. 멀끔한 뇌 덩어리 속에 축축한 엽상체가 만들어낸 복잡한 연결망이 섞여 있다. 혼돈과 부패의 원천, 이 여자의 삶과 나의 삶 사이 간극에 다리를 놓아준 바로 그 냄새다.

당신은 그런 일이 가능하냐고 생각하리라. 당신은 인간의 몸을 구성하는 수백만 박테리아를 동물로 셈하지 않는다. 속눈썹 주위에 사는 작은 이조차 헤아리기에는 너무 작고 무해하다. 빈대나 벼룩은 무니까, 당신도 그런 벌레들은 알아차린다. 눈에도 보이고 분명한 피해도 남기니까. 하지만 그런 것들은 당신 내부에 살지 않는다. 거머리나 진드기, 모기처럼 당신을 빨아먹고 살 뿐. 그리고 흡혈 박쥐도 있다. 흡혈성 생물들. 아니, 역겹다고 생각하지 마라. 인간도 피를 좋아한다. 블러드푸딩이며 레어 스테이크. 적들의 피, 영웅들의 피. 가톨릭의 성변화.* 맛있지.

하지만 이건, 이렇게 내부에 사는 것은 다르다. 귓속에 자란 산호, 피부 밑에 들어간 거미, 어린 남자아이의 머릿속에 있던 촌충에 대해서는 읽어봤을 것이다. 이런 이야기들을 떠올리면서 전설과 실제를, 허구와 사실을 구분하려 할 것이다. 그런데 내가 인간 뇌 속에 자란 종양을 먹는 건? 그런 이야기를 들어본 적이 있는가?

의식 안의 의식. 이전의 나를 의식 있는 존재로 간주할 수 있다면 말이지만. 의식의 필요조건이 뭐지? 감각은 있었다. 군집에 대한 소속감, 의무와 생존과 기능에 대한 자각도, 아니 그 이상이 있었다. 여왕에 대한 충성심, 애벌레들에게 딱 맞는 음식을 찾아냈을 때의 만족감, 새로운 터널이 적절하다는 감각도. 또 키도 있었다. 나와 키. 정말이지, 그 당시의 나에게도 선천적인 것 같은 양질의 경험들이 있긴 했는데. 어쩌면 그것도 의인화일지 모른다. 흠, 이것이 인간화한 나다. 당신은 지금 내 머릿속에 있다.

인간은 내가 들어온 것을 알았다. 시간이 흐르자 그 기억들이, 마치 새로운 알이 생겼을 때 희미하게 떠돌던 군집의 노랫소리처럼 선명하게 나를 쓸고 지나갔다. 비밀이라곤 없었다. 그 여자의 꿈이 곧 나의 꿈이었다. 여자는 겁먹어 있었고, 고통에 시달렸지만 함께하면서 우리는 차분해졌다. 그 여자는 지금 당신처럼 내 생각을 읽지는 못했다. 다만 변화를 감지했을 뿐이고, 받아들임으로써

---

* 성체성사에서 빵과 포도주가 예수의 피와 살로 변한다는 교리.

화해할 수 있었다. 그 여자는 죽어가고 있었지만 모든 게 끝나기 전에 해야 할 일이, 의무와 충성심과 사랑이 있었다. 우리에겐 해야 할 일이 있었다.

그래서 내가 도착하고 얼마 지나지 않아, 그 여자의 두통이 멈춘 거다.

아니, 앞서갔군.

종양 주변을 톡톡톡. 내 발밑의 축축함과 끈적함을, 내 위의 단단한 구조를 느낀다. 움직일 공간, 군집에서처럼 숨쉬고 속해 있을 공간. 내 앞에 있는 이 먹을거리는, 이 혼돈은 여기 속하지 않는다. 이건 내 과업이다. 질서를 회복하는 것. 가장자리부터 시작한다. 아래 뇌막 안으로 밀고 들어가는 비교적 새로운 가닥부터. 처음의 허기가 진정되자 작업은 느려진다. 먹여야 할 애벌레도 없고, 행군에 나설 일도 없으니까. 인간 두뇌에 이는 파도를 피해서 동굴 가장자리를 돌아다닌다. 크릭과 클랙은 둔해진다. 날카롭던 부름도 잦아든다. 살로 이루어진 터널들 속인데다가, 메시지를 보낼 곳이 없다는 사실 때문이다. 어차피 키는 내 소리를 듣지 못한다. 누군가에겐 들릴까?

이 인간은 종일 움직이고, 나는 그 리듬에 익숙해져간다. 인간이 느릿느릿 움직일 때는 쉬고, 인간이 쉴 때 일을 한다. 어느 날 밤, 작게 한입 뜯어내는데 인간이 꿈틀거린다. 그리고 전기 충격 같은 것이 찾아온다. 안테나가 새로 태어난 수개미drone처럼 거세게 움직이고, 웡웡거리며 찌르는 듯한 타격이 머리 한쪽을 때리고, 다섯 개의 다리가 휘어진다. 파도가 나를 다시 일으키고, 충격이 지나가자 이런 생각이 든다. 여자가 공포에 질렸다.

공포. 우리도 군집에 닥친 위험을 알고, 포식자들이 들이닥칠 때 급박함을 느낄 수는 있었다. 날카로워진 감각, 바짝 세운 안테나. 바람에 휩쓸린 듯한 집단적 움직임. 이 공포는 달랐다. 이건 내 위험이 아니고, 내 공포가 아니고, 이 여자의 두려움이었다. 그리고 덜컹임과 떨어짐은 나의 물리적인 감각이었지만, 공포를 안 건 감각이 아니라 생각의 결과였다. 여자의 생각이고, 이제는 나의 생각이었다.

이전에도 내 안에 생각이라는 게 있었을까? 그걸 누가 알겠는가? 많이 있었을 수도 있다. 당신은 처음 한 생각이 무엇인지 기억하나? 정확한 순간은 모를 테지. 하지만 이 생각은 중요한 지점이었다. 이건 그 여자의 생각이었다.

여자는 우리 상황에 겁을 먹었다. 여자는 첫날밤을 기억했다. 뭔가가 깨물었나, 쏘았나 싶었던 밤. 그리고 내가 있기 전부터 느꼈던 머리와 목의 통증, 사지와 등이 뻣뻣했던 느낌. 메스꺼움. 병에 걸렸나 하는 걱정. 아픈 게 아니라 불행한 걸까 하는 걱정. 병 때문에 아기를 가질 수 없고, 결코 어머니가 될 수 없을지도 모른다는 걱정. 자신이 죽어가고 있거나 미쳤을지 모른다는, 아니면 둘 다일지 모른다는 두려움.

하나의 생각이 기억과 생각, 감정의 모자이크로 쪼개졌다. 그리고 쪼개진 조각들 하나하나가 내 정신에 번득이는데, 낯설지만 이해가 갔다. 마치 막 고치를 깨고 나왔을 때 군집의 첫 감각들이 찾아왔던 것처럼. 온 세상이 조각조각 흘러들었다.

지금은 내 생각들이 당신 머릿속에 있으니, 당신도 그걸 느낄지 모르겠다. 나의 세계를 온전히 알지는 못해도 당신 역시 그 냄새를 따라오기 시작했다. 필요한 건 다 있다. 팔을 뻗고 클릭과 클랙을 꿈꿔보라. 등을 구부리고 눈을 감으라. 소리와 냄새가 지금 무엇을 아는지, 어디에 있는지 말해줄 것이다. 그때 그 여자의 생각이 내 것이었듯, 나의 생각이 곧 당신의 생각이다.

그 여자는, 그 모든 희망과 공포와 더불어 나와 연결되어 있었다. 레이철.

레이철과의 일체감. 이후에 나를 덮친 건 그것이었다. 레이철의 생각들은 터지듯이, 다면적으로, 자주 분명치 않은 형태로 찾아왔다. 적어도 초반에는 그랬다. 하지만 아이디어의 핵심에는 항상 레이철만의 특이성이 있었다. 그때 레이철에게서 표현된 많은 개념은 나를 혼란하게 만들었지만 핵심은 와닿았고, 그 여름밤에 레이철의 침실까지 가는 길을 비추던 커다란 달처럼 내 시야를 물들였다. 개체로서의 감각이.

당신에게 이 광대함을 만족스럽게 전달할 쉬운 방법은 없다. 혹시 쌍둥이가 있거나 한꺼번에 태어난 다른 존재들이 있다면 태어나면서 벌써 일체감을 가졌겠지만 말이다. 그러니까 레이철의 의식을 순간적으로 들여다보면서 나에게 얼마나 큰 관점의 변화가 생겼는지를 이해하려면 당신 쪽에서 적지 않은 노력을 기울여야만 할 것이다.

나의 급격한 시야 변화를 제대로 이해하기 위해 비교할 만한 상황을 떠올리는 것이 좋겠다. 당신들 중에는 별하늘 아래 눕거나, 바다에 둥실둥실 떠서 잠깐이라도 세상의 거대함과 그 속의 아주 작은 자신을 경험해본 사람이 있다. 그럴 때면 스스로가 보잘것없고 무작위적이며, 다만 자연이 제공한 덧없는 환경과 당신이 속한 종족의 재주를 통해 이 지상에 붙어 있을 뿐이라고 느끼게 된다. 이런 감각이 깊게 느껴지는 이유, 그 감각이 당신을 놀라게 하고 나중까지도 강렬하게 남는 이유는 바로 그 순간 당신이 명료하게 경험한 그 느낌이, 평소의 사고방식과는 정반대이기 때문이다. 당신은 살면서 대체로 스스로를 중요하게 여기는 데 익숙하다. 당신이 내리는 선택과 당신이 하는 행동들이 무게를 가지고, 그에 따르는 결과들이 있다고 여기며 산다. 한마디 말실수나 섣부른 결정을 걱정하면서. 다른 생명체들은 당신과의 관계와 중요성이라는 측면에서만 바라본다. 부모님도, 자식들도, 친구들도. 자신의 삶도 자신의 성공과 실패에 비추어 볼 뿐이다. 중요한 건 이런 것들이다. 경주에, 싸움에, 전쟁에 이기는 것. 어떤 동반자나 대의를 사랑하는 것. 한 생명 아니면 행성을 구하는 것. 하지만 '행성'을 생각할 때 당신은 '인간들'을 떠올린다. 승리에 대해 생각할 때는 패배한 자들의 상실에 대해서 생각하지 않는다. 사랑에 대해 생각할 때는 누가 사랑을 돌려줄지를 생각한다.

당신의 세계관은 생존을 위한 것 이상으로, 당신에게 주어진 코드를 넘어설 만큼 이기적이다. 우주는 당신을 중심으로 돈다. 그런데 산 위나 분화구 안에 혼자 서 있는 어느 날, 어마어마한 바다나 영원한 별들을 흘끗 보면서 시야가 뒤집히는 그 순간, 유일무이한 나라는 감각은 무너져내리고 당신은 그 앎을 절대로 잊지 않으려 한다.

기억하고 있는가?

레이철의 자아를 경험한다는 건 그런 느낌이었다. 그림이 완전히 뒤집히는 것. 당신의 인생을 바꿀 경험은 당신이 세상 속에서 얼마나 작은지를 드러냈겠지만, 내 경우는 반대로 그 거대함을 드러냈다. 처음으로 밖에서 안으로가 아닌, 안에서 밖으로 뒤집힌 광경이었다. 하나가 된 느낌이 그랬다.

괜찮은 느낌이었을 거라 상상해도 좋다. 신나는 느낌, 파닥이는 위기감과 즐거움도 있었다. 하지만 주된 감각은 아찔한 고독이었고 그와 더불어 나의 일부가 진작에 그 뻥 뚫린 공허를 들여다보고는 내려갈 계획을 세웠다는 사실을 인식하게 됐다. 왜 도망칠 생각은 못했을까? 왜 나는 그 고요한 소외감에 끌려 들어왔을까?

레이철의 생각들이 희미해지고 레이철의 자아와의 연결감이 스러지기 시작하자, 이런 번득이는 통찰과 공황 상태도 잦아들었다. 예전의 나와 비슷한 것이 돌아왔고, 앞에 놓인 매일의 과업이 주는 편안함도 돌아왔다. 지금 내 삶은 이것이었다. 레이철의 생각이든 내 생각이든, 모든 생각이 썰물 같은 뇌척수액에 쓸려가는 듯했다.

최초의 충격 이후, 한동안 나의 나날은 이전처럼 계속 이어졌다. 종양 아래에 놓인 두꺼운 뇌막이 편안한 침대가 되어주었고 매일 아침 레이철이 잠에서 깨고 나면 잠이 나를 덮쳤다. 군집에서 멀리 떨어진 곳에서 나는 길게 잤다. 끊임없이 딸깍거리며 행군하던 자매들의 소리 대신 레이철의 심장이 쿵쿵 깊게 뛰는 소리, 두개골 안에서 뇌가 부드럽게 밀리는 진동이 함께했다. 일단 잠이 들면 레이철이 조용해져야 깨어났다.

종양 가장자리를 톡 톡 톡. 발밑으로 종양 덩어리의 이랑과 고랑들이 느껴진다. 한입 깨물어서 치운다. 내 옆에서 자기 차례를 기다리는 키, 함께 집으로 행군할 준비가 된 키의 존재를 느낀다. 대열의, 질서의 일부로 돌아가는. 키가 없으니 일은 고된데다 그 의미조차 상실했다. 그래도 이 세상의 리듬은 나를 유혹한다. 매일 밤 포식을 하고, 갈증도 굶주림도 없다. 수확도 한가득이다. 다리가 다섯 개이긴 해도 그 어느 때보다 힘이 세지고 있다. 그리고 곧, 또다른 사건이 일어난다.

종양 앞에 생긴 새로운 가닥을 깨물어 들어갔다. 뇌막을 뚫고 그 너머의 더 가벼운 물질 속으로 구불구불 파고드는 섬세한 촉수를. 부드러운 고기를 단단히 무는데 섬광이, 전기 충격 같은 것이, 열과 빛이 내 눈을 멀게 하고 나를 쓰러뜨린다. 무너뜨린다. 꺼뜨린다. 그렇게 내 삶의 첫번째 부분이 끝이 난다.

uses sysutils;

색채와 감각이 딸린 이미지들이 쏟아져들어온다. 레이철이 경험한 장면들, 어린 시절의 추억들, 미래의 꿈들. 아이디어와 사색과 감정에 흠뻑 젖은 영상들이 미처 따라잡을 수 없을 정도로 빠르게 나를 관통하고, 오직 침전물만을 남긴다. 슬픔, 기쁨, 레몬 껍질의 향기, 피부와 피부가 맞닿는 쾌락, 맥주의 맛, 소금의 맛, 햇빛에 흩어지는 먼지, 한 조각 희망. 추락 때문에 혼란스러운 채로, 그 감정들은 처리되지 않은 채 흔적만을 남긴다. 그 순간이 지나갔을 때, 나의 껍데기는 대망막 위에 멍하니 누워 있다.

멈춘 채로. 꼼짝도 하지 않고. 무언가 아프다. 이 새로운…… 고통. 이건 뭐지? 이와 비슷한 건 아무것도 없다. 딱딱하고 날카로운 뭔가가 내 안에 있다. 레이철이 두고 떠난 그물망 한가운데에. 또 다른 삶에서 온 가닥들. 피가 빠진 여우 모피처럼 강력한. 눈부시고 차가운, 레이첼의 삶.

그러다가 레이첼이 나를 기억한다.

일어나서 피해를 확인한다. 잃어버린 다리를 만져보고 없어진 부분이 없나 살핀다. 안테나는 정보량에 못 이겨 축 늘어졌다. 섬광 같은 충격, 레이첼과의 연결감, 고양되고 고양되던 감각은 찾아왔을 때만큼 빨리 사라진다. 오직 기억과 이 고통만 남기고 다 사라진다.

이 아픔은 우리의 것이다. 레이첼의 머리에서 시작해 이제는 내 몸에 느껴지는 고통. 우리 둘 모두를 관통한다. 첫번째 사건으로 점점 커져가던 바깥 세계에 대한 지식에 두번째 사건이 영양분을 댄다. 레이첼의 존재가 나에게 스며든다. 죽음이 우리 둘 다를 감염시킨다.

begin

몇시지? 밤이야 낮이야? 우리는 깨어 있다. 거센 조류가 뇌막 가장자리로 밀려와서 레이첼의 두뇌에 갈라진 틈 사이로 소용돌이쳐 들어가고, 가느다란 종양의 촉수에 철썩거린다. 통증이 커졌다가 작아진다. 해야 할 일이 있다.

군집에서 터널을 팔 때는 작업이 빨랐다. 앞으로 나아가면서 앞에 있는 흙을 밀고, 땅을 다지고, 계속 나아가는 식이다. 밀고, 파내고, 다지고. 그러면 길이 생긴다. 종양 가장자리는 축축해서 그만큼 버티질 못한다. 한 입 뜯어낼 때마다 터널 밖으로 가지고 나가야만 한다. 지고 나갈 존재도 나밖에 없으니 진전이 느리다. 식욕은 없다. 내 흉부를, 내 뼈대를, 내 머리를 갉아먹는 느낌뿐. 그만 느끼고 싶은데 더 느끼고 싶다는, 흐릿한 허기. 한입 한입이 희망을 가져온다.

피가 끈끈하게 달라붙는다. 뇌척수액이 관절에 붙어서 몸이 뻣뻣해진다. 계속, 계속 밀고 간다. 살 속으로 파고들면서 바깥 세상의, 레이철의 세상의 향기와 맛을 기억한다. 그 이상을 바라는 욕망. 첫날밤부터, 그 침대 옆에서 이미 알았다는 감각. 이것이 목적이라는 느낌. 우리 둘의 목숨을 구하고 싶다는 이 열망, 이 욕구.

곧 또 한번의 충격이 찾아오고, 종양 속으로 더 깊이 침투하면서 다시, 또다시 충격이 찾아온다. 감각과 정보의 파도들. 비누칠한 손에 맺힌 빛방울, 발밑에서 삐걱거리는 계단 소리. 실망과 편안함, 안도감과 수치심. 부모, 자동차, 칫솔. 정치, 시, 휴일, 논쟁. 부디카 여왕과 리눅스와 바람과 함께 사라지다와 콩고민주공화국. 손톱 손질, 도서관, 크리스마스. 일라이자.

모든 감정과 생각을 움켜잡는다. 레이철이라는 백과사전을. 모든 항목이 다른 항목으로 증식해나간다. 허브 향기는 바질을 뜻하고 그건 이탈리아를, 토스카나에서의 사건을, 흐트러진 머리와 한결 거친 섹스, 눈물의 작별, 편지, 이메일, 페이스북, 약속, 질투, 가족을 의미한다. 그리고 그중 어느 개념도 다른 방향으로 이어질 수 있다. 찌릿한 감각은 생명으로 고동치고 한 입 물어뜯을 때마다 또 한번 충격이 올 때마다 죽음은 조금 더 후퇴한다.

이런 날이 이어진다. 터널은 길어진다. 구멍을 퍼내고, 섬유질 젤리 주위를 휘감은 전선을 다시 잡아당긴다. 야생동물 다큐멘터리를 본다. 모차르트에 대해 배운다. 일라이자가 보낸 전화 메시지를 듣는다. 처음 맛본 바닷물 맛을 기억한다. 듣고, 배우고, 느끼고, 기억한다. 충격은 올 때마다 점점 약해지고 연결은 점점 강해지더니 어느 날엔가 더는 충격이 필요치 않아진다. 우리는 하나다. 레이철이 느끼는 모든 것이 이제 내 것이다. 레이철이 아는 모든 것을 나도 안다. 스쳐가는 순간적인 생각들은 접근이 불가하지만 그것도 물고 있으면 알 수 있다. 레이철의 의식의 흐름에 잠깐 노출된 것만으로도 기진맥진해진다.

쉰다. 기다린다. 소화시킨다. 작은 촉수들은 죽었다. 종양은 자라기를 멈췄다. 우리의 아픔은 기억이 되고, 레이철의 두통은 사라졌다. 내 몸은 포식하고 지친 채로 작은 터널 중 한 곳에 누워 있지만, 정신으로 모든 것을 본다. 레이철이 눈으로 보고 아는 모든 것, 그 훨씬 너머까지도. 나는 내 의지로 레이철이 부분적으로 기억하는 모든 것을, 아주 작은 불똥이라도 레이철이 알았던 모든 것을 되살릴 수 있다. 책, 대화, 강의, 영화, 편지. 살면서 언제라도 레이철을 통과해간 생각에 전부 접근할 수 있다. 인류의 역사가, 특히 레이철의 역사가 내 안에 넘쳐흐른다.

레이철의 머릿속 터널 안에서 키를 생각하려고 하지만, 나는 키를 잃고 말았다. 군집도, 이전의 내 세계도. 달빛의 맛과 풀소리, 까닥이고 두드리던 긴 행군은 먼 과거에 있었던 작은 삶에 지나지 않는 듯하다. 여기에서 어디로 가지? 할일이 있다. 그것이 여전히 나의 코드다. 내 발치에 세상이 보이지 않는 지평선까지 뻗어 있으니, 눈앞의 할일에서 질서가 주는 편안함을 느낀다.

매일 조금씩 더 물어뜯는다. 이제 기억은 그대로 있고, 온도만 변한다. 호르몬, 사회적 교류, 날씨가 변하는 양상, 모든 것이 우리의 기분에 영향을 미친다. 이미 존재하는 조류와 종양 외에 또다른 인간 삶의 스트레스에 노출되지 않으려고, 내 정신은 특정한 생각들을 골라 초점을 맞춘다. 처리할 수 없으면 중계방송을 따라가지 않는다. 레이철의 어머니가 멀리서 전화를 하고, 나는 우리에게 범람하는 감정의 무게 속에서 그쪽 나라 이름도, 두 사람의 대화 주제도 처리해낼 수 없다. 레이철이 밝히지 않는 정보가 있다. 어머니에게도, 스스로에게도. 이런 감추기의 무게는 우리 둘을 피로하게 만든다. 희망과 욕망, 쓰디쓴 기억들, 설탕과 죽음의 톡 쏘는 아몬드 향기에 감싸인 듯한 무엇. 나는 레이철을 어머니에게 맡긴다.

　이날은 내 머릿속에 토마시니의 현악 사중주 내림나장조 4번, 어느 늦여름날 들판에서 춤을 추는 천 마리 나비의 소리, 디킨스의 『우리 공통의 친구』 펭귄판 표지, 키라임 치즈케이크 레시피, A레벨 지리서, 그리고 회중시계가 있다. 모두 레이철의 관심 가운데가 아니라 의식 주변을 떠다니던 진기한 정보들이다. 이 생각들은 꽤 즐겁지만, 갑자기 레이철의 정신이 특정한 하나의 생각에 집중하면서 나도 다른 것에 집중하는 게 불가능해진다. 그 순간, 내 턱은 레이철을 물고 있지 않아서 평소의 두드림과 터널 파기 외에는 두뇌와 바로 연결되어 있지 않다. 그래도 온도 변화와 척수액의 흐름은 놓칠 수 없는 신호다. 레이철이 어떤 사건을 경험하고 있다.

　어떤 사건인지는 말할 수가 없는 것이, 레이철의 달라진 정신상태를 관찰한 지 몇 초 만에 액체의 파도가 나를 붙잡아 대뇌피질로 휩쓸어갔기 때문이다. 다리 하나를 잃은 탓에 균형이 잘 안 잡혀 충격이 오던 초반에 쓰러진 적은 있어도 휩쓸린 적은 없었는데. 몸을 바로잡으려고 버둥거리고, 나를 쓸어가는 흐름에 저항하려고 싸운다. 레이철의 몸에 대한 내 지식은 인간 해부학에 대한 레이철의 이해, 그녀가 과하게 시청한 생물학 리얼리티 티브이쇼, 그리고 한정된 나의 탐험에 국한되어 있다. 위산과 다른 체액들이 내 외골격을 상하게 할지 모른다는 두려움은 있는데, 이런 일이 일어날 가능성에 대한 결정적인 정보는 없다. 내 몸이 목 아래로 내려가는 배수구를 빙빙 돈다. 레이철의 장기들도 두뇌와 마찬가지로 주머니와 막에 싸여 있나? 아니면 모든 것이 척추골을 따라 늘어진 이 밧줄들로 고정되어 있나? 시간이 가고 있다. 끈적한 액체를 힘껏, 더 힘껏 밀고 나아가면서 그 아래 미지의 심연이 끌어당기는 것을 느낀다. 척추 꼭대기 빈 주머니에 몸을 뻗어, 마지막 물결이 나를 지나쳐 흐르는 동안 꼬불꼬불한 벽을 꽉 문다.

급류만큼이나 거센 레이철의 감정들이 나에게 밀려들어온다. 감정이 가득한데, 한 가지도 아니고 온갖 감정이 동시에 혈류에 부딪쳐온다. 붙잡을 수 없을 만큼 덧없는 생각과 심상들이 우리 사이에 깜박이고, 또다른 것도 있다. 이 작은 방엔 소리를 죽여줄 단단한 세포조직이 없어서 규칙적인 심장박동이 더 크게 들린다. 그런데 그보다 더 희미하고 더 빠르게, 또다른 박동이 빗줄기처럼 집요하게 우리의 의식 가장자리를 두드린다. 쿠궁, 쿠궁. 존재의 끄트머리를 꼭 쥔 새로운 심장이, 삶을 향해 세차게 고동친다.

```
writeln ('Current time: ',
TimeToStr(Time));
```

나머지 임신 기간과 출산 후 얼마 동안은 상대적으로 수월했다.

종양은 성장을 멈췄고, 한참 걸리긴 했어도 아래쪽 뇌막 근처 내 위치로 돌아가고 나자 나의 작업도 순조롭게 진행되었다. 우리는 이제 두통에 시달리지 않았고 가끔 찾아오는 구역질과 현기증은 처음에는 호르몬 탓이었고 나중에는 피곤해서였다. 레이철의 의식에 접속하는 일도 즐거워졌다. 생각이 복잡하고 많은 건 여전해도 중심에 만족감이 있고 초점도 잡혀 있었기 때문이다. 몸안에서 자라고 있는 아이 말이다. 나의 관심은 그와는 정반대되는 과업에 쏠려 있었지만, 들이는 노력은 레이철에 비할 만했다. 종양을 통제할 순 있어도 그 조밀한 조직 주위에 피어난 혼돈은 강력했으니까.

가까운 영역을 훨씬 넘어서까지 지식이 확장되었는데도 어째서 그게 이토록 오랫동안 내 관심을 붙들고 있었나 의아하다면, 작은 공동체에서 태어났다고 상상해보라. 영농 조합이나, 대가족에서 말이다. 당신은 자기 일을 안다. 매일 집단의 이익을 위해 일하고 자기 역할을 의문하지 않으며, 오로지 과업 완수에 성공하느냐 실패하느냐만 신경쓴다. 공동체 구성원들은 당신이 하는 일을 알고, 같이 살고, 같이 먹고, 대화를 나눈다. 당신이 그런 생활을 좋아하느냐 싫어하느냐는 문제가 아니다. 좋아하느냐 싫어하느냐는 애초에 당신의 프로그램에 없다. 삶은 그저 삶이다. 하지만 어느 날 어떤 결함이나 고장이, 아니면 유전적인 우연으로 더 대단한 코드 같은 것이 들어가 당신을 엉뚱한 방향으로 끌고 간다. 당신은 전에 몰랐던 신호를 받고, 그 신호를 직감이라고 부르고, 패턴을 바꾸어 그전에 알던 모든 것을 떠나버린다. 새로운 일을 하는 데도 이전에 갖고 있던 기술이 필요하기는 하지만, 이제는 혼자 일한다. 새로운 언어를 배우고, 독창적인 작업 방식을 생각해내고, 성공하든 실패하든 혼자 책임져야 할 목적에 대해 연구한다. 당신 머릿속에서 들리던 목소리들이 스스로의 생각과 감정으로 바뀐다. 이 작업이 다 끝나면 어떻게 될까? 예전의 삶으로 돌아갈 순 없다. 하루도 버티지 못할 것이다.

당신들도 그 부름을 들은 적이 있다. 긴 결혼생활, 작은 마을, 중요한 직장에서. 누군가는 부름에 응했을 것이고 누군가는 남았다. 여기에 옳고 그름은 없다. 당신은 내 선택을 안다. 그게 정말 선택인지는 모르겠지만 말이다.

어쨌든, 처음에는 그게 중요하지 않았다. 그래, 일은 거의 완수된 것 같았고 목적도 덜 급해졌다. 덜 급해지고, 분석할 만한 언어 능력이 생기니 내 상황에 대해 생각을 해야 했다. 그리고 아서가 있었다.

새로운 심장박동이 침입해 내 작업 패턴을 방해했다. 더 빠른 박동이 내 안테나를 당겼고 다른 호르몬이 흘러와 충격을 줬다. 막 싹튼 나의 의식에 엄청난 영향을 주었던 레이철과의 일체감은 서서히 허물어진다. 둘로 쪼개진 건 아니지만, 사이가 벌어졌다. 아들이 태어나자 레이철은 처음에는 일라이자와, 이제는 아들과 자신을 갈라놓는 보호막을 벗어버리기 시작했고, 레이철이 긴장을 풀자 우리의 연결도 커졌다. 이제 내 턱이 레이철에 박히면, 레이철의 꿈속 우주가 펼쳐진다. 나의 꿈이 군집에 대한 것이었다면, 레이철은 종종 나에 대해 꿈을 꿨다.

우리는 다시 각자의 몸에서 깨어나, 살아 있음을 기뻐하곤 했다. 군집에서라면 나의 전기적인 생명은 오래전에 다했을 테고 죽은 내 몸은 다음 세대가 내 자리를 물려받는 동안 저장되어 있었을 거다. 계절을 넘겨 사는 건 여왕뿐이다. 집에서 멀리 떨어져서, 나만의 둥지라고 부를 수 있을 법한 뭔가를 세운 건 내 지위가 변했다는 뜻이었다. 서서히 이런 이해가 찾아왔고 그것을 깨닫자 키에 대해, 우리 사이의 거리에 대해 생각하게 됐다. 우리 대열에서 지금까지 살아 있는 건 나 하나뿐이리라.

이제 키에 대한 나의 감정에는 이름이 있었고, 감정이 이름에서 솟아났는지 아니면 언제나 그 자리에 존재하기는 했는데 이름이 없어서 무언이었는지는 말하기 어렵다. 키를 영원히 잃었다는 앎은 분명히 새로운 종류의 아픔이었고, 배움은 축복이라기보다는 저주 같았다.

톡 톡 톡. 레이철의 자아 주변을 더듬어. 다른 이의 부름을 들어. 새로운 삶의 맛을. 매일 그런 리듬이 맥박 친다. 인간의 노래, 찬가다. 내 감각들을 잡아끌고, 내 시스템을 벗겨낸다. 새로운 세포들, 다른 세포들, 레이철 안에서 성장하는 아이의 코드를 더듬는다. 살짝 물어뜯고, 약간 저장하고. 톡 톡 톡.

아서가 태어나는 날은 폭풍, 아니면 화재와 같다. 우리의 몸뚱이들을 휩쓸어 강둑에 죽은 채로 팽개치는 성난 불길이다. 우리는 호흡하려고 애를 쓰고, 아이는 고치에서 나온다. 언젠가 알을 낳던 여왕의 껍질처럼 레이철을 깨고 나온다. 우린 힘이 다 빠졌다.

begin

아서가 태어나고 석 달 후 종양이 다시 자라기 시작한다. 아기 아서의 일과에 끌려들어간 나머지, 첫번째 촉수들을 놓쳤다. 그러다가 어느 날, 레이철이 새집 부엌에 꼼짝 않고 서 있을 때에서야 우리는 느낀다. 짐승의 발톱이 빼져나왔다는 걸. 레이철은 창틀의 거미집을 한동안 멍하니 보고 있고, 레이철의 생각도 나의 수확 창고도 텅 비었다. 이제 다시 일을 할 시간이다.

파고, 터널을 뚫고, 물어뜯고, 다지고. 피가 가득한 살을 밀고 들어간다. 일부는 저장하고, 일부는 옮기고, 도움을 청한다. 아무도 오지 않는다. 누가 오겠는가. 누가 올 수 있겠는가? 내 쓰러진 자매들은 아니다. 내 고손조카들도 아니다. 나의 냄새는 사라졌고, 나의 목소리는 흐트러졌다. 밀고, 물고, 다지고. 혼자서. 아무도 듣지 못하는 곳에. 아서와 떨어져서.

아서는 나를 보았다. 제 어머니의 눈을 아득히 넘어서서 보았다. 세포에서 세포로 나를 느꼈다. 아서는 제 어머니의 얼굴을 들여다보면서 산들바람을 타고 온 내 노랫소리를 듣는다. 아마이징, 아마이징.

그렇게 몇 년이 흘러간다. 우린 어찌어찌 해낸다. 아이는 양치식물처럼 우리 아래 잎을 펴고, 우리는 햇빛과 그늘을 제공한다. 그리고 종양은 서서히 자라난다.

begin end.

마지막날은 춥다. 레이철은 목욕물을 받고 책을 가져온다. 우리는 같이 책을 읽을 것이다. 발에 닿는 물이 뜨겁다. 단어를 보기가 힘이 든다. 우리는 기다린다. 어지러움과 통증은 이제 없다. 뼛속이 비는 듯 차가운 마비감도 이제 없다. 그저 이것뿐이다. 따뜻한

물과 저 너머의 세상에 대해, 현재나 과거나 미래에 대해 이야기하는 책 속의 단어들뿐이다. 레이철은 아서와 일라이자를, 그리고 두 사람이 어떻게 함께 레이철의 침대에 누울지 생각한다. 레이철은 욕조 가장자리에 머리를 기댄다. 무거운 머리를. 그리고 같이 걸을 때 아들이 엄마 살갗을 만지려고 소매 속에 손을 집어넣던 방식을, 매일 곁을 떠나기 전에 자신을 돌아보던 아내의 모습을 기억한다. 레이철은 마지막으로 숨을 한번 더 들이쉬고, 놓아버린다.

end

어땠는지 알 것이다. 돌아갈 길은 없지만 앞으로 가기는 해야 했다. 내 삶의 두번째 부분은 이제 겨우 시작됐다. 레이철이 알았던 모든 것이 나의 것이었고, 세상은 여왕의 통치가 끝났을 때의 군집과 같았다. 수색하고 건설하여 새로운 생명을 찾을 때였다. 여왕은 죽었다. 만수무강하소서.

begin

톡 톡 톡. 두개골 주위를 더듬는다. 물소리와 레이철의 심장이 내는 침묵의 소리를 듣는다. 레이철의 피에서 새로운 씁쓸함을 맛본다. 톡 톡 톡. 젤리 같은 수정체와 그 뒤의 공간을 찾아낸다. 소금기와 공기와 그녀의 피부 바깥으로 밀고 나간다. 이 새로운 자궁에서 다시금 세상으로 밀고 나간다.

이제 아이가 돌아오기를 기다린다. 아이를 찾으려고 또 기다린다. 또다른 자아가, 또다른 화신이 나를 기다리고 있다. 이것이 자유이고, 자의식이다. 나의 생각, 나의 감정. 나라고 하는 '나'. 그리고 이제 내가 태어났으니 세상 너머에서 우린 할일이 있다.

5
클레멘티눔*

메리는 무엇을 알았나

프랭크 잭슨은 메리에 대한 사고실험을 글로 적었다. 뛰어난 과학자인 메리는 철저히 흑백으로만 이루어진 환경에서 바깥 세상을 비춰주는 모니터들을 보며 성장했다. 메리는 색채에 대한 정보를 전부 습득한 시각 신경생리학 전문가다. 색채에 대한 모든 지식이 있지만 그 방에서 풀려나 처음으로 빨간색을 보게 된 메리가 무언가 새로이 알게 되는 것이 있을까? 물리적인 용어로 설명할 수 없는 다른 성질의 경험이 있을까?

메리가 이전에 가진 지식은 불완전할 수밖에 없다. 그러나 메리는 물리적인 정보를 모두 가지고 있었다. 즉, 과학적인 정보 말고도 무언가가 더 필요하다는 뜻이다.

프랭크 잭슨, 팟캐스트 〈철학 한입〉에서

---

*프라하의 역사적 건물. 보르헤스의 소설 「비밀의 기적」에서는 주인공이 클레멘티눔도서관에 대한 꿈을 꾸는데, 그곳의 사서들은 도서관 책들 속에서 신을 찾는다.

레이철에게는 침대에서 입기 편한 옷이 세 벌 있는데, 오늘은 침대 밖에서도 그 세 벌을 모두 입고 있었다.

"오늘은 집에 일찍 올게. 아서 데리고." 일라이자가 출근하기 전에 말했다. 그리고 겹겹이 카디건을 입은 레이철을 슬쩍 보았다. "난방 좀 올릴까?"

레이철은 손가락 끄트머리로 일라이자의 팔을 쓸었다. "옷을 껴입는 편이 나아."

일라이자가 현관 앞에서 멈칫했다. "지금은 지구에 대해 걱정하지 않아도 괜찮아." 일라이자는 몸을 돌리지 않고 말했다. "한 번만이라도 자신을 좀 생각해."

레이철은 굳이 그 말을 바로잡지 않기로 했다. 일라이자가 출근하기 전에 언쟁을 벌여선 안 된다. 그날 어떤 일이 생길 줄 누가 알겠는가? 특히 오늘은 말이다. 오늘 레이철은 아서의 아침식사를 준비했고, 둘이 같이 만들던 커다란 스크랩북에 아서가 모은 잎사귀들을 붙였고, 학교 갈 준비도 시켰다. 레이철은 거실 창문으로 멀어져가는 일라이자의 모습을 지켜보았다. 오늘은 좋은 날이었다.

레이철은 부엌으로 돌아가면서, 늘 하고 싶은 만큼 충분히 설명할 시간이 없었다는 생각을 했다. 레이철은 빠르지 못해서, 말하다가 중간에 대화 내용이나 기분을 바꾸기도 하는 일라이자 같지 않았다. 그보다는 곰곰이 생각하기를 좋아했다. 레이철은 싱크대 앞에 서서 그릇을 닦기 시작했다. 생각하면서. 그래서 레이철이 배려심이 깊은 사람, 일라이자의 말마따나 배려가 지나친 사람이 되었을까? 아니다, 남에게 신경을 써준다는 것은 다른 문제다. 레이철의 나른함은 그런 종류의 사려 깊음과는 관계가 없고, 그저 아내와 다른 속도에 맞춰져 있을 뿐이었다. 그레그가 컴퓨터 지능이 인간 지능과 다른 점에 대해 뭐라고 했더라? 감정. 컴퓨터는 인간처럼 빠르게 결정을 못 내릴 때가 있는데, 그건 감정이 없기 때문이라고 했다. 하지만 레이철의 경우에는 감정이 속도를 늦추기만 하는 것 같았다.

레이철은 따듯한 물에 두 손을 담그고 비눗물이 팔꿈치까지 올라오게 두었다. 레이철이 난방 대신 울 카디건을 택한 건 지구를 걱정해서가 아니었다. 몸속부터 추웠다. 머리카락이 다시 자라고 봄이 왔어도, 몸의 모든 원자가 추위로 고통스러웠다. 델 정도로 뜨거운 물에 목욕을 하고, 뼈에서 스며나온 한기가 다시 몸을 식히기 전에 목욕물의 열기를 몸안에 가두려 애쓰는 것이 최선이었다.

그레그는 이 새로운 오한을 이해하는 것 같았다. 9월부터 6월까지 스키 재킷을 입는데다, 잉글랜드에서 처음으로 겨울을 날 때 모자 속에 뜨거운 물병을 넣고 지냈던 그레그는 다시는 따듯해지지 않을 것만 같은 기분이 어떤 것인지 알았다. 그레그를 처음 만났을 때 레이첼은 무릎 양말과 두꺼운 점퍼를 보고 웃었더랬다. 그레그는 밤이 늦도록 술을 마시고서야 외투를 벗었다. 임신한 레이첼이 진저 코디얼을 마시고 딸꾹질을 해서, 바닥에 모두 함께 둘러앉아 킬킬거리던 밤이었다. 이제 그 웃음이 멈추고 나니, 그때의 그레그가 그리웠다. 아주 가끔 만날 때면 그레그는 레이첼의 허리를 잡고 속속들이 약해져 있는 것을 확인하며 몸서리치곤 했다.

최근 그레그는 계속 거리를 두었다. 그레그가 할을 만나면서 아빠가 되겠다는 계약까지 한 건 아니었지만, 일은 그렇게 되고 말았다. 레이첼은 가끔 모두가 사기 행각에 동참한 게 아닐까, 세 사람이 편하려고 레이첼이 임신했을 때 그레그가 주변에 남도록 속인 게 아닐까 생각하기도 했다. 그게 그레그의 상황을 바라보는 한 가지 시각이었고 레이첼은 공정하려고 노력했다. 특히나 다른 누구보다 자신이 아이를 원했기에 더 그랬다. 하지만 그레그는 논의를 할 때도 임신 기간에도 정말 편안해 보였다. 마치 영국 남자를 만나고, 잉글랜드로 이사하고, 직장을 바꾸고, 공동 육아를 하는 것 전부가 훌륭한 계획이라는 듯 여유로웠다. 짜잔, 행복한 가족이죠. 다만, 레이첼이 암 진단을 받자 그 계획도 더는 훌륭하지가 않았다.

레이첼은 그레그가 그리웠다. 레이첼을 데리고 박물관이며 미술관에 가는 사람은 할이었다. 어린이집에서 픽업한 아서를 집에 데려다주는 사람도 할이었다. 레이첼은 아서가 그림을 집어넣고 오늘 하루는 어땠는지 들려줄 수 있게 스크랩북을 보관했다. 하루에 한두 시간밖에 아이를 돌볼 수 없었고, 할은 레이첼이 자는 동안 아서를 부엌에 데려다놓고 종종 오후 늦게까지 남았다. 레이첼은 빵 굽는 냄새에 깨어났다. 카다멈이나 초콜릿 케이크, 헤이즐넛 쇼트브레드와 레몬 리코타 타르트. 레이철의 식욕을 돋울 음식들. 할과 아서는 조그마한 접시를 침대 옆에 들고 와서 베개 더미와 책 사이에 안 떨어지게 올려놓았다.

"비스킷." 아서가 말했지만, 실제 발음은 '비치칫'이었다.

"그레그는 이걸 쿠키라고 부르지." 한번은 할이 도와주려고 그렇게 말했다.

"쿠키?" 아서가 얼굴을 찡그렸다. "우리가 쿠킹했어?"

레이철은 진저브레드 한 귀퉁이를 깨물었다. "그럼, 우리 아가." 그레그의 영어에는 전염성이 있었다. 부드러운 억양, 다정한 덧붙임, e와 i가 바뀐 발음. 레이철과 일라이자는 그걸 '그레그말'이라고 불렀다. 그레그가 없는 동안에도 마치 아서를 이중 언어 구사자로 키우려는 것처럼 그레그말을 계속 썼다. 몇 주 동안은 오븐에서 나오는 모든 것이 쿠키였다.

레이철은 수도꼭지 밑에서 마지막 식기를 헹군 다음 오늘이 왜 좋은 날인지를 기억해내려고 했다. 일라이자가 일찍 퇴근해서 아서를 집으로 데려올 테고, 세 사람은 같이 차를 마시고 만화를 볼 것이며, 레이철이 잠들면 일라이자가 관자놀이에 입을 맞출 것이다. 그리고 레이철은 일어나서 접시를 닦을 수 있을 만큼 상태가 좋았다. 행주로 하나씩 뽀득거릴 때까지 닦고 있을 만큼. 이런 일을 하는 건 오직 즐거워서였다. 자신이 만지고 느끼는 모든 것이 지속된다는 감각이 즐거웠다. 반짝이는 유리잔에 반사하는 약한 햇빛, 접시에 도는 광채. 여과된 빛 속에서 환하게 떠다니는 생명의 입자들. 앞에 보이는 손. 그날, 바로 그날.

눈 안쪽에 아주 작은 번득임이 일었다. 틱. 틱. 틱. 레이철은 혼자가 아니라는 사실을 기억하고 고개를 저었다. 하지만 오늘은 좋은 날이었다. 모두 좋은 날이었다. 이건 나의 파티다. 레이철은 그렇게 보았다. 삶의 모든 단계에는 파티가 있었으니, 레이철은 마지막 축제를 벌이고 있었다.

그레그에게도 파티에 대해 말해줄 걸 그랬나, 그랬다면 찾아오기가 조금이라도 쉬웠을까 생각했다. 아마 아닐 것이다. 그레그는 자기 아버지의 죽음에서도 동떨어져 있었다. 레이철이 아는 한, 일리노이에서도 축하행사는 전혀 없었다. 그레그의 부모님은 파티를 즐기는 사람들이 아니었다. 그리고 생의 마지막 나날을 경박하게 보내는 데엔 신성모독적인 구석이 있는지도 몰랐다. 마지막 예후가 있고 나서는 그런 주제를 다룬 책을 많이 읽지 않았지만, 죽어가면서 매일매일 영원한 시간이 남아 있고 문제될 건 아무것도 없다는 듯이 보내라고 충고하는 책은 없을 것 같았다.

다음에 도서관에 가면 한번 찾아봐야겠다. 곧 다시 할과 외출을 할 텐데, 레이철은 도서관에 가는 게 제일 좋았다. 특정한 도서관은 아니었다. 두 사람은 이스트 런던의 공립도서관을 거의 다 훑었고 일라이자의 자격증을 이용해서 대학 도서관도 몇 군데 갔었다. 주택가 끄트머리에 있는 작은 도서관들이 제일 좋았지만 이제 그런 곳은 많이 남아 있지 않았다. 새로이 중앙집권화한 신전 같은 도서관들은 그 야심이 놀라웠다. 지난 세기에 나온 『브리태니커 백과사전』 사이에 컴퓨터들이 줄지어 자리를 잡은 모습이라니. 정작 책은 밀려난 듯했고, 중심 업무라기보다는 커피숍의 좋은 배경이 되어버린 느낌이었다.

레이철은 점퍼 소매를 손목 위로 걷어올리고 발을 보았다. 발바닥과 타일 바닥 사이에는 양말 두 짝뿐이었고 발가락 아랫부분이 무감각했다. 레이철은 유리잔 하나와 약통들을 움켜쥐고 위층으로 향했다.

침대 옆에 쌓인 책 무더기 맨 위의 낡은 하드커버 책에는 두 장의 엽서가 끼워져 있었다. 하나는 어디까지 읽었는지 표시하는 용도였고, 하나는 책을 바꿔 읽을 때마다 앞에 끼워넣는 엽서였다. 레이철은 책을 집어들고 첫번째 엽서를 꺼냈다. 케이트 그리너웨이 스타일의 그림이었다. 긴 치마를 입고 부츠를 신고서 웅장한 현관문 앞에 선 빅토리아시대 소녀. 시간이 흘러 색은 바랬어도 흐트러진 갈색 곱슬머리 위에 올라간 보닛 모자의 빨간색은 딱딱한 회색 집과 황갈색 드레스 차림으로 꼿꼿이 선 아이와 여전히 대조를 이뤘다. 엽서를 뒤집으면 찍어낸 듯 깔끔한 어머니의 글씨가 보였다. 사랑해 마지않는 레이철, 매일 네 열쇠가 문에 꽂히는 소리에 귀기울인단다. 나의 햇살을 보려고.

지난번 부모님이 이사할 때 상자 안에서 발견한 엽서였다.

"혹시 이중에 원하는 거 있니?" 레이철의 어머니는 턱짓 한 번과 코웃음으로 데번 집 전체를 일축했다. "습기에 망가졌다만. 이 집은 우리 모두를 죽이려고 했어."

레이철은 낡은 편지 가방 하나와 흔들의자를 가져왔다. 책과 레코드와 양탄자와 커튼은 다 곰팡이로 얼룩덜룩했다. 아버지는 화톳불을 피워놓고 집어넣을 수 있는 것은 다 불속에 집어넣었다. 이웃이 계단 아래로 매트리스를 끌어내 타고 있는 책과 옷더미 위에 놓는 작업을 도왔다. 두 남자는 불 앞에 서서 매트리스가 금속 코일 더미가 될 때까지 기다렸다.

"네 아버지는 불에 미친 사람이야." 레이철의 어머니가 말했다. "자기 아버지와도 비슷하지. 다 통제 문제야."

레이철은 어머니가 짐 싸기를 지휘하는 거실에서 그 모습을 지켜보았다.

"혹시 우리 가족이 모르고 지나친 정신 건강 문제일까?"

레이철의 어머니는 딸을 잠시 쳐다보았다. "모든 게 너와 관련된 건 아니야, 레이철."

부모님은 잉글랜드 남서부에서 브라질 북동부 해안으로 이사했고 다른 종류의 습기를 알게 되었다. 지겹고도 뜨거운 습기였다. 아버지는 계속 그림을 그렸고 어머니는 카포에이라를 배우면서 길거리 카페에서 대마초를 피우는 모양이었다. 두 사람은 이메일을 통해 계속 연락해왔고 딸이 병이 들자 약초 치료법에 대한 기사 링크를 보냈다. 레이철은 전화를 해보려고 했지만 둘 중 유일하게 휴대폰이 있는 어머니는 도무지 전화를 받는 일이 없었다. 아니면 레이철의 전화를 받지 않는 건지도 몰랐다. 레이철은 휴대폰에서 다시 걸기 버튼을 또 누르며, 아마 다른 사람과는 통화를 하겠지 생각했다. 죽어가고 있지 않거나, 적어도 금방 죽지는 않을 사람과는 통화하겠지. 어머니는 꽤 훌륭한 아마추어 간호사였지만 가망이 없는 경우를 좋아하지 않았다. "알아, 끔찍하지, 얘야. 하지만 어차피 죽을 거라면 그게 다 무슨 소용인지 모르겠다." 포르탈레자는 지금 오전 다섯시였다. 레이철은 벨이 여섯 번 울린 후에 전화를 끊었다.

레이철은 책을 들고 복도를 걸어가서 목욕물을 틀었다. 겹겹이 껴입은 옷을 벗고, 파티 기분을 내려고 뜨거운 물에 로즈메리 오일을 잔뜩 풀었지만, 욕조에 기대앉아서 책을 펼치자 향기로운 수증기 속에서 어머니의 엽서에 남아 있던 곰팡이 냄새를 여전히 맡을 수 있었다. 레이철은 다시 한번 엽서에 붙은 우표를 확인했다. 날짜는 흐릿해졌지만 중요한 건 그게 아니었다. 소인이 찍혀 있다는 사실 자체가 이상했다. 어째서 어머니는 레이철이 집에 오기를 기다리고 있다는 엽서를 쓴 걸까, 정작 떠나 있던 사람은 어머니 쪽이면서? 어머니가 종종 만들어내던 딜레마였다. 비난과 한데 묶인 칭찬 같은 것.

"넌 언제나 행복하지, 안 그러니, 레이철?"

마치 레이철이 행복하다는 사실이 자신에 대한 의도적 모욕이라는 듯이 말이다. 어머니가 사는 곳 문 앞에 레이철이 없다는 사실고 그렇고.

레이철은 엽서를 치우고 책을 펼쳤다. 스스로에 대한 선물삼아 도서관의 빅토리아시대 소설들을 차근차근 읽고 있었다. 십대 시절에 트롤럽의 소설을 몇 권 읽었고 언젠가 '시간이 생기면' 다시 읽겠다고 다짐했었는데, 이제 디킨스, 엘리엇, 새커리, 브론테 자매, 그리고 영어 선생님이 제일 좋아하는 작가였던 조지 메러디스를 다 읽어치우고 나니 시간이 있으면서도 없었다. 그게 죽어가는 일의 미시적인 면과 거시적인 면이었다. 하루에 온 생애가 가능할 정도로 시간이 느려지면서도 동시에, 남아 있는 얼마 안 되는 유한한 생명은 모래시계의 물처럼 빠르게 흘러내리는 상태. 멀리서 거대하면서도 작은 순간들을 보는 듯한 감각은 어렸을 때 풀밭에 누워 위로 보이는 하늘의 광활함을 느끼던 순간, 마치 자신의 작은 몸뚱이를 내려다보는 것처럼, 자신의 일부분들이 우주만큼 거대하게 치솟는 것처럼 손가락 발가락이 다 생명과 에너지로 찌릿찌릿하던 경험을 떠오르게 했다.

손에 쥔 책이 무거워진 레이철은 몸을 옆으로 기울여 욕조 가장자리에 기대고, 팔뚝으로 비닐 커버에 묻은 물방울을 닦아냈다. 반투명한 비닐에 싸여서도 빛을 발하는 여자 주인공의 하얀 새틴 드레스가 감탄스러웠다. 일라이자는 레이철이 빅토리아시대 소설을 왜 좋아하는지 이해하지 못하겠다고 했다. 일라이자에게 읽기란 곧 일이었다. 그것도 즐거워하는 것 같기는 했지만 말이다. 일라이자는 과학적 성과의 현주소를 파악하기 위해 최신 기사와 학술지들을 읽었고, 레이철이 푹 빠진 소설들은 플라톤의 동굴에 사슬로 묶여, 벽에 비친 그림자로 세상을 해석해야만 하는 관객의 절박한 도움 요청이라고 주장했다.

"우리에게 동화는 필요 없어."

레이철은 그때 웃고 말았다. "그 말을 할 때마다 천사가 날개를 잃어."

"기독교와 팬터마임을 헷갈리는 거 아냐?" 일라이자가 말했다.

그래도 아서의 생일을 맞아 다녀온 파리 여행 이후에는 일라이자도 조금 수그러들었다는 생각이 들었다. 놀이공원에서 어떤 순간이 있었다. 레이철은 얼굴에 손을 올려 이마에 볼록한 부분을 쓸었다. 일라이자도 보았어, 레이철은 확신했다. 그리고 아내의 머릿속에 정령이 산다면 어떻게 요정을 믿지 않을 수 있겠는가? 그날 밤, 아서가 잠든 후 두 사람은 생쥐 귀 모양으로 다듬어진 꽃밭이 내려다보이는 발코니에 앉아 그 문제에 대해 대화했다.

"지금 거기 있어?" 일라이자의 찡그림은 눈까지 번져 있었다. 속눈썹 아래 주름에 화장품 가루가 껴 있었다. "느껴져?"

"네가 상상하는 것처럼은 아니야. 코나 혀처럼, 늘 그 자리에 있어. 뭔가 특별하게 느껴지진 않아. 집중하지 않으면."

하지만 두 사람은 그것에 이름을 붙이지 않았다.

레이철은 앞에 있는 활자를 보며 얼굴을 찌푸렸다. 글자가 불분명해 보였다. 눈을 감고 책을 조금 더 멀리 떨어뜨렸다. 읽는 데 안경이 필요하지는 않았다. 레이철은 그런 생각을 했다가 다시 바로잡았다. 지금까지는 필요하지 않았다고. 종양은 언제나 변화를 가져왔다. 균형감, 기억, 감각이 영향을 받는 일들이 있었다. 방사선은 그런 증상들을 다른 부작용으로 대체했다. 치료용 마스크, 방사선 치료의 메스꺼움과 피로감을 떠올리자 발가락이 곱아들었다. 하지만 지금까지 시력이 악화된 경우는 한 번도 없었다.

눈을 떴다. 눈앞에 있는 인쇄물은 다른 언어였다. 개별 글자는 알아볼 수 있었지만 뭉쳐놓으면 아무 의미도 안 만들어졌고, 그 단어들을 바라보는 사이 서체 가장자리가 거칠어지더니 종이에 잉크가 새어나왔다. 선들이 거미처럼 책 위를 기어가서 접힌 곳으로 사라졌다. 레이철은 책을 덮고 표지와 함께 단어들을, 생각들을, 책장 사이에 담긴 모든 삶을 꽉 눌러 잡았다. 그 너머의 모든 죽음을. 문지방을 넘고 나면 이해할 것이 더 있을까? 이야기들도, 레이철의 이야기도 함께 가게 될까? 아니면 전부 다 뒤로하고 가는 걸까? 다른 누군가가 읽게 될 책처럼? 관자놀이에서 작은 고동을 느낄 수 있었다. 개미가 그곳에 있었다.

재발하기 전, 회복기에 마지막으로 부모님을 찾아갔을 때 레이철은 해변에서 돌아오는 길에 도로변에 누워 있는 죽은 말을 보았다. 독수리들이 마치 육류 코너에서 차례를 기다리듯 예의바르게 둘러서 있었다. 다음날 다시 차를 몰고 지나쳤을 때 말의 사체는 거의 다 뜯어먹혀, 툭 튀어나온 뼈가 바닷바람에 너덜너덜한 살점을 흔들고 있었다.

"어떤 상처든 곧 그걸 먹을 짐승을 끌어들이지." 레이철의 아버지는 그렇게 말했다. "신발은 신고 다녀라."

그후에 레이철은 자신의 방문자에 대해 다른 생각을 하게 됐다. 어쩌면 그게 종양을 일으킨 게 아니라, 부패의 냄새에 이끌려 먹어치우기 위해 찾아왔는지도 모른다고. 일라이자가 돌아왔을 때 그 이론을 말해보기도 했다.

"공생이라는 거야?" 일라이자가 말했다.

"우리 몸 안팎에 사는 벌레만 해도 얼마나 많은지 생각해봐."

"미세 박테리아와 진드기들 말이지."

레이철은 고개를 끄덕였다. "그러니까 크기의 문제야."

"사람이 벽을 통과하지 못하는 게 크기의 문제고."

그때 일라이자는 아직 놀이공원에서 레이철의 눈을 들여다보고 개미를 직접 본 상태가 아니었다.

"일어나는 모든 일이 재현 가능한 연구실 실험 같지는 않아." 레이철은 입에 비타민을 한 움큼 털어넣고 힘겹게 삼켰다. "우리에겐 자율성이 있어. 기적이 있어."

"그래?" 일라이자는 고개를 돌렸다.

암이 다시 나타났을 때, 일라이자는 그 이론을 꺼내지 않았고 레이철은 그게 고마웠다. 그렇다 해도, 레이철은 여전히 그 개미가 어떤 식으로든 도움을 줬을지 모른다는 생각에 매달려 있었다. 어쩌면 개미가 온 일과 아서가 생긴 일을 떼어놓고 생각할 수 없어서, 그 두 사건이 마음속에서 너무나 밀접하게 얽혀 있어서일지도 몰랐다.

레이철은 욕조에 바로 앉아서 책을 가슴께로 끌어당기고, 접은 무릎을 두 팔로 감싸안았다. 개미는 어느 날 밤 레이철의 눈 속으로 기어들어와서 인생을 바꿔놓았다. 첫 변화는 일라이자와의 관계였다. 몇 년 동안 사랑하면서도 한 번에 한 조각씩만 레이철의 인생에 발을 들일 뿐 늘 몇 조각은 남겨두던 사람이, 개미가 찾아온 이후에는 늘 기대만 했을 뿐 단념하고 있던 바로 그런 방식으로 곁에 있어줬다. 먼저 배란 테스트기를 사 온 사람도 일라이자였고, 그 몇 달 전에 할과 시작했던 대화를 이어나간 사람도 일라이자였다. 일라이자가 곁을 지켜주는 가운데 레이철은 인공수정을 겪어내고, 두번째 시도에 임신에 성공했다. 그리고 아서가 태어났다.

관자놀이의 맥동이 잦아들어 있었다. 레이철은 한 손에 책을 들고 더운물을 튼 다음, 목욕물이 따뜻해지기를 기다렸다가 손을 놓고 붕괴되었던 글자들을 다시 보았다. 이제는 단어를 알아볼 수 있었고, 잉크도 제자리에 있었다. 레이철은 깊이 한숨을 쉬었다. 아직은 파티중이었다. 레이철은 몸을 낮춰 보호막 같은 목욕물에 다시 머리를 담갔다.

개미가 눈을 통해 뇌로 들어가는 것은 불가능하다고 일라이자가 말한 뒤 얼마 안 가 레이철은 그날 밤에 대해 아예 말을 하지 않게 되었다. 일라이자가 언짢아하는 줄 알고 있었다. 일라이자는 불가능을 믿지 않았으니까. 반면 레이철은 불가능한 일이 늘 일어난다고 생각했다. 일라이자를 만난 경위만 해도 그랬다. 금요일 퇴근 무렵 꽃집은 닫을 때였고 냉장고에는 다음날 결혼식에 쓸 잔가지밖에 없었는데 레이철이 아침에 늦게 출근한 만큼 시간을 채우느라 아직 꽃집에 있었을 때 일라이자가 냉장고 유리문 앞에서 레이철을 돌아보더니 친구인 할의 생일 아침식사 상에 놓을 결혼식 테이블 장식을 하나만 줄 수 없겠냐고 물었고 레이철은 뭐, 하나쯤이야 안 될 것 있나? 일찍 오거나 그냥 시장에 직접 가서 하나 다시 만들면 되지 생각했다. 그리고 그 말을 큰 소리로 해버리자 일라이자가 물었다. 무슨 시장요?

그 모든 사건이 이어져서 레이철과 일라이자는 그다음 주에 함께 시장에 갔고 커피를 마셨으며, 그 시간은 점심식사로 이어졌다. 레이철은 두 사람이 함께하기까지 얼마나 많은 장애물이 있었는지 생각할 때마다, 새삼스레 자신이 불가능을 믿는다는 사실을 깨달았다. 달스턴의 평범한 금요일 어느 꽃가게 안에도 불가능은 있었다.

개미 문제로 일라이자에게 부담을 주지는 않았다. 레이철은 의사를 찾아갔고 눈을 씻었고 일라이자가 아기를 낳자는 계획을 실행해줘서 얼마나 행복한지를 분명하게 전했다. 일라이자가 그녀를 믿는다는 사실만 알면 충분했다. 나머지는 저절로 따라올 것이라 믿었다.

몇 년이 흐르는 동안 레이철은 개미와 소통하려 해보았다. 개미와 레이철은 일종의 파트너였다. 레이철은 특정한 움직임, 분주하게 걷거나 긁는 동기를 추측했다. 패턴을 이해하고 싶었고, 개미가 무슨 말을 하려는 걸까 생각했다. 일라이자에게 개미를 느끼지는 못한다고 말했을 때 그 말은 진실이었지만, 특정한 몇 가지 감각은 있었다. 가만히 있을수록 개미를 더 의식하게 되었는데, 몸만이 아니라 정신도 조용할 때 그랬다. 수면과 섹스 전후의 시간. 요리를 할 때나 아서와 함께 앉아 하루를 어떻게 보냈는지 이야기하면서 아이의 발가락을 쓰다듬을 때. 개미는 그곳에 있었다. 틱. 틱. 틱. 목욕은 완벽히 공동체적인 순간이었다. 임신 기간에 아서가 편안해질 기회를 잡으면 레이철의 갈비뼈 사이로 작은 발이 튀어나오던 때처럼, 아니면 마지막 몇 달 동안 배 전체가 이쪽에서 저쪽으로 움직이는 모습을 지켜보던 때처럼.

레이철은 임신 기간 내내 출산하고 나면 개미가 떠날지 궁금했는데, 갓 태어난 아기와의 생활에 적응하고 먹이고 어르는 방법을 배우면서 아기가 몸안이 아니라 바깥에 있다는 게 어떤 의미인지 알아가던 몇 주 동안은 개미도 조용했다. 딸각임이 다시 시작되던 날, 레이철은 잠든 아서를 가슴에 받쳐 안고, 팔로 아이의 머리를 감싼 채 침대에 누워 있었다. 노는 손에는 레이철 커스크의 『생명의 작업』을 쥐고 있었는데, 읽으면서 화를 내다가 울다가를 반복한 책이었다. 도서관에 가서 커스크가 언급한 책을 모조리 빌려야겠다고 (예를 들어 올리비아 매닝의 책은 한 권도 읽은 적이 없었다) 생각하고 있을 때 고무줄을 튕기는 듯 익숙한 전기 충격이 두피를 찢었다. 레이철의 손이 머릿속에 묻혀 있는 작은 메트로놈을 향해 올라갔다. 틱. 틱. 틱.

욕조 속에서, 레이철의 머리카락은 얼굴을 감싼 섬세한 촉수처럼 둥둥 떠 있었다. 예전에는 영 말을 듣지 않던 곱슬머리지만 이제 힘을 잃은 지 오래였다. 심장박동이 빨라지며, 갑작스럽게 폭발하듯 가슴을 두드렸다. 오늘, 이 순간이 다른 나날과 연결되었다.

처음 일라이자에게 키스했을 때, 오렌지색 가로등 불빛 아래에 주차해놓은 차에 몸을 밀어붙이고, 두 사람의 입술이 만났을 때 일라이자의 숨결에서 나던 아몬드 향. 아서가 세상에 뛰어들 때 레이철의 허벅지 사이로 빠져나오던 어깨. 개미가 레이철의 눈물길 속을 가르고 들어오던 화끈거림.

레이철은 일라이자와 같이 살던 집의 침실 구석에 댄 굽도리널에서 벽을 따라 한 줄로 행진하던 작은 개미 대열을 처음 보았던 밤을 생각했다. 그리고 일라이자가 개미를 막으려고 샀지만 영영 사용하지 않은 페퍼민트 오일을 생각했다. 그날 밤 개미가 레이철을 찾아냈고, 레이철이 자는 동안 눈 속으로 기어들어왔기 때문이다. 개미가 문 아픔은 꿈을 찢고 들어왔고 깨어났을 때 레이철은 꿈속의 이야기와 실제 사건을 구별할 수 없었기에, 어딘가 다쳤다고만 믿고 눈 위에 손을 올린 채 겁에 질려 헐떡이면서 몇 분을 누워 있었다.

레이철은 그 기억에 몸을 일으켜 앉았고, 목욕물을 바닥에 튀기면서 책을 놓칠 뻔했다. 몸을 바로잡으려 하는 동안 좁은 갈비뼈 안에서 심장이 쿵쾅대며 두 팔이 떨렸다. 레이철은 다시 꿈속에 돌아가 있었다. 햇빛 화창한 날에 그림자가 드리웠다. 누군가가 레이철 위로 몸을 굽혔다. 멀리서 일라이자의 목소리가 들려왔는데 가만히 있으라고 했다. 레이철은 숨을 멈췄다. 곧 개미가 물 것이다. 뇌막을 따끔하게 물리고 눈에서부터 머리 전체로 폭발하듯 통증이 번질 것이다. 레이철은 미지근한 물속에 웅크려 앉은 채 눈을 꽉 감고 기다렸다. 그 순간, 개미를 기다리며 온몸을 긴장시킨 순간 다시 문제의 그림자가 보였다.

얼굴은 볼 수 없었다. 검은 옷을 입은 남자였는데, 추레하지만 어딘가 기품이 있었다. 모자, 넥타이. 남자는 꿈속 풀밭에 누운 레이철 위로 몸을 기울이며, 해를 등진 채로 입을 열었다 닫았다. 레이철이 알아들을 수 없는 말들, 듣기 좋은 억양에 규칙적인 말투로 다른 언어의 시인지 주문인지를 읊었다. 역광 때문에 이목구비는 보이지 않았다. 보아야만 했다. 개미가 오고 있었다. 통증이 시작되는 것을 느낄 수 있었다. 눈을 뜨고 누가 거기에 있는지 보아야 했다. 레이철은 빠르게 태양을, 그 남자를 올려다보았고 남자는 레이철을 내려다보았다. 레이철은 처음으로 그 얼굴을 알아보았다. 거칠거칠한 올리브색 피부에 레이철과 똑같은 검은 눈. 레이철은 온몸이 흔들리는 전율과 함께 똑바로 일어나 앉았다.

이제는 물이 피보다 낮은 온도로 식어, 추웠다. 레이철은 마개를 뽑고, 더운물을 틀어 원래 있던 물과 섞으면서 욕조 안에서 자세를 바꿨다. 분명히 그 남자의 구부정한 몸과 추레한 옷을 본 적이 있었다. 그리고 그 남자의 눈에 비친 자신의 모습을 보았다. 세상에서 가장 슬픈 눈이었다. 지구상에서 제일 행복한 장소에서 마주친, 세상에서 제일 슬픈 눈. 일라이자는 레이철을 놀렸었다. 분명히 그곳에서 그 남자를 보았다. 놀이공원에서 그 남자는 레이철의 아내와 아들과 같은 놀이기구에 탔다. 일라이자와 아서는 거대한 파란색 티컵에 탔고, 그 검은 옷의 남자가 건너편 초록색 컵에 타고 있었다. 레이철은 놀이기구가 움직이고 컵들이 빙빙 돌며, 운전대를 잡은 아서의 몸이 환희를 내지르고, 그 옆에서 아이를 신경쓰며 불안해하는 일라이자의 모습을 지켜보았다. 초록색 컵에 앉은 검은 정장의 남자는 마치 자동차 사고를 백번째 다시 겪는 사람처럼 먼

곳을 응시하고 있었다. 경험에 의해 공포가 죽어버린 얼굴. 레이철은 그때 숨이 턱 막혀 고개를 돌렸었다. 틱. 틱. 틱.

물이 빠져나가면서 몸무게가 느껴져 몸을 앞으로 굽히고 마개를 다시 닫았다. 손에 쥐고 있던 책은 젖어서 책장이 말려 있었다. 도서관에 책값을 물어줘야 할 것이다. 레이철은 더운물을 더 세게 틀었다. 살갗에 감각이 없었다.

꿈속의 남자가 실제 인물이었다니.

놀이공원에서 일라이자와 아서가 티컵라이드를 타고 돌아왔을 때를 되짚어보았다. 약속한 벤치에 앉아 기다리면서 두 사람이 널찍한 길을 걸어오는 모습을 보았지. 아서는 일라이자와 주변의 군중 사이를 요리조리 누볐다. 동화 속 성을 배경으로 걸어오는 일라이자의 모습을 선명하게 볼 수 있었다. 일라이자의 턱선에 한동안 잃었던 낙관 같은 것이 어렸다. 투병 초기에 레이철은 일라이자가 마치 언제나 이럴 줄 알았고 의사들은 자신의 진단을 확인해줬을 뿐이라는 듯 행동하는 모습을 지켜보았다. 일라이자는 세상사가 이런 게 당연하다고, 이건 불가피한 상황이라고 말하는 것 같았다. 레이철은 아내가 스스로 이해할 수 있는 형태로, 합리적인 설명을 통해 상황에 대처하고 있음을 이해했는데, 그 차분한 체념이 레이철을 더 붕 뜨게 했다. 레이철이 일라이자의 냉철한 태도에 도전한 건 딱 한 번으로, 일라이자의 언니 집에서 저녁을 먹은 후였다. 창조력의 근원이 무엇인지를 두고 토론을 벌이는 내내 입을 꾹 다물고 있던 일라이자는 천상에서 영감이 온다는 프랜의 말을 쓸모없다며 일축하기 위해서 겨우 입을 열었다.

"물리적인 과정을 설명하기 위해 신비주의에 의존할 필요는 없어." 일라이자는 고개를 내저었다. "일어나는 일은 모두 알아낼 수 있어."

"내 병이나 나에 대해서도 전부 알아낼 수 있어?" 레이철이 집으로 걸어오는 길에 물었다.

"너에 대한 이야기는 아니었어. 하지만 그래, 어쨌든 우린 알지. 생각해봤다면 알았을 거야."

"지금 신비주의적으로 구는 게 누구지?"

"레이철, 그러지 마. 두통? 환각? 넌 우리가 의사를 찾아가기 전부터 오랫동안 아팠어. 있지." 일라이자는 아내에게 팔을 둘렀다. "우린 바빴지. 아서를 만드느라, 같이 인생을 꾸려나가느라 바빴어. 하지만 이미 증상은 있었던 거야."

개미가 도착하기 전에도 몇 년 동안 심각한 두통에 시달리기는 했다. 개미가 이미 레이철의 머릿속에 있던 무엇인가에 이끌려 왔다는 또다른 징후였다. 그러나 환각은 본 적이 없었다.

"난 환각을 본 적이 없어."

레이철은 책을 손에 쥐고 두 눈을 감은 채, 이 년 전 자신을 향해 걸어오던 일라이자의 모습을 보면서 큰 소리로 말했다. 레이철은 그때 일라이자의 변화를 기억했다. 일라이자가 아서에게서 시선을 돌려 레이철을 보고는, 평소와는 다른 방식으로 들여다보던 순간. 그들은 벤치에 함께 앉아 있었고 일라이자는 두 손으로 레이철의 얼굴을 감싸고 똑바로, 제대로 들여다보았다. 그리고 개미가 그런 일라이자를 마주보았다.

일라이자가 레이철의 방문자를 제대로 알아차린 건 그때뿐이었고, 그녀는 꿈속에서 보았던 그 남자가 일라이자를 다시 자신에게 이끌었음을 이해했다. 이제는 모두가 연결되어 있음을 알 수 있었다. 레이철의 머릿속에서 사건들이 합쳐졌다. 레이철의 꿈과 개미의 깨물기와 그녀를 내려다보던 남자, 일라이자와 아서와 그들에게서 멀어지던 바로 그 남자. 그녀의 인생이 담긴 책장이 파라락 넘어가며, 가능한 온갖 조합으로 가득한 모든 말이 다 이 순간으로 이어졌다.

이제 몸이 떨리지 않았다. 오늘은 특별했다. 레이철은 깨어나는 순간부터 그 사실을 알았기에, 제일 편한 옷을 다 껴입고 아래층에 내려가서 일라이자에게 인사를 할 수 있었다. 그녀는 욕조 주위에 널브러진 티셔츠와 파자마 바지를 보았다. 아예 다른 곳에 있는 것처럼 까마득히 멀어 보였다. 물이 찰랑찰랑 올라왔다. 그녀는 수도꼭지를 잠그고 책을 펼쳤다. 다시 한번 환상의 세계로, 자신만의 파티로 돌아가고 싶었다. 읽는 동안 온기가 몸을 감싸고, 잠시나마 열기에 뼈가 노글노글해졌다. 그녀는 자신만의 바다 속에 떠 있었다. 단어들이 쏟아지며 그녀를 깨끗하게 쓸었다. 고개가 책장 쪽으로 기울어졌다. 그녀는 햇빛 아래 풀밭에 누워 있었고, 일라이자가 옆에 있었다. 그 그림자는, 눈에 레이철의 얼굴이 담긴 놀이공원의 그 남자는 이제 없었다. 어머니가 평생 간직해온 비밀. 그 남자가 그녀에게 개미를 보여줬다. 그리고 아서를. 그리고 일라이자를 다시 데려와줬다. 그날은 좋은 날이었다. 오늘도. 내일도. 몸 아래에는 부드럽디부드러운 풀밭. 위에는 뜨거운 태양. 손을 뻗으면 그 눈부신 노란빛을 만질 수도 있었다. 하늘을 배경으로 뻗은 손이 거대했다. 그녀의 손바닥 안에 담긴 세상은 작기만 했다. 그녀의 몸속에서 자라던 아서. 모든 것이 크기의 문제였다. 풀밭을 행군하는 작은 개미들. 머리가 너무 무거웠다. 무겁고 뜨겁고 크면서도 작았다. 그러면서 다 같았다. 어제. 오늘. 내일.

손에 힘이 풀렸다. 책이 물속에 미끄러져 내려가더니, 그녀의 다리에 걸려 잠시 떠 있다가, 한쪽 허벅지를 타고 내려가서 따듯한 에나멜 바닥에 내려앉았다. 책이 떨어지면서 생긴 작은 물살에 책장이 흔들거렸다.

집에 돌아온 일라이자는 아서를 소파에 밀어넣고 레이철을 확인하러 위층으로 올라갔다. 침실이 빈 것을 보고는 복도를 걸으면서 아내의 이름을 불렀다. 자신을 본 레이철의 얼굴에 떠오를 기쁜 표정을 기대하며. 일라이자는 어느덧 그런 순간들에 의지하게 되었다.

창밖 하늘은 늦봄 저녁을 맞아 자줏빛이 짙어가고 있었다. 유리에 빗방울이 툭툭 떨어졌다. 욕실에는 불이 켜져 있지 않았고 식어버린 수증기로 습도가 높았다. 레이철의 몸은 욕조 안에 가만히 누워 있었다.

일라이자는 욕실 문 앞에 섰다. 다음 숨을 들이마시기까지 그녀는 레이철이 고개를 돌려 맞이할 때면 얼마나 자주 심장이 뛰어올랐던지 기억했다. 레이철의 입과 눈꼬리가 올라가는 모습, 레이철의 관자놀이에 퍼지는 주름을 보며 안기고 사랑받고 받아들여지리라는 약속을 느꼈었다. 일라이자는 언제나처럼 그 신호들을 찾았고, 아무것도 보지 못했다.

레이철의 몸은 반쯤 잠긴 채, 고개를 앞으로 떨구고 두 팔은 물속에 담그고 있었다. 일라이자는 욕조 옆으로 가서 뛰지 않는 심장에 한 손을 올렸다. 파르스름한 얼굴에 흘러내린 젖은 곱슬머리를 걷어내고 뜨고 있는 눈 속을 들여다보았다. 아무도 그녀를 마주보지 않았다.

그녀는 몸을 기울여 피가 돌지 않는 입술을 건드렸고, 입을 열었다 닫으며 소리 없이 레이철의 이름을 불렀다. 눈물방울이 아내의 가슴에 떨어지는 모습이 아주 멀게 보였다. 그녀는 레이철이 읽던 책이 한쪽 다리 아래 걸린 것을 보고 차가운 물속에서 책을 끄집어냈다. 흠뻑 젖은 책장들이 떨어져나갔지만 책을 감싼 비닐 덕분에 하드커버가 붙어 있었다. 일라이자는 제목의 은색 글자들을 손가락으로 따라가며 또 레이철이 좋아하는 동화구나, 생각했다.『그녀를 용서할 수 있나요?』

"마미?" 아서가 흘러나오는 만화 주제가 사이로 외쳤다.

표지 안쪽에 엽서가 한 장 끼워져 있었는데, 잉크가 번져서 뒤쪽은 물론이고 앞면에 그려진 빛바랜 작은 빨간 모자 소녀까지 시커멓게 얼룩이 졌다.

"바로 내려갈게." 일라이자가 말했다.

그녀는 책을 매트에 내려놓고 욕조 옆에 앉았다. 그리고 잠시 후 일어나서 욕실 문을 닫고 나갔다.

6
골딜록스 존*

중국어 방

존 설은 자신이 중국어로 질문이 적힌 편지를 받고, 규칙이 담긴 책과 중국어 글자가 든 바구니를 이용해서 답을 내보낼 수 있는 방안에 있다는 상상을 했다. 그리고 방안에 있는 자신을 프로그래밍된 컴퓨터에 비유하며, 컴퓨터가 생각을 할 수 있다는 말은 자신이 중국어를 할 수 있다는 말과 같이 성립하지 않는다고 했다. 그저 지시에 따를 뿐이니 말이다.

> 형식적인 기호들 자체로는 관념적인 내용물이 있다고 하기에 충분하지 않다. 기호는 정의상 아무 의미(또는 해석, 또는 의미체계)가 없기 때문이다. 의미는 체계 바깥의 누군가가 부여할 때만 생긴다.
>
> 존 설, 인공 지능과 중국어 방

---

*생명체 거주 가능 영역. 우주에서 지구상의 생명체가 살아가기 적합한 환경을 지닌 공간을 뜻한다. 적당한 온도여야 한다는 점 때문에, 첫번째 수프는 뜨겁고 두번째 수프는 차가웠기에 미지근한 세번째 수프만 다 먹었다는 '골딜록스와 곰 세 마리' 이야기에서 유래한 명칭이다.

그는 빠르게 걷고 있었다. 마주 걸어오는 아이들과 바짝 따라오는 부모들이 보였지만, 달리고 싶지는 않았다. 달리기에 맞는 신발도 아니었고, 보도는 젖었으며, 여기저기 잎사귀가 흩어져 있었다. 숨을 헐떡이고 비를 맞은 채 놀이터에 미끄러져 들어간다면 바보같아 보일 것이다. 그렇게 늦지는 않았다.

학교 운동장은 꽉 찼다. 아이들이 옹기종기 교사의 손과 코트에 붙어 있었다. 부모들은 책과 가방, 그림과 점퍼를 안은 채 털모자들 너머로 다른 부모들에게 요즘 자기가 어떻게 지내는지 외쳐댔다. 아이들 물건이구나, 그레그는 생각했다. 그리고 아서를 찾아 놀이터를 훑었다. 미끄럼틀 옆에서 교사가 한 어머니와 대화중이었다. 아서 또래 같아 보이는 아이 몇 명이 그 주위에 모여 있었다. 그레그는 그 여자들이 자신을 알아차리기를 기다렸다. 할이 왔다면 바로 뒤돌아보았을 텐데. 스트레이트 여성들은 할을 사랑했다. 몇 분을 기다리던 그레그는 한걸음 더 다가갔고, 교사가 자기 쪽을 흘긋 보자 기회로 삼았다.

"아서를 데리러 왔습니다. 로라 선생님 반인데요. 아, 죄송합니다." 고개를 끄덕이며 몸에 건 가방들을 바로잡는 수다스러운 어머니를 보고 덧붙였다.

"아서요?"

"아서 프라이스. 로라 선생님 반이요." 그레그는 수중에 있는 얼마 안 되는 단편적인 정보를 되풀이했다.

"아깝게 놓치셨네요. 카슨 가족과 같이 간 것 같은데요. 접수처에 확인해보세요." 교사는 다시 어머니에게 돌아섰다.

그레그는 학교 건물로 걸어가면서 전화기를 꺼냈다. 카슨 가족이라니 들어본 적이 없었다. 할에게 전화를 해야 했다. 피부가 끈적하니 옷이 달라붙는 느낌이었다. 아들이 그레그가 만나본 적도 없는 가족과 함께 학교를 떠났다니. 절대 일라이자에게는 전화할 수 없었다. 그레그는 심호흡을 하고 유리문을 밀었다.

"아서 프라이스를 찾고 있는데요. 오늘은 제가 데려가기로 했거든요." 그레그는 죄책감 사이로 분노가 스며드는 것을 느낄 수 있었다. 교사는 너무 무심했다. "의부입니다."

"아서!" 접수원이 책상에 앉은 채로 등뒤에 있는 교실을 향해 외쳤다.

그레그가 몸을 돌리니 턱수염을 기른 미술 교사를 뒤에 달고 나오는 의자義子의 호리호리한 몸이 보였다. 그는 한 손을 가슴에 올리고 반대쪽 손을 아이에게 뻗었다. "괜찮니?"

"네." 아서가 말했다.

"널 못찾겠더라고."

미술 교사가 아이의 머리를 쓰다듬었다. "잊어버렸지?"

그레그가 항의하려는 순간 아서가 대답했다.

"그러게요." 아이는 두 남자를 올려다보며 씩 웃었다. "오기로 한 거 깜박했어요."

"기다렸습니다." 교사가 그레그에게 덧붙여 말했다.

"밖에 있었는데요. 제가 말을 건 여자분이, 아서가 카슨 가족을 따라갔다고 하셔서요."

물감이 튄 손가락들이 턱수염을 긁었다. "그건 다른 아서예요."

그레그는 아서의 손을 잡아당겼다. "그렇군요. 음. 이제 집에 가자."

두 사람은 나란히 집으로 걸어갔다. 그레그에겐 아빠가 될 계획이 없었다. 그는 런던에서 열리는 새로운 우주 기술에 대한 국제 회의에 참석하러 왔다가 할과 사랑에 빠졌다. 그레그는 뉴프런티어스와 일하는 기계진동학 기술자였고 할은 회의용 케이터링 사업을 했다. 세번째 데이트에서 할이 일라이자와 레이철에 대해 이야기했다. 정자는 이미 냉동된 상태였다.

"책임이 큰데." 그레그가 말했다.

"난 재미있는 부분만 맡을 거야." 할은 소리 내어 웃었다. "컵케이크 삼촌이랄까."

레이철이 죽고 이 년 동안, 할은 일라이자의 곁을 지켰고, 그레그는 그런 할을 지지해주었다. 할과 일라이자와 아서가 같이 휴가를 보내러 가도 신경쓰지 않았고, 그만큼 시간을 빼느라 일이 늦어져 할이 벌어오는 돈이 줄어들어도 불평하지 않았다. 심지어 둘은

골딜록스 존 167

아서와 관련해 재정적인 책임을 더 지겠다고 나서기도 했고, 일라이자에게 무슨 일이 생길 경우에 대비해 온갖 서류에 서명도 했다. 그레그도 이론상으로 하는 육아는 좋았다. 당혹스러운 건 실천할 때였다.

"그 다른 아서는 누구야?" 그레그는 짧은 머리를 한 아서 판박이를 상상했다.

"큰 애 있어." 여러 놀이터에서 '작은 아서'가 되는 치욕에 분개하느라 아서의 입꼬리가 내려갔다.

집에 가는 길에 신문 가판대가 있었다.

"배고프니?"

아서는 고개를 끄덕였다.

두 사람은 과자 카운터에서 수십 가지 포장지를 들여다보았다.

"초콜릿이나 감자칩 종류로 골라. 캔디는 안 된다."

"마실 건?"

"주스로." 그레그는 그렇게 선을 그으면서 불안의 먹구름이 올라오는 기분을 느꼈다. 그리고 자기 몫으로는 초콜릿바를 집었다.

두 사람은 가게 밖에서 포장지를 벗겼고 그레그가 아서의 주스팩에 빨대를 꽂아주었다. 사과주스 방울이 솟구치며 인도에 흩뿌려졌다.

"멍청한 종이팩." 아서가 그레그의 예전 악센트를 흉내내어 말했다.

"그래." 그레그는 웃음을 터뜨렸다. 아이가 웃길 줄 안다는 사실을 잊고 있었다. "뭐, 아마 멍청한 건 나겠지."

아서는 멈칫했다. "절대 스스로를 멍청하다고 하면 안 돼요. 그레그. 엄마가 그랬어."

"맞아." 그레그는 아이의 손을 잡고 같이 길을 건너서 반대편의 가로숫길로 향했다. 그레그가 걷기 좋아하는 길이었다. 기다란 내리닫이창이 달린 커다란 집들의 반짝이는 현관문들은 어두운색 팔레트처럼 늘어서 있었다. 혹시 할과 이사를 하게 된다면 이런 집에 살고 싶었다. 선언하는 듯한 집. 그레그는 대학 친구들이 찾아오는 모습을 상상했다. 친구들이 이렇게 말하겠지. "세상에, 그레그. 너 영국인 다 됐다."

거의 그렇기는 했다. 영국 여권과 영국 남편이 있었고 식당에서 계산서를 달라고 할 때 '빌'이라고 말한다든지 '부트'와 '큐' 같은 단어도 잊지 않고 썼다. 이 새로운 정체성을 획득하기에는 아서의 일생에 맞먹는 칠 년이면 충분했다. 어머니가 전화해도 그레그와 할을 헷갈릴 정도였다. 아버지가 돌아가신 후에는 자주 전화를 하는데도.

계속 걸으면서 아서는 입에 한가득 넣은 초콜릿을 삼킬 때마다 주스를 빨았다. 할은 가공식품을 좋아하지 않았지만 그레그는 딩동 과자와 볼로냐 샌드위치와 뭐든 학교 식당에서 파는 것들을 먹으면서 자랐고 아이들에게는 식이제한이 해롭다고 생각했다. "깡통에 든 치즈를 좋아하는 남자에게 영양에 관한 충고는 받지 않겠어." 할은 말했다.

"멍청하다라." 그레그는 아서가 뭉그적대는 사이에 그 말을 되풀이했다.

아서가 올려다보았다.

"엄마가 또 뭐라고 하던?" 그레그가 물었다.

"엄마는 아무 말 안 해. 죽었는걸."

그레그는 도통 기억을 하지 못했다. 엄마는 레이철이고, 일라이자는 마미라는 걸.

"그렇지. 그러니까 그때는 나더러 멍청하다고 하지 않았구나?"

"훌륭해, 그레그."

"날 정말 놀래는구나, 녀석아."

레이철이 임신한 지 몇 달째인가, 모두가 모여서 그레그의 런던 이사를 축하하는 저녁식사를 했었다.

"할을 알게 된 지 얼마 안 됐는데도 이렇게 먼 곳으로 이사하다니, 정말 용감한 것 같아." 일라이자가 말했다.

"아니면 행운아거나." 할이 말했다.

"난 비행기를 탔을 뿐인데 뭘." 그레그는 고개를 내저었다. "할의 DNA를 품은 건 너희지."

할이 웃음을 터뜨렸다. "더더욱 행운이네."

다 함께 유전자 추첨을 두고 건배를 한 뒤, 일라이자는 그레그에게 할이 아빠가 되는 기분이 어떻냐고 물었다.

"난 아이를 갖겠다고 생각한 적이 없어." 그레그는 말했다. "모두를 위해서는 기쁘지만, 난 기저귀 근처에도 안 갈 거야."

레이철이 그레그의 무릎에 한 손을 올렸다. "그렇게 전전긍긍할 필요 없어. 너희 남자들은 RTG 같을 거야."

"뭐?"

"레이철이 진짜 로켓 과학자를 알게 되더니 우주선에 푹 빠졌어." 일라이자가 말했다.

"방사성 동위원소 열전기 발전기, 맞지?" 레이철이 그레그에게 상기시켰다.

"발전기는 사실 내 영역이 아니라서. 난 착륙장치 쪽이야."

"멋지네." 레이철이 말했다. "요는, 너희가 여분의 동력장치 같다는 거야. 비상사태에만 필요하겠지."

아서와 돌아와보니 집은 따뜻했지만, 그래도 가스난로를 켰다. 영국 날씨에는 아직도 익숙해지질 않았다. 런던은 해가 빛날 때조차 벽 안에 한기가 돌았다. 그들이 창고를 개조한 집에 살고 벽돌이 드러난데다 할이 작업하는 커다란 개방식 주방이 있다는 사실도 한몫을 더했다.

"수학 게임 한판 할래?"

아서는 컴퓨터를 보았다. "어떻게 하는지 기억이 안 나요."

"방법이야 배우면 되지."

그레그는 여분의 의자를 책상 앞에 끌어다놓고 아서가 로그인하게 도와주었다. 그레그는 일라이자에게 반항하는 데에서 즐거움을 느꼈다. 아서의 컴퓨터 사용시간은 제한되어 있었지만, 숙제를 한다는데 뭐라고 하겠는가.

"이건 뭐지?" 아서가 화면을 손가락으로 찔렀다.

'가능성 높음' '가능성 낮음' '가능성 매우 높음' '불가능함'이라는 말들 옆 그릇에 분홍색과 초록색 구슬들이 담겨 있는 그림이었다.

"그건 '매우 어려움'일걸." 그레그가 말했다. "모든 구슬을 가만히 있게 할 수가 없거든."

"이렇게 쓰여 있어요. '초록색 구슬을 집을 가능성은 얼마나 될

골딜록스 존

까?'"

"낮지."

"수학 문제예요, 그레그."

"내가 하던 수학과 달라."

"수학이 직업이잖아요."

"우리가 우주에 구슬 그릇을 보내게 되면 그때 답해줄게. 저녁은 뭘 먹고 싶니?"

"뭔가 아빠가 만든 거요."

"그래."

그레그는 냉장고에 가서 아서의 음식이 든 칸을 찾았고, 완두콩이 들어간 호박 뇨키와 세이지 퓌레를 골랐다. 보조 양육이란 누군가의 사랑을 데우는 기술이었다. 그레그가 아서를 사랑하지 않는 건 아니지만, 일라이자와 할과 레이철의 유령이 각자의 몫을 차지하고 나니 그에겐 남은 자리가 얼마 없었다.

저녁식사 후, 그레그는 목욕물을 받고는 아서가 물장구를 치는 동안 바닥에 앉아 있었다. 사소한 양육 행위들이 근육을 쥐어짜기라도 하는지, 몸이 체육관에서 운동할 때보다 훨씬 피곤했다. 그레그는 작은 옷더미를 개면서 정말 그럴지도 모른다고 생각했다. 자기희생의 기술이란.

"사람이 우주에서 살 수 있어요?" 아이가 머리에 수건을 얹고 욕조 가장자리로 내다보며 물었다.

"이미 살고 있어. 바로 지금도 우린 우주 공간을 돌고 있는 행성 위에 있지."

"다른 행성은? 다른 행성에서 살 수 있어요?"

"조건만 맞으면."

아서는 얼굴을 찌푸렸다.

"우리에겐 공기가 필요해." 목욕탕의 수증기에 안경이 뿌옇게 흐려진 그레그가 말했다. "산소, 물, 적당한 온도도 필요하지. 너무 뜨겁지도, 너무 차갑지도 않은."

"딱 맞는."

"그렇지."

수건 머리가 사라졌다. 그레그는 큰 수건을 하나 집어들고 몸을 기울였다.

"이제 그만하자. 쪼글쪼글 자두가 되겠다."

아이는 눈을 뜬 채로 물속에 들어가 있었다. 그레그를 올려다보고 미소 짓더니 코에서 공기방울을 쏟아냈다. 그레그는 아이가 욕조에서 나오기를 기다렸다.

"그럼 물속에서도 살 수 있겠네. 공기만 있으면."

"그럼." 그레그는 큰 수건으로 아이를 감쌌다. "잠수함 속이라든가."

"어디에서든 살 수 있어요?"

"조건만 맞으면. 하지만 조건이 딱 맞아야 해. 이야기 속에서처럼."

"곰 나오는 이야기?"

"으흥." 그레그는 수건 끝으로 아서의 정수리를 문질렀다.

"그럼 우리 엄마도 어딘가 살고 있겠네."

"어쩌면."

골딜록스 존 173

"안아줘요."

그레그는 따끈한 아서 뭉치를 들어올려 안고 침실로 갔다. 아이의 턱이 어깨에 놓이고, 젖은 머리카락이 뺨에 달라붙었다. 그레그는 아이의 몸무게에, 아이의 존재 전체에 주의를 기울였다. 아이를 침대 위에 내려놓고 베개에 얹어놓았던 파자마를 잡았다. 아서는 내려앉은 자리에 그대로 누워 그레그를 올려다보았다.

"엄마는 우주에 있을 것 같아요."

"파자마 입으면 간식 가져다줄게."

"비스킷?"

"바나나." 그레그는 문으로 향했다.

"그리고 비스킷?"

"딱 하나만."

"쿠키라고 불러요." 아서가 뒤에 대고 외쳤다.

"쿠키는 너지." 그레그도 마주 외쳤다.

주방에 들어간 그레그는 접시에 바나나와 냅킨을 놓으면서 자기 아버지가 그런 일을 하는 모습을 상상해보려고 했다. 목욕, 포옹, 간식 같은 것. 그의 아버지가 방에 찾아올 때는 그레그가 잘못했을 때뿐이었다. 그레그는 바나나 옆에 비스킷을 두 개 놓았다가, 마음을 바꿔서 하나는 봉지 안에 다시 넣었다. 그는 그게 문제라고, 아버지가 멀찍이 떨어져 있었던 이유도 그거라고 생각했다. 조심하지 않으면 쿠키란 쿠키는 다 접시에 올리게 될 테니까.

할이 퇴근해서 돌아왔을 때, 그레그는 텔레비전을 켜놓은 채 소파에 잠들어 있었다.

"힘든 하루였어?" 할은 그레그의 귓가에 입맞추고 옆에 앉았다.

"오, 알잖아. 한 여자를 달에 보내고. 남은 고아를 돌보고." 그레그는 기지개를 켰다. "몇시야?"

"늦었어. 행사장에 출입구가 하나밖에 없어서 손님들이 다 떠나는 걸 보고 나서야 겨우 정리할 수 있었지 뭐야. 그리고 아서라면 양육자가 세 명 있을 텐데. 고아와는 거리가 멀지."

"내 느낌은 그렇지가 않았어. 와인 마실래?" 그레그는 병에 손을 뻗어 두 사람 몫으로 한 잔씩 따랐다.

"저녁 딱 한 번이었잖아."

"그런 의미가 아니야. 아서가 레이철에 대해 이야기하고 싶어했는데 뭐라고 해야 할지 모르겠더라."

"자기라면 분명히 올바른 대답을 했겠지. 학교에는 제시간에 갔어?"

"언제 한번 일라이자하고 모여서 아서에게 무슨 말을 해주고 싶은지 다시 점검하는 게 좋을지도 모르겠어."

할이 자세를 바로하고 앉았다. "얼마나 늦었어?"

"일라이자와 잘 지내긴 하지만, 단지 일라이자는 조금…… 통제하려는 경향이 있잖아. 그리고 난 아서에게 도움이 되어주고 싶어. 돕고 싶어."

"지난 이 년 동안 자기는 많이 도와줬어, 덩치 씨. 도움이라는 말로 다 표현이 안 되지. 자기 없었으면 못 해냈을 거야."

"관둬." 그레그가 말했다. 아마 사실이긴 할 것이다. 어른들은 모두 각기 다른 방식으로 그레그를 필요로 했다. 그리고 이제는 아서 차례였다. "아서는 이제 다른 단계에 접어들었어. 우리도 재정

골딜록스 존 175

비를 해야 해."

"알았어, 같이 점심 먹자. 다음 일요일에."

"당연히 점심이어야지. 저녁식사는 감당 못해." 그레그는 눈을 감았다. "그리고 별로 안 늦었어."

"그러지 말고 일어나, 슈퍼대디. 침대로 가자."

"달에 있는 여자에 대해 알고 싶지 않아?"

"전희로 생각해줘."

두 사람은 잔을 싱크대로 가져갔고, 할이 설거지를 하는 동안 그레그는 할이 파티에서 가져온 작은 살구 머랭을 먹었다.

"오늘 아서 돌봐줘서 고마워." 할이 말했다. "자기가 예상하지 못했던 역할을 하라고 요구하고 있는 거, 알아."

"대가는 계속 디저트로 받을게." 그레그가 말했다.

할이 프렌치토스트용 달걀을 젓는 동안 아서는 높은 의자에 앉아서 블루베리를 먹었다. 그레그는 소파에 돌아가 있었다.

"아빠가 학교에 데려다줘?"

"응." 할은 반죽에 시나몬을 톡톡 두드려 넣었다.

"알았어."

"왜 그러는데?"

"아무것도 아냐. 그레그와 좀더 이야기하고 싶었어."

"주말에 또 볼 거야. 아니면 나중에 스카이프 통화를 해도 되고."

"그레그는 스카이프 못해. 화면에 비친 자기 머리를 싫어해."

"그건 맞네. 한 조각, 아니면 두 조각?"

"세 조각. 시럽 쳐서. 버터랑."

할은 빵 한 조각을 프라이팬에 놓고 아서에게 우유를 건넸다.
"뭘 이야기하고 싶었는데?"
"엄마가 우주에 산다고 했는데 정확히 어딘지 알고 싶어."
"그레그가 뭐랬다고?"
"얼마나 나이를 먹어야 우주에 갈 수 있어? 엄마만큼?" 아서는 할의 손에 들린 프라이팬을 계속 쳐다보았다.
"그레그?" 할이 소파에 누운 몸뚱이에 대고 말했다.
"그러다가 빵 떨어뜨리겠어." 아서가 기울어진 팬을 보고 고갯짓을 했다.

할은 음식하던 곳으로 돌아가서 프렌치토스트를 만들었다. 그레그는 움직이지 않았다.
"아빠도 같이 우주에 갈래? 마미도 갈까?"
"아무도 우주에는 안 가, 아서. 아침 먹어."
"엄마는 아파서 여기 살 수 없었던 거야. 그래서 다른 행성으로 갔어."

할이 커피를 가져와 아서 옆에 앉았다.
"엄마에게 무슨 일이 일어났는지 얘기했던 거 기억하니?"
아서는 고개를 끄덕였다.
"그리고 그 책도 읽었지." 할이 말을 이었다. "오소리 나오는 거?"
"그치만 엄마는 오소리가 아니야. 엄마는 골딜록스 같아. 모든 조건이 딱 맞기만 하면 우주에 살 수 있어."
아이는 토스트를 접시 한쪽에 고인 따뜻한 라임즙과 메이플시럽 웅덩이에 담갔다.

골딜록스 존 177

"그레그? 듣고 있어?" 할이 말했다.

그레그가 소파 위로 한 손을 올려 흔들었다.

"뭐가 할말은?"

"프렌치토스트 더 있을까?"

천장 너머에서 휴대폰 진동소리가 울렸다. 아서가 의자에서 미끄러져 내려가더니 접시를 들고 그레그가 누운 쪽으로 갔다.

"우리 이러다 늦겠다." 할이 위층으로 향하면서 말했다. "오 분 남았어, 아서. 그리고 아침식사 넘겨주지 마."

그레그는 제때에 한쪽 눈을 뜨고 입을 벌려 시럽에 흠뻑 젖은 토스트 4분의 1을 받아먹었다.

"맛있네." 그레그가 삼키고 나서 말했다.

아이는 자다 뻗친 머리에 메이플시럽 콧수염을 단 채 앞에 서 있었다.

"나가기 전에 씻을 거야?"

아서는 고개를 저었다.

"이는 닦겠지?"

"아니."

앞에 있는 커피 테이블 위 접시에는 토스트가 한 조각 더 남아 있었다. 아서가 앉더니, 한 입 먹고 나머지를 그레그에게 내밀었다.

"우리끼리 비밀이다." 그레그가 말했다.

할이 아서의 가방을 들고 돌아왔다.

"우린 나가야 해." 할은 그레그를 보았다. "나중에 봐."

아서는 문가에서 할이 해주는 대로 머리 위로 점퍼를 뒤집어썼다.

"엄마가 비밀을 만들면 안 됐댔어요, 그레그." 아서는 옷에 머리를 끼워넣느라 애쓰면서 외쳤다.

"죽은 쪽?" 그레그는 벨벳 쿠션에 파묻혀서 물었다.

"응." 아서가 미소 지었다. "그 엄마가."

할이 점퍼를 내리고 아들의 어깨를 꾹 잡았다. "이러다가 늦겠어."

일 분 후엔 두 사람 뒤로 문이 닫혔다.

정적이 집안을 채웠다. 그레그는 손가락으로 남은 메이플시럽을 닦아 먹고 다시 드러누웠다. 일은 나중에 해도 되었다. 우선 아서와 나눈 대화를 몇 번 되짚어보고 싶었다.

일라이자는 테라스의 창문을 열고 정원 한가운데에 테이블을 내놓았다. 늦가을 햇빛이 주방에 쏟아져들어왔지만 테이블에는 찬 공기가 감돌았고 그레그는 어떻게 바깥에 버티고 앉아 식사할 수 있을까 생각했다. 영국인에게 야외에서 하는 식사란 대체 무엇이길래? 심지어 테라스용 히터도 없었다.

"따듯했으면 좋겠네." 일라이자가 말했다. "저 햇빛을 보니 나가지 않고는 못 배기겠어."

그레그 생각에 일라이자는 예전에 합리적인 사람이었는데, 갈수록 레이철과 비슷해지는 것 같았다. 동반자를 잃으면 그렇게 되는지도 모른다. 균형을 유지하려고 사랑하는 사람을 흡수해서 잃은 것을 벌충하는지도 모른다. 그레그는 세인트루이스에 있을 어머니가 한 손에 맥주 캔을 들고 다른 손에는 렌치를 든 모습을 상상했다. "엉덩이에 손 올리고 멀뚱히 서 있을 거냐, 아니면 장도리 건네줄 테냐?" 상상 속의 어머니는 턱수염도 기르고 있었다.

"레드, 아니면 화이트?" 일라이자가 말했다.

그레그는 멍하니 쳐다보았다.

"와인 말이야." 할이 그레그의 머리를 건드렸다. "괜찮아?"

"그럼." 그레그는 어머니를 다시 라벤더색 카디건과 그에 어울리는 머리 모양으로 되돌렸다. "엄마 생각을 하고 있었어."

"어머니는 어떠셔?" 일라이자가 화이트 와인을 한 잔 건네고 고개를 살짝 기울이며 앞에 섰다.

그레그는 그 감정을 어떻게 받아들여야 할지 몰랐다. 그동안 그는 영국식 냉소에 익숙해졌고, 잉글랜드 악센트가 실리면 아무리 진지한 질문이라도 의문스러웠다.

"평생 리허설만 하다가 드디어 슬픔에 빠진 과부 역할을 즐기고 계시지." 그레그는 그렇게 던져봤다.

일라이자가 순간 어찌나 몸을 뒤로 빼는지, 그대로 넘어가는 줄 알았다.

"뭐라고?"

"내 말은…… 우리 어머니는……" 그레그는 어머니 이야기가 나오자마자 할이 이 대화에 흥미를 잃은 것을 보고 안심했다. 그레그의 남편은 꽃밭을 파기라도 할 기세로 정원을 바라보고 있었다. "어머니와 아버지는 별로 잘 지내지 못했거든."

"유감이네." 일라이자는 고개를 끄덕였다.

"애초에 잘될 수 없었어. 스트레이트 커플은 함께 너무 많은 시간을 보내면 안 돼. 혼란스러워지거든."

"혼란이라니?"

"가정 내의 성별 격차가 심해진달까. 쓰레기 문제로 시작하지.

여자는 집안에 있는 쓰레기를 맡고, 남자는 집밖에 있는 쓰레기를 맡아. 여자는 진공청소기를 돌리고, 남자는 낙엽을 쓸어. 각자 여자들과 남자들과 밤을 보내고 와. 미처 알아차리기도 전에 성별 전쟁에 끼게 되지. 자연스럽지가 않아. 할을 봐. 할은 달걀흰자를 치고 잔디도 깎을 수 있어. 난 그냥 구경만 하고."

일라이자는 잠시 사이를 두고 웃음을 터뜨렸다. 그래도 웃기는 했다고, 그레그는 정원에 차린 점심식사 테이블에 앉아서 생각했다. 그는 재킷을 여미면서 예전에는 매끈하던 일라이자의 얼굴에 주름이 진 것을 알아차렸다. 예전에는 그들도 자주 웃었다. 레이철의 배가 불러오는 동안 함께 수많은 저녁시간을 보냈고, 그때는 아서의 삶만이 아니라 그들의 삶도 막 시작하는 것 같았다.

테이블에 다양한 음식이 차려지는 동안 그레그는 볶음요리를 집어먹으면서 할의 표정을 보았다. 레이철이 죽고 몇 주 동안은 할이 레이철의 주방에서 요리를 하거나, 주말에 음식을 가져다주곤 했다. 일라이자가 그만하라고 할 때까지 그랬다. "일라이자는 자기들이 평범한 음식, 평범한 삶으로 돌아가야 한대." 할은 그레그에게 그렇게 말했다. "하지만 난 그 둘을 위해 요리하는 게 좋아. 그게 내 일인걸. 일라이자는 아서가 얼마나 많이 먹어야 하는지를 몰라."

이제 할이 말했다. "맛있어 보이는데."

일라이자가 얼굴을 붉혔다. "거의 포기하고 점심을 가져오라고 할 뻔했어."

"얼마든지 챙겨왔을 텐데."

"이봐, 할. 지금 그 말 너무 서둘러 했어." 그레그는 할을 슬쩍 보았다. "네게 요리를 대접할 땐 주눅든단 말이야."

"너도 그래?" 일라이자가 그레그에게 물었다.

"나도 그런 순간이 있지."

할이 코웃음을 쳤다. "호스슈인가 하는 그것 말야? 감자튀김을 얹은 치즈 소스 그릴드 샌드위치라니."

"난 좋은데." 일라이자는 할에게 샐러드 그릇을 건네고 앉았다. "크로크무슈 같은 거잖아."

"바로 그거야. 할도 좋아했어. 심지어 작년 여름에 엄마를 보러 갔을 때, 할에게 오리지널을 맛보여주려고 스프링필드까지 차 타고 다녀왔다고."

"역사적인 관점에서였어." 할이 말했다. "아서는 언제 돌아와?"

"네시에 우리 언니네 집으로 데리러 갈 거야."

그레그는 포크로 면을 말면서 오늘 모인 이유에 어떻게 접근하는 것이 최선일까 고민했다. 할이 일라이자에게 전화해 함께 점심을 먹으면서 아서에 대해 논의하자고 얘기해두긴 했지만, 그 이유까지 설명하지는 않았다. 언제부터 이렇게 일상적인 대화가 어려워진 걸까? 모든 말에 21그램의 죄책감*이 실렸다. 그레그는 문득 그들이 이제는 서로를 친구로 생각하지 않는다는 사실을 깨달았다. 지금 그들은 아서라는 일에 같이 뛰어든 동료에 가까웠다.

"아서한테 레이철이 외계인이라고 했어?" 일라이자는 와인잔 너머로 그레그를 보며 물었다.

"아서가 그래?"

---

* 영혼의 질량을 측정하고자 한 덩컨 맥두걸의 연구 이후, 인간 영혼의 무게가 21그램이라는 표현이 생겼다.

"비슷해. 레이철이 우주에 산다는 동화를 품고 집에 왔더라."

"그레그는 모든 흥미로운 일은 화성에서 일어난다고 생각하거든." 할이 말했다. 두 사람은 그레그가 아서에게 한 말을 두고 며칠 동안 언쟁을 벌인 후였다.

"아서가 사람이 우주에 살 수 있는지 알고 싶어했어. 나는 조건이 딱 맞으면 가능하다고 했지. 아서는 레이철을 그리워한 나머지 어딘가에 살아 있을 수 있다고 생각하기로 한 거야." 그레그는 숨을 들이쉬었다. "너희가 이미 해준 말과 비슷해."

할과 일라이자가 주고받는 눈빛을 보자 어렸을 때 본 부모님의 모습이 떠올랐다. '우리 둘 중 누가 이 문제를 풀어야 하지' 하는 식이었다. 구름 조각이 오후 햇살을 가리며 지나갔다. 그레그는 몸을 떨었다.

할이 시작했다. "우린 레이철이 아프고 몸이 더는 작동하지 않는다고 말했어."

"그리고 죽음에 대해 이야기했지." 일라이자가 말했다. "사람이 죽으면 무슨 일이 일어나는지 말이야. 우린 레이철이 다른 어딘가에 살고 있다고 말하지 않았어."

그레그는 샐러드에 든 생강을 골라냈다. 아서의 감정 상태보다 그레그의 책임에 대화의 초점이 맞춰지는 점은 놀랍지 않았다. 아서를 돌보는 사람은 할과 일라이자였고, 매일 아서를 보고 심리상담사에게 데려가는 것도 두 사람이었다. 그레그는 그동안 일터에 있었다. 일과에 관여하지 않았었다. 하지만 지난번 아서의 방문 이후 그레그는 부모 대역 이상의 뭔가를 느끼고 있었다. 그레그에게도 자기 역할이 있었다.

"엄마가 기억 속에는 살아 있다거나 그런 말은 안 했어?"

일라이자가 얼굴을 찌푸렸다. "지금 변명하려는 거야?"

"내 말은, 우리 모두가 아서에게 레이철이 어떤 식으로든 계속 살아 있다고 말했다는 거야. 물론 은유적으로. 하지만 아서는 그 차이를 몰라."

"상담사에게 다시 가야 할지도 모르겠다." 할이 말했다. "아서에게 대화가 필요하다면."

그레그는 일라이자의 어깨가 처지는 모습을 보았다.

"난 아서에게 필요한 게 그거라고 생각하지 않아." 그레그는 두 손바닥을 들어올렸다. "아서는 교회의 엄숙한 비난 없이 레이철에 대해 말하고 싶은 거야……"

"우린 종교가 없어." 일라이자가 말을 끊었다.

"종교는 아니라도 경의가 담긴, 명확한 뭔가를 말하는 거야. 특별한 언어." 그레그가 말했다.

할이 대꾸했다. "우리도 상담시간에 아서와 그런 문제를 이야기했어. 분노나 안 좋은 감정 같은 건 애도의 건강한 부분이야. 아서는 그런 감정을 가질 수 있지만, 우리까지 동참할 필요는 없어."

일라이자가 고개를 끄덕였다. 그레그는 일라이자의 입술에 힘이 들어가는 것을 보면서 울지도 모르겠다고 생각했다.

"알고 싶어. 아서가 레이철이 우주에 있다고 생각한다 해서 그게 너희에게 그렇게 엄청난 일인 이유가 뭐야?"

"사실이 아니니까." 할이 말했다. "그 이야기부터 시작하자."

"그러면 아서가 언젠가 레이철이 돌아올지 모른다고 생각할 테니까. 그런데 돌아오지 않잖아." 일라이자가 덧붙였다.

정원의 빛이 사그러들어 있었다. 회녹색 풀 위에 긴 그림자가 희미했다. 그레그는 일라이자의 뺨을 타고 가늘게 눈물이 흘러내리자 할이 손을 잡아주는 모습을 보았다. 난 이런 장면에 절대 속하지 못할 거야. 이런 영국적인 장면에는. 억양이 얼마나 비슷해지든, 내 집이 얼마나 오래됐든 상관없어.

"우리도 무슨 일이 일어났는지 이해를 못하는데, 어떻게 아서가 이해하겠어?"

그 말에 두 사람 다 그레그를 돌아보았다.

할이 말했다. "지금 이러지 마."

일라이자가 고개를 내저었다. "핵심은 그게 아니야. 물론 우리도 답을 전부 알진 못하지만, 그래도 우린 아서를 보호해야 해. 이런 식으로 아서의 감정을 가지고 놀 순 없어, 그레그. 그건 불공평해. 우리 모두에게 다."

"잠깐만. 우린 그냥 모든 전통 종교를 부두교의 헛소리로 대신하고 있을 뿐이야." 그레그의 목소리가 커졌다. "미안해, 일라이자. 너만이 아니라, 우리 모두가 그래. 레이철이 죽었다고 말하면서도 계속 거울 저편에 있는 것처럼 행동한다고."

멀리서 문이 쾅 닫혔고 세 사람은 집 쪽을 돌아보았다. 테라스 창문의 루버셔터* 너머 주방은 어둠이 더해가는 가운데 빛을 발했다.

할이 일어섰다. "비가 오겠어."

그레그는 할을 도와 테이블에 놓인 접시들을 챙겼다. 일라이자는 움직이지 않았다.

---

* 커튼과 블라인드 역할을 하는 접이식 원목 셔터.

"방에 들어가면 레이철이 보일 것만 같아. 잠들면 레이철이 날 기다려. 문가에 서 있는데, 언제나 손이 닿을락 말락 해."

"그게 정상이야." 할이 말했다. "당연히 같이 있고 싶지."

"하지만 없잖아, 안 그래? 그레그 말이 맞아. 우린 아무것도 몰라. 온갖 말을 올바른 순서로 모아놓고 그게 무슨 의미인지 이해하는 척할 뿐이야." 일라이자가 두 사람을 응시했다. "하지만 사실 아무것도 몰라."

두 남자는 접시를 산처럼 쌓아 들고 일라이자를 마주보며 서 있었다. 은색을 칠한 나무 테이블이 빗방울에 검게 물들였다. 정원 가장자리에서는 바람이 나무에 걸렸다. 그레그는 아서와 레이철과 세 마리 곰에 대해 생각했다. 숲에 대해 생각했다.

"우린 완전히 엉뚱한 방향에서 이 문제를 보고 있어." 그레그가 말했다. 너무 어두워서 두 사람의 얼굴이 거의 보이지 않았다. "우린 답을 갖고 싶어해. 아서에게 설명을 해줘야 할 것만 같고. 하지만 그럴 수 없어. 죽음은 아무것도 의미하지 않으니까."

일라이자의 실루엣이 일어섰다. "나에게는 의미가 있어, 그레그. 아서에게도 의미가 있어. 감히 그런 소리를 하다니."

"물론 우리의 감정은 그렇지. 하지만 컴퓨터 같은 거야. 온갖 정보를 집어넣어 컴퓨터를 프로그래밍할 수 있지, 사랑에 빠지는 것에 관해 프로그래밍했다고 치자. 하지만 그래봐야 사랑이 뭔지 컴퓨터에게 이해시키는 데에는 도움이 되지 않아."

"그야 컴퓨터는 아무것도 느끼지 않으니 그렇지! 세상에, 그레그, 퇴근을 하긴 하는 거야?"

접시가 부딪치는 소리가 들리더니 할의 손이 그레그의 어깨에 닿았다.

"자기야." 뺨에 닿는 할의 숨결이 따뜻했다. "전혀 도움이 안 되고 있어."

"우리가 죽음을 이해할 수 없는 건 우리가 죽지 않았기 때문이야."

일라이자의 실루엣에서 흐느낌이 새어나왔다. 할의 손이 그레그의 어깨를 타고 내려가더니 그를 슬쩍 밀었다.

"그만하자." 할이 말했다. "가서 아서를 데려와야 하지 않아? 일라이자?"

빗방울이 그레그의 목덜미에 떨어졌다. 어차피 이제 아무것도 볼 수 없었지만, 그래도 안경을 닦고 싶었다. 세 사람은 집에서 흘러나오는 노란 불빛 속에 선 검은 그림자가 되어 있었다.

"죽고 나서 살 수는 없어." 그레그가 말했다.

"죽고 나서 살 수는 없어." 일라이자가 되풀이했다.

"그래서 우리가 이해를 못하는 거야. 그래서 죽음에 아무 의미가 없는 거야."

그는 소매로 안경을 문지르려고 한 손을 올리다가 균형을 잃었고, 뒤로 주춤 물러서다가 발이 미끄러지는 바람에 외마디소리를 지르며 젖은 잔디밭에 내려앉았다. 그릇이 테이블과 의자에 부딪쳤다가 도로 튀어올라 옆 풀밭에 떨어졌다.

"망할." 그레그가 잠시 후에 말했다. "미안해."

"괜찮아?" 일라이자가 넘어진 그레그 쪽으로 다가가면서 물었다.

할이 깨진 접시 너머로 발을 디뎠다. "그레그?"

"미끄러졌어."

"여기 장난 아니게 젖었어." 할이 팔을 내밀었다.

"비가 오잖아." 일라이자가 웃기 시작했다. "우린 지금 어둠 속에 쏟아지는 빗속에 서서 죽음에 대해 이야기하고 있어."

"그러게." 그레그가 말했다. "파티를 망쳐서 미안해."

그레그는 일라이자의 언니가 아서를 외쳐 부르는 동안 현관 홀에서 기다렸다. 프랜을 여러 차례 만나기는 했지만, 그래도 집안으로 더 들어가고 싶지는 않았다.

"할은 동생분 집에서 기다리고 있어요." 그레그가 설명했다. "빗속을 걷는 건 내가 하겠다고 했죠."

"비가 와요?" 프랜이 얼굴을 찌푸렸다. "왜 차를 몰고 오지 않고요?"

"걷고 싶었어요. 비 좀 맞으면 어때서요?" 그레그는 얼마나 많은 물을 머금었는지 보여주려고 어깨를 빙빙 돌렸다. "그렇지만 영국인들 아시죠. 워낙 약골들이라."

"오. 우리집은 아니에요. 우린 한 해의 마지막날에 해변도시에 가다 말고 도로에서 피크닉을 하곤 했죠. 아서!" 프랜이 계단 위를 향해 외쳤다. "어서 내려와, 기다리신다."

그레그는 미소 지으며 일라이자의 예전 가족이 아니라 새로운 가족과 결혼해서 얼마나 다행인지 모르겠다고 생각했다. 처음 하는 생각은 아니었다.

돌아가는 길에는 아서의 손을 잡았다. 비는 그사이 약해져서 보슬비가 되었다.

"재미있게 놀았니?"

"응. 괜찮았어요." 아서가 그레그의 팔을 흔들었다. "그레그는요?"

"정원에서 넘어져서 접시를 다 깼어."

아이가 걸음을 멈췄다. 가로등 빛을 받은 두 눈이 반짝였다. "나도 물건 깼어요! 그레그도 혼났어요?"

"일부러 그런 게 아니라 사고였어."

"아." 아서는 다시 걸음을 옮겼다.

"넌 혼났니?"

"내가 시작한 거 아니에요. 조가 나보고 엄마가 우주에 있다고 생각하는 게 멍청하다고 해서 내 게임기를 던졌는데 그게 조 뒤에 있던 그림에 맞아서 유리가 부서졌어요."

"던지기 실력을 키워야겠네. 이모가 화나셨니?"

"이모가 조보고 힘든 시기를 보내고 있으니 나한테 잘해줘야 한다고 했어요. 그치만 나보고는 이야기를 지어내면 안 된다고 했어요." 아서는 그레그의 점퍼를 잡았다. "지어낸 거 아니야, 그쵸? 누구든 우주에 살 수 있다고 했잖아요?"

"내가 그렇게 말했지."

"이야기 속에서처럼요. 딱 맞기만 하면요."

"그래. 하지만 아서……"

"엄마는 거기 있어." 아서가 하품을 했다. "엄마는 달아난 거야. 이야기 속에서처럼."

아이가 한 팔을 허리에 감아왔는데 하필 그레그가 넘어질 때 엉덩방아를 찧은 쪽이었다. 그레그는 아서를 번쩍 들어올려 반대쪽 엉덩이 쪽으로 받쳤다. "어이쿠. 야, 무거운데."

골딜록스 존 189

집은 다음 거리 끝에 있었다. 그레그는 간신히 아서를 떨어뜨리지 않고 도착할 수 있겠다고 생각했다. 아이의 몸에서 잠의 무게가 느껴져 더 꽉 잡았다.

"다 왔다, 녀석아."

"끝은 알 수 없어." 아서가 그레그의 재킷에 대고 웅얼거렸다.

"뭐라고?" 그들은 현관에 도착했고 그레그는 열쇠를 꺼내려고 했다.

복도 불이 켜지더니 일라이자가 유리문 반대편에 서 있었다. 아서가 엄마를 찾아 팔을 뻗었다.

"잠깐만." 그레그는 일라이자가 문을 열고 아서가 그쪽으로 몸을 기울이자 균형을 유지하기 위해 애써야 했다. "자, 됐다." 그레그는 갈비뼈를 문질렀다.

할이 주방에서 나왔다. "고마워, 일라이자." 그는 일라이자의 목덜미에 파묻힌 아서의 정수리에 입을 맞췄다. "다음번에는 우리 집에 오면 어때?"

일라이자가 미소 짓더니 턱끝으로 아서를 건드렸다. "잘 자라고 인사해야지, 아서."

아이는 한 손을 들어올렸다.

"잘 자, 아서." 두 남자는 일라이자에게 인사하고 비 내리는 밤으로 걸어나갔다.

"우린 결말을 몰라." 그레그가 차에 오르면서 말했다.

할이 백미러를 확인하고 연석에서 차를 빼내면서 그레그를 흘긋 보았다. "누군 알아?"

"아서가 한 말이야. 아서가 우린 결말을 모른대."

"맞는 말이네." 할이 고개를 끄덕였다.

"그래서 이해할 수가 없는 거야."

"레이철에 관한 거야?"

그레그는 할을 쳐다보았다. 뿌연 안경과 가로등 그림자 때문에 남편의 얼굴이 흐릿했지만 그레그는 할의 조각 같은 머리통과 물결치는 검은 머리카락, 경사진 이마, 턱선을 부드럽게 만들어주는 짧은 턱수염을 알아볼 수 있었다. 그는 할의 다리에 한 손을 올렸다.

"아마 그럴 거야."

할의 허벅지에 올린 손에 살짝 힘이 들어갔다. 칠 년. 그사이 두 사람은 결혼하고, 아이를 두고, 친구이자 양육자 하나를 잃고, 집을 사고, 세상에 함께 맞서자고 충성을 다짐했다. 너무나 많은 것을 잃고 또 얻은 긴 시간이자, 인생의 한 부분에 지나지 않는 짧은 시간이었다.

할이 차를 댔고 두 남자는 숨결이 뿌옇게 얽힌 채 어둠 속에 앉아 있었다. 길 저편에서 어떤 여자가 깡통이 가득 든 유아차를 밀며 울퉁불퉁한 도로를 건너려 애를 쓰고 있었다. 일리노이에서는 그레그의 어머니가 교회에서 돌아와, 텔레비전 소리를 배경음악 삼아 틀어놓고는 점심식사를 준비하고 있을 것이다. 그레그의 전화를 기다리고 있을 것이다.

7
아서리시스*

쌍둥이 지구

철학자 힐러리 퍼트넘은 언어가 우리가 부여하는 의미만이 아니라 외부 속성으로 정의될 수 있는지를 시험하고 싶었다. 그는 쌍둥이 지구 사고실험에 대해 썼는데 이 실험에서는 어떤 사람이 다른 행성, 쌍둥이 지구로 여행을 한다. 이곳에서는 물의 이름과 속성이 지구에서와 같지만 화학조성은 다르다. 쌍둥이 지구인들이 물을 말할 때 그것은 사실 $H2O$가 아니라 XYZ로 이루어진 물질을 뜻한다. 겉보기에 똑같은 물질처럼 보이고, 똑같은 물질이라고 생각하지만 말이다.

> 의미란 그냥 머릿속에 있는 게 아니야!
>
> 힐러리 퍼트넘, 『의미의 의미』

---

* '아서'와 '율리시스'의 합성어.

도킹까지 얼마 남지 않은 순간 아서는 마음을 바꿔 선체를 왼쪽으로 당겼다. 그는 자기장 안에서 몇 분 동안 불규칙하게 회전했다. 고향에서 2AU*를 왔는데 지금 남은 이만큼이야말로 정말 중요했다. 농구 골대 높이도 되지 않는 거리. 아서는 고개를 끄덕였다. 두 어머니는 여러 번 말했었다. 태어나기 직전이 제일 위험한 순간이라고. 아서는 두 사람 다 그 말을 했다고 기억했지만, 사실은 분명 일라이자가 한 말이었을 것이다. 그런 일은 많이 일어났다. 레이철의 얼굴이 떠올랐지만 목소리는 일라이자였다. 다섯 살 때 일이니 기억할 수 있는 게 많지 않았다.

파일럿들은 모든 도킹이 탄생과도 같다고 배웠다. 그들이 착륙하는 돌덩이에 새 생명을 가져다주니까 말이다. 테라포밍**이건,

---

* 지구 중심에서 태양까지의 거리를 기준으로 하는 단위로 천문단위라고도 부른다. 1AU는 1억 4960만 킬로미터에 해당한다.
** 다른 행성을 지구 환경과 비슷하게 바꾸는 개조 작업. 지구화라고도 한다.

환경주의자들의 말대로 테러포밍이건 간에. 아서는 우주 탐사가 정치적이라고 생각하지 않았다. 아서가 보기에 인간 본성은 스스로를 파괴할 만큼 어리석으면서, 살아남을 만큼 영리하기도 했다. 아서가 그 해법의 일부였다.

콘솔에 불빛이 반짝였고 아서는 헤드셋에 들어온 신호에 응했다.

"캡틴 프라이스, 왜 자동 도킹 절차를 중지한 겁니까?"

"걱정하지 마, 제드. 여기서 몇 분만 더 보내고 싶었어."

"백육십삼 일이 지났습니다, 캡틴 프라이스." 남성형 음성이 말했다. "착륙할 시간입니다."

그는 컴퓨터가 뭘 해야 하는지 말하도록 몇 분 동안 내버려두었다. 시간 간격. 지난번에는 얼마나 오래 나와 있었더라? 분명 최대로 허용되는 만큼 수면을 취한 후에 깨어났을 것이다. 안정기 삼일 동안 바이털 사인을 관찰하고, 영양분을 정맥 주사로 맞으면서. 모든 테스트와 이보다 짧은 여행에서 아서는 기민하게 깨어 있었고 인지 평가도 쉽게 통과했다. 하지만 이번 여행에서는 첫 한 달이후 완전히 의식이 돌아온 상태를 두려워하게 되었고, 깨어날 때면 마치 등교일의 십대처럼 황량한 기분으로 수면 캡슐 뚜껑을 쳐다보곤 했다.

심장이 변덕스럽게 뛰었고 아서는 한 손을 가슴에 갖다댔다.

"캡틴 프라이스, 도킹 절차로 돌아가야 합니다. 도움이 필요한 상태인가요? 혈압이 올라가고 있습니다. 휴식을 권고합니다."

선체가 천천히 회전하자 데이모스의 회색빛이 데크를 훑었다. 콘솔에 화성이 보였다. 각기 다른 카메라들이 초점거리를 바꾸면서 캐러멜색 불빛이 각 화면을 채웠다. 아서는 근무당번으로 두 번 화성에 내려간 적이 있었다. 이 회사에서 일하는 동안 여섯 번 현장에 나가게 되는데, 장거리 여행 두 번과 근거리 우주정거장으로의 짧은 여행 네 번이었다. 어느 기지든 도착하면 일 년을 머물러야 했다. 지난번 여행지는 지구 궤도 정거장인 스페이스 아이였는데, 우연히 회사의 두번째 기지 개발 계획과 겹쳐서 화성으로 가는 발사 일자를 놓쳤다. 그래서 이번에 데이모스에 가게 되었다. 귀환하면 이 년이 지나 있을 것이다.

"그래도 팀으로 일하는 거긴 해, 프라이스." 아서의 상사는 사무실에 놓인 형편없는 전화 모니터 속에서 얼굴을 찌푸렸었다.

"암요. 스페이스 아이에 있으면서 이사를 도와드린 것처럼 말이죠. 우주에서 이모티콘 잔뜩 보냈잖아요."

"기지에는 그보단 나은 걸 보냈으면 좋겠는데."

스페이스 솔루션이 화성에서 근거리 로켓 여행을 추진하려면 몇 년은 더 있어야 했다. 대부분의 우주선은 여러 번 사용할 수 있었지만 착륙을 두 번 하고 나면 대규모 수리를 했다. 자기 착륙장이 있다 해도, 우주선이 입는 피해는 언제나 컸다. 아서는 그 작은 위성에 혼자 있게 될 것이다.

"단독 여행에 문제 있어?"

아서는 제니퍼의 깨진 이미지를 응시했다. 개인적인 관계야 어떻든 간에, 그녀는 아주 조금이라도 문제가 있다면 그를 근무표에서 완전히 빼버릴 사람이었다.

"그러지 마요." 아서가 말했다. "어떤 거 타는데요?"

그들은 그에게 스피릿 2040을 줬고 그는 데이모스로 떠나기로 합의했다.

아서의 눈이 위쪽 화면에서 돌고 있는 화성의 모습을 훑었다.

"캡틴 프라이스, 콘솔에 집중해주십시오."

"내가 깨어 있은 지 얼마나 됐지?"

"깨다니요?"

"의식이 있은 지? 그러니까 내가 잠에서 깬 후로 지금까지 얼마나 흘렀어?"

"칠십이 시간 뒤에 깨우도록 저를 프로그래밍했습니다. 허용되는 최대 시간이고……"

"그래, 그래. 그게 아니라 내가 얼마 동안…… 젠장, 관두자."

"캡틴 프라이스, 프로그램 시퀀스에 집중해주십시오."

훈련 기간 동안 받은 심리 평가는 전부 단독 여행에 긍정적이라고 나왔다. 인공 지능과의 의사소통에 적합하며, 바이오피드백에 능하다는 평가. 압박을 받았다면 아서는 인간과의 소통이 없는 쪽을 더 선호한다는 말까지 했을 것이다. 아서는 태블릿 세대였고 사용할 수 있는 신기술은 전부 수용했으며, 전자 인터페이스가 주는 안도감에 목말라했다. 컴퓨터 사용시간을 두고 일라이자와 끊임없이 싸우기도 했다.

"현실세계에 나가서 진짜 친구들을 만나야지. 하루종일 컴퓨터에 달라붙어 있는 건 너무 건강에 나빠."

아서는 소용없을 줄 알면서도 자신의 취미가 일라이자의 취미인 독서와 다르지 않다고 항변했다. 적어도 자신은 수동적으로 정보를 받아들이는 게 아니라 가상 환경과 상호작용한다고 말이다.

"그거야말로 네 상상력이 압살당했다는 증명 그 자체로구나. 독서에 수동적인 면은 하나도 없어. 예술에 대한 두뇌의 전기 반응을 주제로 한 우리 연구를 와서 봐."

아서가 보기에, 일라이자의 과학이란 편견을 수호하는 편리한 연막이었다. 일라이자가 내민 생물학적 시냅스 반응 증거를 암흑시대의 유산처럼 만들어버릴 인공 지능와 인간 지능의 통합에 관한 연구들은 다 어디 있단 말인가?

"그게 너희가 만들고 있는 미래지, 아서. 너희 세대 말이야. 꼭 그래야 할 필요는 없어." 타당한 지적을 할 때마다 그런 개인적인 반응이 돌아오면 토론이 불가능했다.

오직 그레그만이 아서가 온라인으로 접할 수 있는 세계의 중요성을 이해했다.

"걱정 마, 녀석아. 너희 마미는 현대적인 연구실에서 일하면서도 아직까지 컴퓨터란 서류함과 주판의 조합이고, 인터넷은 늙은 이들이 서로 연락을 이어갈 유용한 방법이라고 생각하는 사람이거든. 아빠도 별로 다를 게 없어. 내가 수학자라고 처음 말했을 때 할은 식당에서 금액을 계산해달라고 했단 말이야. 사람들에게 난 구구단표와 개미 둥지를 구분하지 못한다고 말해봐야 소용이 없어, 이해를 못해. 사람들은 우체국까지 걸어가서 우표를 살 수 있는 세상, 아니면 사과가 익었는지 눈으로 보고 사 올 수 있는 세상에 살고 싶어해. 그 모든 것에서 자유로워졌다는 걸 이해하지 못하지. 미래를 연구하는 우리를 괴상하다고 생각하다니? 그쪽이야말로 과거에 갇힌 물신숭배자야." 그레그는 아서의 어깨를 두드렸다. "하지만 알지? 내가 이런 말 했다고는 하지 마라."

"캡틴 프라이스? 주의가 산만하군요. E-마이너스* 육십 초에 파일럿 시스템을 무효화하고 도킹 스테이션으로 돌아가겠습니다."

아서는 숨을 들이마시고 앞에 있는 콘솔을 보았다. 착륙 기지 불빛은 여전히 초록색이었다.

"그럴 필요 없어. 내가 할게."

소프트웨어가 잠시 그의 눈동자 움직임을 좇았다.

"좋습니다, 캡틴 프라이스. 도킹 후에는 의무실에 보고해주십시오."

새로운 운영 시스템OS에 제우스라는 이름을 붙인 건 실수였다. 성격 설정을 중립으로 두었는데도 시스템이 권위적인 성향을 띠는 것 같았다. 다른 파일럿들은 심리적 지름길 삼아 부모의 이름을 붙였는데, 그러면 어느 정도 권위를 인정하면서도 시스템의 동기에 대한 건전한 의심을 유지할 수 있었다. 동료들은 OS를 단짝으로 생각해서 좋을 게 없다고 했다. 인간 두뇌의 방어 메커니즘을 억제해버린다고 말이다. 경우에 따라 신뢰하는 편이 더 나았다. "우주에선 특히 그래." 제니퍼는 나중에 그런 대화를 나누다가 덧붙였다. 아서는 혹시 다른 파일럿들은 보통 부모와의 관계가 자신의 경우와 달랐나 싶었다. 아서는 자신의 어머니 아버지들을 좋아했다. 일반적인 아이들보다 양육자 수가 많아서일지도 몰랐다. 어쨌든 컴퓨터를 '할'이라고 부를 마음은 조금도 없었다.** 데이모스***라는 이름의 돌덩이로 갈 테니, 제우스라는 이름이 적절하

---

* 접촉(encounter)까지 남은 시간을 의미한다.
** '할'은 아서 클라크의 소설을 원작으로 하는 영화 〈2001 스페이스 오디세이〉에 등장하는 인공 지능 컴퓨터의 이름으로, 인간에게 반란하는 컴퓨터의 대명사다.
*** 화성의 두 위성 데이모스와 포보스는 그리스신화에서 아레스와 아프로디테 사이에 태어난 쌍둥이의 이름을 딴 것이다.

다고 생각했다. 육 개월도 넘게 컴퓨터하고만 대화를 하고 나서 알 수 없게 된 것은, OS의 성격처럼 보이는 면의 어느 정도가 아서의 투영이고 어느 정도가 프로그래밍이냐는 것이었다. 그는 조종간을 잡으면서 스스로를 일깨웠다. 다 이름일 뿐이라고, 장미는 뭐라고 부르든 장미라는 말도 있지 않던가.

그는 스피릿을 착륙 자세로 되돌리고 도킹 준비를 시작했다. 익숙한 일이었다. 바로 이 착륙도 열 번 넘게 시뮬레이션해보았고 작년만 해도 스페이스 아이에 도킹을 했었다. 존슨 기지에 있는 옛 국제우주정거장에서 시뮬레이션 착륙까지 완수했다. 동료들 중 두 번째 성적이었다. 그런데 왜 지금은 식은땀이 나는 걸까?

자석들이 서로를 찾아내어 제어된 인력대로 맞물리면서 리드미컬한 흔들림이 심해졌다가 줄어들었다. 2021년 웨스트 코스트 슈퍼하이웨이가 완공된 이후, 가능한 도관은 전부 자력화했다. 최초의 샌프란시스코 엘에이 간 루트가 만들어지기 시작했을 때 아서는 열 살이었고, 자동차들을 기억했다. 자력은 엔진의 스릴에 비할 바가 못 되었지만 대신 아무도 바퀴에 치이거나 깔려 죽지 않았다. 전기차는 자율 주행과 자율 주차를 했다. 대부분 운전자 없이 승객만 있었다. 로켓조차도 지구로 돌아올 때가 아니면 착륙할 때 자기장을 이용했다.

그렇다 해도, 이 도킹 시스템은 아날로그 세계에서는 한 번도 이용된 적이 없었고 시스템을 만든 엔지니어가 구조에 대한 의구심을 말한 바 있었다. 아서가 여기 있는 것도 만일의 사태가 생겼을 때 우주선을 구하기 위해서였고, 제우스는 아서를 구하기 위해 있었다. 적어도 회사의 발표에 따르면 그랬다. 아서는 선택을 해야 할 때가 오지 않기를 빌었다. 제우스는 분명 아서보다 우주선을 더 좋아하는 것 같았으니.

아서의 모듈이 언제나처럼 회전하면서 중력 시뮬레이션을 만들어냈다. 모니터에서 속도가 붙는 것을 확인할 수 있었다.

"캡틴 프라이스, E-마이너스 십이 초면 도킹합니다."

"그게 맞는 거……"

"구, 팔, 칠……"

예전 OS가 그리웠다.

우주선이 속도를 맞춘 뒤 기지가 있는 볼테르 크레이터로 뛰어들자 모니터에 뜬 위성이 움직이기를 멈추더니 시야에서 사라졌다. 데크가 흔들리더니 몇 번인가 심하게 덜컹이면서 아서의 뮤인 몸이 앞으로 튀어나갔고, 그 직후에는 중력 변화를 느낄 수 있었다. 콘솔에서 경보음과 불빛이 신호를 보내다가 시작했을 때만큼 갑작스럽게 멈췄다. 아서는 저도 모르게 숨을 참고 있었다. 도킹이 됐다. 그는 살아 있었다.

"캡틴 프라이스, 도킹 절차 이단계 완료입니다."

배는 아직도 상하좌우로 살짝 요동쳤다. 그는 정렬 상태를 확인하고 계속해서 데이모스의 일인용 기지로 건너가게 해줄 장치를 연결하는 일에 착수했다. 다음 단계를 빨리 준비할수록, 일 년짜리 임무에 성공할 가능성이 더 커질 터였다.

일 년. 그것도 돌아가는 2AU의 여정을 포함하지 않은 일 년이다. 먹을 만한 식료품은 열두 주 치가 넉넉하게 있었고, 그 이후에는 테라리엄*이 만들어져 있으면 좋고 그게 아니면 뜨거운 곤죽 식사로 돌아가야 했다. 본인의 기준에는 미치지 못하겠지만, 그중 몇 가지 맞은 할이 아서의 보급품에 크게 기여한 결과물이었다. 막 우주인이 되겠다는 꿈을 꾸기 시작했을 때 먹어본 냉동 건조 미트볼에 비하면 엄청난 발전이었다. 할과 그레그는 아직까지도 둘 중 누가 아서에게 우주 방랑벽을 불어넣었냐를 두고 싸웠지만, 아서가 이렇게까지 멀리 오게 된 데에는 양육자 전원에게 책임이 있었다.

그는 런던에서 일하면서 매일 밤 빈집으로 돌아갈 일라이자를 생각했다. 레이철에 대해서도, 갸우뚱 기울이던 검은 머리, 아서가 물려받았다고들 하는 부드러운 눈, 침대에 그를 눕힐 때 나던 팔찌 소리 같은 단편들을 기워 만든 인상을 생각했다. "레이철은 널 사랑했어." 일라이자는 말했다. "네가 태어나기 전부터 사랑했지." 그러면 지금은? 어린 아서는 그후에 이어진 수많은 밤에, 일라이자가 잘 자라고 입맞출 때마다 그런 생각을 했다. 하지만 일라이자는 레이철이 어디로 갔는지에 대해 이야기하기를 싫어했고, 어쩌면 일라이자에게는 레이철이 떠난 적이 없는지도 몰랐다.

"삼단계를 준비하기 전에 의무실에 가기 바랍니다. 지구에서 오는 추가 지시를 기다리겠습니다."

의무실이란 아서가 현재 들어와 있는 캡슐 뒤에 붙은 캡슐을 말했다. 이동중에는 파일럿 캡슐과 똑같이 회전해서 비슷한 중력을 만들어냈다. 선체의 내부 표면은 온통 선반, 그물, 고리, 와이어와 케이블에 뒤덮여 첨단 고물상 같은 인상을 풍겼는데 그로써 파일럿 도크의 움직임을 꼭 필요한 활동에 한정시켰다. 두번째 모듈은 그보다 더 작아서, 회사 용어로 표현하자면 '콤팩트'했다. 그곳은

---

* 식물을 기르는 작은 온실.

침실이기도 했다.

"여기엔 우리 둘밖에 없잖아, 제우스. '침대에 누워라'겠지."

"원하시는 표현으로 하죠, 캡틴 프라이스. 저는 엄밀하게 말해서 '여기'에 있지 않고 지정된 쓰임 외에 지리적인 위치를 뜻하는 개념은 제게 아무 의미가 없습니다만."

형편없는 프로그래밍이라고, 아서는 우주선 중앙을 관통하는 탄소관을 기어서 다른 캡슐로 건너가며 스스로를 일깨웠다. 두 모듈 사이의 무중력을 즐기기도 했다. 그는 착륙하면 골밀도를 확인하자고 생각했다. 누릴수록 더 원하게 된다는 점에서, 무중력은 마약 같았다.

그는 침대에 몸을 묶고, OS가 필요하다고 판단한 유동액과 영양분을 넣을 수 있게 쇄골 위에 자리잡은 포트에 정맥주사 장치를 걸었다.

"혈압이 아직 높습니다, 캡틴 프라이스. 지금까지의 착륙 기록으로 볼 때 이례적이군요."

"기지의 지시를 기다릴 필요는 없어. 삼단계 시작해."

"삼단계 시작합니다. 움직이지 마세요. 모니터하는 중입니다."

아서는 OS 명령모드를 시각적 형태로 바꿨다. 그의 활력 징후에 문제가 생기지만 않는다면 시스템을 중단시킬 기회는 아직 있었다. '귓속의 목소리'에 대응해 제정신을 지키는 장치랄까. 학부 때 들었던 초 인공 지능의 위험에 대한 강의들, 로봇이 지구를 물려받는 내용이 담긴 지난 세기 영화들을 기억했다. 특이점*은 신화에

---

* 기술 변화의 속도가 급격히 빨라져서 되돌릴 수 없게 되는 시점을 일컫는 말. 현재

불과했건만, 제우스는 아직 그걸 모르는 모양이었다.

"내 우주 플레이리스트 틀어줘."

⟨Once In a Lifetime⟩** 전주가 흘러나오는 가운데, 아서는 와이어들을 풀고 몸을 당겨 다시 조종석으로 향했다. 오한이 나고 멍했다. 낮은 중력이 착륙으로 인한 충격을 덜어주었을 텐데도, 몸을 움직이려고 하자 근육이란 근육은 다 쑤시는 것 같았다. 제우스가 진통제라도 주었더라면. 아서는 조종석에서 버클을 매고 데이터 피드를 들여다보았다. 아스피린을 달라고 하나 봐라.

지난 십 년 사이 찾은 가장 큰 돌파구는 인공 지능이 오직 인간 지능의 부가물로서만 진화할 수 있다는 깨달음이었다. 그 관계에 공생하는 측면이 있다는 사실은 아서도 인정했지만, 많은 사람이 내장 OS 없이 살았고 아서도 이식형보다는 착용형을 선호했다. 예전에, 죽은 어머니가 아팠을 때 뇌를 '침공받았다'는 말을 한 적이 있어서일까.

그는 우주선과 착륙 모듈 사이 에어록***을 열어줄 연결 시퀀스를 프로그래밍했다. 음악이 콸리어****의 코첼라 페스티벌 실황 녹음으로 넘어갔다. 제우스는 일련의 시각적 명령을 보내오기는 했지만 방해하지는 않았다. 지시사항이 아서의 안경 렌즈와 콘솔에 반복되었다.

는 주로 초 인공 지능이 출현하는 때를 가리킨다.
** 1981년 발매된 토킹 헤즈의 곡.
*** 기체 성분이나 상태 및 압력 등이 다른 두 공간 사이를 이동하기 위해 설치하는 구조물.
**** Qualia, 감각질이라는 의미도 있다.

환경 제어를 통제하기까지 십오 분 허용.

어쩌면 종양이라는 게 침공처럼 느껴지는지도 모른다. 어렸을 때는 레이철이 외계인을 말하는 줄 알았다. 그때까지 아서가 들어 본 침공은 그런 것이었으니까. 외계인, 아니면 좀비. 아서가 제일 좋아하던 책은 『좀비 아포칼립스에서 살아남는 방법』이었다. 밤이 면 양육자들에게 정체를 확인할 수 있게 이를 보여달라고 하곤 했다. "이를 보여줘!" 그러고서 기다리는 동안 느꼈던 두려움도 기억이 났다. 그레그는 얼굴을 일그러뜨리고 한 번에 하나씩 보여주려고 했고 할은 크게 웃으며 반짝이는 치아 전체를 보여줬지만 일라이자는 그 기회를 놓치지 않고 아서에게 '기분은 괜찮은지', 혹시 '말하고 싶은 건 없는지' 물었다. 외계인이 레이철의 두뇌를 침공했던 일에 대해 말한 적은 한 번도 없었지만 어쩐지 일라이자는 아서의 공포가 레이철과 관련되어 있음을 아는 것 같았다. 아니면 일라이자는 모든 것이 레이철과 연관된다고 생각했을지도 모른다.

E-마이너스 십 분 대기 변화에 대비하세요.

그는 힘겹게 숨을 몰아쉬면서 발을 한쪽씩 들어올려 의자에 붙은 중량 부츠에 집어넣고, 하네스를 풀고 콘솔에 기댔다. 죽은 어머니와 살아 있는 어머니. 엄마와 마미. 둘이 아서를 부르는 말도 아가(엄마)와 애(마미)로 달랐다. 이제는 어떤 경우든 어머니라고 부르기를 선호했는데, 조금 더 거리가 느껴지는 말이었다. 레이철이 죽고 얼마 지나지 않아서 학교 선생님 하나가 '여분이 있어서' 다행이라는 소리를 했었다. 나름대로 격려하려고 한 말이었을 테고 아서도 그 사고방식을 이해할 수 있었지만, 그 말 때문에 그는 부모가 한 명뿐이거나 그마저도 없는 다른 아이들에 대해 걱정하게 되었다. 어른들이 언제든 죽을 수 있다고 생각하니 그런 상황이 너무 무책임해 보였달까. 그때까지 들은 모든 이야기에서, 동화는 물론이고 로알드 달, 레모니 스니켓, J. K. 롤링의 소설에서도 양육자들은 죽었거나 사라졌고 자기들이 사라졌을 때에 대한 대비도 거의 해두지 않았다. 아서는 몇 년 동안 비교적 운이 없었던 친구들을 지켜주며 매일같이 양육자들의 건강과 소재를 물어보았다. 정작 그 친구들은 바로 문제의 그 양육자들에게 아서는 엄마가 아팠고 죽었으니 슬프고 예민할 수도 있다는 주의를 받았고, 그런 이유에서 자기네 양육자의 건강을 과시하지 않으려고 특히 조심하던 아이들이었다. 그는 학교에서 괴롭힘이 만연해지고 아이들 대부분에게 여분의 양육자가 없으니 그만 걱정해도 된다는 사실을 깨달았고 안심했다. 이상한 쪽은 아서였다.

삼단계 종료까지 E-마이너스 오 분. 데이모스 도킹 기지와 최종 접속.

아직도 숨이 고르지 않았다. 그는 증량 부츠를 의자에서 풀어낸 다음 한쪽씩 끈을 묶었다. 이제는 모니터와 포트홀들이 다 어두웠다. 어둑한 가운데 볼테르 크레이터의 벽들을 중계하고 있었다. 아서는 눈을 감고 다음 단계에 집중하려고 했다. 제우스가 준 약은 혈압에는 도움이 되지 않았다. 손가락 끝에서 맥동을 느낄 수 있었다.

"캡틴 프라이스? 음성 연결 복구됐습니다."

"좋아. 혈압을 안정시켜야겠어."

"혈압은 이제 높지 않습니다. 모든 활력 징후가 정상 범위입니다. 삼단계 완료되는 대로 도킹 스테이션으로 이동해도 됩니다."

아서는 고개를 내저었다.

"그럴 리가 없어. 다시 진단해봐."

"진단 시작합니다. …… 최종 연결까지 육십 초."

"데이모스."

"뭐라고 하셨습니까, 캡틴 프라이스?"

"말을 빼먹었잖아. 데이모스 최종 연결까지 육십 초겠지."

"사십오 초입니다."

크레이터 때문에 어지러웠다. 우주 공간에 뜬 티타늄 캔에 들어가는 건 괜찮아도 캔에 든 채로 지하에 있다고 생각하면 속이 울렁거렸다.

"제드, 모니터 피드에 외부등 켜고 화성 기지에서 중계 불러와."

"현재 화성과는 연결이 되지 않습니다, 캡틴 프라이스. 삼단계 완료까지 사 초, 삼 초, 이 초, 일 초."

머리가 꽉 죄는 느낌이 들었다. 아서의 시야가 좁아지기 시작했다. 균형을 잡으려고 한 팔을 내뻗었으나 부츠가 몸을 바닥으로 잡아당기는 것 같았고, 그는 막 쓰러지고 있었다. 아주 멀게 느껴지는 장면이었는데, 모니터 스위치에 켜진 호박색 불빛이 초록색으로 변하면서 도크 문이 미끄러져 열리는 것이 보였다. 불이 꺼지고 그는 새까만 어둠에 거꾸러졌다. 우주선 전체가 그를 에워쌌다. 그런데도 그는 쓰러졌다.

도킹 시스템의 높은 경보음이 정신을 깨웠다. 그는 부츠를 신고, 두 손에 머리를 파묻은 채 콘솔 앞에 앉아 있었다. 쉭쉭 공기 소리가 스피릿호 안을 채웠다. 썩은 식물과 분필 가루 냄새가 났고, 공기 여과 시스템의 오존은 악취가 짙었다. 아서는 숨을 깊이 들이마셨다. 쿵쾅거리던 심장박동이 불규칙한 3박자에서 평소의 2박자로 돌아왔다.

"집에 온 걸 환영합니다, 캡틴 프라이스."

그럼, 집이지. 집이라는 게 위험, 외로움, 용납되지 않을 실패의 위험을 의미한다면 말이다. 영주권이나 반짝이는 새 여권을 들고 미국 출입국 관리소에 도착할 때도 늘 그랬다. 집에 온 걸 환영합니다. 웃지 않는 관리소 직원들. 엄청나게 큰 커피잔을 들고 땀을 흘리는 보안요원들을 감춘 쌍방향 거울. 매사추세츠, 텍사스, 플로리다는 그냥 방문이었다. 그래도 캘리포니아는 결국 그의 집이 되었다. 화성의 두 위성 중에서도 작은 쪽에 위치한 얕은 크레이터를 두고 같은 말을 할 수는 없을 것 같았지만, 그래도 도착하니 기뻤다. 벌써 기지의 공기 펌프가 마지막에 느낀 공황 상태를 누그러뜨리고 있었다. 공황이라고? 너무 강한 표현이었다. 대체 무엇이 문제였을까? 이건 아서의 직업이었고, 첫사랑이었다. 진정하고 해내야 했다.

"캡틴 프라이스, 다시 한번 진단했고 모든 면에서 정상입니다. 방사선 수치 기준 이하입니다. 하선하면 추가적인 검사를 진행할 수 있습니다."

"괜찮아. 난 괜찮아."

"물론입니다, 캡틴. 무사 귀환을 축하해야지요."

아서는 콘솔에서 눈을 들어 위를 보았다. 크레이터 벽은 아직도 보이지 않았다.

"조명. 그리고 카메라 초점을 잡아줘. 밖이 하나도 안 보이네."

"야간입니다, 캡틴 프라이스."

"웃기기도 해라. 카메라 초점."

다른 모듈로 건너가기가 힘이 들었다. 아서는 우주선 뒤쪽으로 천천히 이동했다. 부츠의 무게는 그의 몸을 겨우 붙들어주는 정도였건만, 디디는 걸음마다 애를 써야 했다.

"조종석에서 기다리셔야 합니다, 캡틴 프라이스."

"기다리라니? 뭘 기다…… 젠장, 뭐였어?"

우주선 저편에서 추가 공간들이 열리는 소리가 들렸다. 새로운 물리력에 스피릿호가 움직이고 흔들렸다.

"제우스. 왜 사단계를 시작한 거야? 기지에 들어가기 전까지는 공간을 더 열지 마."

"자리로 돌아가세요, 캡틴."

우주선은 계속 움직였다. 아서는 바닥이 기울어지는 것을 느꼈다. 그는 연결 해치까지 힘겹게 이동했다. 우주선은 이제 작고 어두운 방으로 열려 있었다.

"연결부에 조명 없음."

"캡틴 프라이스, 저는 이제 개별 시스템을 통제하고 있지 않습니다."

"그건 프로토콜이 아니잖아."

OS가 새로운 인터페이스와 통합될 때 자잘한 문제를 겪는 것은 이례적인 일이 아니었지만 제우스 시스템을 만든 팀이 데이모스 기지의 프로그램도 짰다. 기수와 훈련사들 사이는 서로 좋지 않은 법이라, 아서는 제우스의 결함에 작게나마 전율했다. 그렇다 해도, 시스템은 어서 연결되어야 했다. 그는 벨트 카라비너에 달린 손전등을 잡고 해치 문에 갖다 댔다. 들어가기 위해 몸을 구부리고, 온 힘을 다해 무거워진 다리 한쪽을 들어올려 금속 턱을 넘었다. 발이 반대쪽 땅에 내려앉았다.

착륙 캡슐은 없었다. 해치 반대쪽에 놓인 비상용 배관을 느낄 수 있었고 그러고는, 아무것도 없었다.

"착륙 중단." 아서는 스피릿으로 몸을 다시 집어넣고 부츠를 힘들여 끌면서 파일럿 캡슐로 돌아갔다. "착륙 중단. 모든 해치를 봉해. 지상과 접촉이 끊기고 있다. 맙소사, 가라앉고 있어."

"구조팀이 곧 올 겁니다, 캡틴. 자리에 그대로 계세요."

"뭐가 어째? 그만 뺀질거려. 상태가 안정적이지 않아, 제우스. 움직여야 해." 아서는 좌석 하네스를 움켜잡았다. "분리해. 반복한다. 분리해."

"캡틴 프라이스, 현재 무인조종선에 타고 있습니다. 분리할 것이 없어요. 착륙은 성공적이었습니다. 침착을 유지하세요."

빛줄기가 조종석을 스쳤다. 아서는 하네스를 잡고 긴장한 채 몸을 홱 돌렸다. 거대한 외등이 배를 향하고, 빛줄기가 카메라와 포트홀의 포착 범위 안으로 들어왔다가 나갔다. 불가능한 일이었다.

"제우스. 우린 화성 궤도 위, 위성 데이모스에 있어. 데이모스 기지와 접속했잖아."

"옳지 않습니다, 캡틴. 우리는 지구, 대서양, 플로리다 잭슨빌에서 약 이백 마일 떨어진 곳에 있습니다."

이제 느낄 수 있었다. 지난 모든 임무에서 겪었던 것과 같은 감각이 밀려왔다. 급격한 추락의 기억, 통제된 착륙의 충격과 무인조종선 아래 출렁이는 물의 흔들림. 지구 대기권에 다시 진입할 때마다 겪은 일이었지만, 문제는 그가 귀환 임무를 수행하고 있지 않았다는 것이다. 그는 지구에서 2억 5천만 킬로미터 떨어져 있었다. 콘솔을 쿡 찔러 수치를 읽어보았지만 결과값을 전혀 이해할 수가 없었다. 정보는 완벽하게 친숙했지만 이해가 가지 않았다. 경보도 없었고, 이례적인 데이터도 없었다. 스피릿호의 모든 것이 평온했다. 아서만 빼고.

"내가 깨어 있나?"

"그 질문에 대답하기는 불가능합니다."

"도대체 무슨 일이 벌어지는 건지 모르겠고 전혀 도움이 안 되고 있어."

"지금 깨어 있는 상태가 아니라면 저는 캡틴의 잠든 마음속 투영이므로 정확한 답변을 하리라 기대할 수 없겠지요."

아서는 앞에 놓인 화면들을 계속 넘겨 보았다. "만약 내가 깨어 있다면?"

"무슨 일인지 알 수 없습니다."

확실히 흔들리고 있었다. 자기장으로 인한 흔들림이 아니었다. 위아래로 제대로 출렁이는, 바다 위의 흔들림이었다.

그는 심호흡을 했다. "기록 확인해봐. 우리가 떠난 지 얼마나 됐지?"

"이륙 후 삼백칠십칠 일, 네 시간, 삼십오 분, 오십육 초입니다,

캡틴 프라이스."

"다시 확인."

"삼백칠십칠 일, 네 시간 삼십오 분입니다."

"그런데 난 왜 기억이 안 나는 거지?"

"그 질문에 대답하기는 불가능합니다."

"염병할!" 누군가가 가슴팍을 깔고 앉기라도 한 것처럼 폐가 짓눌리는 느낌이었다.

"자리에 그대로 계시기 바랍니다, 캡틴 프라이스."

아서는 하네스를 마저 벗고 일어서려고 했지만 무릎이 풀려 다시 주저앉았다. 완전한 중력이었다.

"메인 해치 잠가."

"구조팀이 곧 탑승할 겁니다, 캡틴 프라이스. 자리로 돌아가세요. 행동이 불안정합니다."

아서는 바깥에서 들리는 고함소리에 앞쪽 전망창으로 시선을 돌렸다. 두꺼운 유리가 물방울에 흐려져 있었다.

"구조팀이라고? 스페이스 솔루션에서 보낸 거야?"

"나사에서 페이지 인더스트리 자회사에 구조 작전을 위탁했습니다."

"그래." 친숙한 이름을 들으니 위안이 됐다. 어떤 회사든 서로 거래를 하니까, 말이 되는 이야기였다. "왜 내 통신 시스템이 듣지 않는 거야?"

"캡틴은 지구에서 거의 십삼 광년 떨어져 있습니다. 현재 지구에 착륙중입니다."

"이제 됐어. 그만 널 정지시켜야겠다. OS 제우스 무효화. 모든 시스템 수동 전환. 현재 프로그램 유지. 해치 잠가."

잡음이 모듈 안을 가득 채웠다. "캡틴 프라이스? 여기는 관제 센터. OS와 문제를 겪고 있는 것으로 파악된다. 우리가 시스템을 무효화시키겠다. 문은 모두 열렸고 구조팀 대기중이다. 집에 온 걸 환영한다, 캡틴."

"위층에서 사람들이 기다리네."

의사는 침대에 아서의 다리 옆쪽으로 앉아 있었는데, 그렇게 가까이 있으니 남부인다운 목소리가 유난히 울렸다.

"착륙이 순탄치 않았다면서." 의사는 늘 젖어 있는 눈으로 공책을 응시하며 몇 장을 슥슥 넘겼다. "시스템 이식은 안 했다고? 흠, 그것도 괜찮지. 어쨌든 OS는 아직도 오프라인인 것 같군."

아서는 의사의 몸에서 다리를 떨어뜨릴 수가 없었다. 두 다리 다 간호사가 이불 위에 올려놓은 그대로 놓여 있었다. 아서와 의사 둘 다 기묘한 각도로 놓인 다리를 뜯어보았고, 아서 정강이의 불그스름한 털이 의사가 입은 감청색 모직 정장을 스쳤다.

"그런데 기분은 어떤가? 신경쓰이는 게 있나? 임무를 마친 후에 보통 느끼는 지연감 말고? 검사 결과는 좋아. 골밀도, 근육 손실량, 그렇게 장기간 떠나 있던 것치고는 전부 좋아. 몸이 무겁긴 하지? 하지만 금세 다시 운동장을 달리게 될 거야, 중력쯤이야."

두 사람은 다시 한번 아서의 다리를 보았다. 아서는 낮은 건물의 이층 창문 바깥에서 여치가 우는 소리를 들을 수 있었다. 봄이었다. 떠날 땐 분명히 가을이었다. 이 시설은 모르는 곳이었지만, 아마 본기지 남동쪽 구석에 있는 오래된 군용 재활병원일 거라고 짐작했다.

"그나저나 간호사들에게 듣기론 먹질 않았다고. 미쳤나? 그동안 곤죽만 먹어놓고?"

아서는 고개를 끄덕였다. 의사는 육십대 아니면 칠십대였다. 그렇다면 최초의 화성 임무들을 기억할 것이다. 마리너와 오디세이.

"윗분들이 찾아왔는데 이렇게 입을 꾹 다물고 있으면 실망할 거야. 내 탓을 할 거고. 뭐가 문젠가, 자네?"

가슴을 누르는 압력이 이전에 수행한 어떤 임무에서보다 더 지독했다. 숨을 쉴 때마다 폐로 벤치프레스를 하는 것 같았다. 하지만 그래서 입을 다물고 있었던 건 아니었다.

"제가 어디 있었죠?"

"무슨 뜻인가? 검역소에서 바로 이리로 왔지. 분명히 패서디나로 돌아오길 다들 기다리겠지. 내가 장담하는데 곧 집에 갈 준비가 될 거야."

"그전에요. 그전에 제가 어디 있었죠?"

감청색 정장을 입은 의사가 한숨을 내쉬었다. "캡틴 프라이스, 다 괜찮을 거야. 쉬고 있으면 내가 그 사람들에게 내일은 캡틴을 만날 수 있다고 말해놓겠네. 일 년이나 기다렸는데, 몇 시간 정도는 더 기다릴 수 있지."

의사는 문가에서 짐짓 훈계하는 투로 그를 가리켰다. "그리고 마음껏 먹게나. 지구에 돌아오는 게 매일 있는 일도 아닌데."

아서는 문이 닫히기를 기다렸다. 의사의 발소리가 멀어지자, 등 뒤에 팔꿈치를 대고 몸을 밀어올려 일어나 앉았다. 방안을 확인했다. 재활시설은 재래식 장비 위주라는 장점이 있었다. 카메라도,

동작감지기도 없었고 창문은 열렸다. 그는 한 손을 다리에 갖다대고 문질러서 생명력을 다시 불어넣으려고 해보았다. 방밖으로 나가 미등록 전화기까지 가야 했다. 집에 전화를 하면, 그레그와 이야기를 해보면 무슨 일이 일어난 건지 알아낼 수 있다. 어머니 쪽은 회사가 감시하고 있을 것이다. 여기엔 아서가 믿을 수 있는 사람이 없었다. 그는 이 기지에서 지낸 적이 있었다. 이 시설은 아니지만, 근처에서 지냈다. 훈련하고, 사람들과 어울리면서. 이 기지 의사들은 모두 어느 시점에는 본관 의료 시설에서도 근무하면서 새로운 직원들과 새로운 장비를 익히게 되어 있었다. 그런데 아서는 이 감청색 정장의 남자를 한 번도 본 적이 없었다.

창밖은 거대한 풀밭이 있는 안뜰로, 사면에 야자수와 벤치가 있었다. 삼면을 메운 오래된 건물은 정확히 한 세기 전과 다르지 않을 모습이었다. 하얗게 칠한 회반죽에 금속 창틀. 네번째 면에는 새로 지은 유리 현관이 보였는데, 긴 책상이 놓인 중앙 접수대가 주차장을 마주하고 있었다. 아서는 창턱으로 몸을 내밀고 균형을 잡아보려 했다. 문제의 유리 현관 외에는 안뜰로 통하는 다른 문이 보이지 않았다. 창문에서 뛰어내려 아래 풀밭에 내려선다면 나무가 몸을 가려 접수대에서는 안 보이겠지만, 눈에 띄지 않게 건물 안으로 다시 들어올 방법은 없다. 그는 창틀을 꽉 붙잡고 조금 더 밖으로 몸을 내밀었다. 아래 창문이 열려 있었다.

감청색 정장은 아서가 일 년 동안 떠나 있었다고 했다. 하지만 그의 여정은 육 개월이었다. 데이모스까지 육 개월인데, 그는 데이모스에 도달하지 못했다. 그게 사실이라면 관제 센터에서도 알고, 회사에서도 알고, 프로그램에 참여한 모든 엔지니어와 데이터 분석가도 알아야 했다. 일 년 임무에 대해서 뭐라고 하건 간에 말이다. 왜 아무도 아서에게 무산된 임무에 대해 말하지 않는 걸까? 그게 사실이 아니라면, 그는 아직 데이모스의 볼테르 크레이터 안에 있으며 정교한 환각 아니면 신경증을 경험하는 중이라는 뜻이었다. 둘 중 어느 쪽도 아서의 정신 상태에 좋은 징조는 아니었다. 제우스라면 인지기능이라고 표현했겠지만.

제우스. 아서는 열린 창턱에 앉아서 방안을 찬찬히 둘러보았다. 지금 OS를 사용할 수도 있었을 것이다. 이식을 했더라면, 자동으로 기지와 연결되었을 테고 아서의 연락 일 순위이자 할과 함께 로스앤젤레스에 살고 있는 그레그에게 바로 접속이 되었을 것이다. 물론 회선은 감시받았을 테지만. 제우스가 마지막으로 했던 말을 떠올리려고 해보았다. 지구에서 몇 광년 떨어져 있지만 지구에 돌아왔다고? 아서가 딱 그런 기분이었다. 구조된 후로 아서가 아는 사람은 아무도 못 봤는데, 상대방은 모두 아서를 알고 있었고 기지와 음식과 공기 냄새까지도 다 친숙하지만 달랐다. 마치 그에게 입력된 감각이 모니터의 색상을 설정하듯 쉽게 바뀌어버린 것만 같았다. OS에게는 감정이 없고, 사실뿐이다. 그러니 아서는 집에 와 있지만 집에 있는 게 아니었다.

복도에서 목소리들, 그리고 벽에 부딪치는 쿵 소리가 들렸다. 보안요원 한 명이 방밖을 지키고 서 있었다. 아서는 환자복을 잡아당겨 안뜰로 몸을 돌렸다. 멀리 가지는 못하겠지만 아래층까지만 가면 전화를 할 수 있을지 모른다. 마치 다시 어린아이가 된 것처럼 바깥세계가 시끄럽게 그를 불렀다. 그는 한 번에 몇 센티씩 창문 너머로 다리를 끌어당겨서 바깥을 보고 앉았다가, 손을 놓았다.

아서리시스 217

아서는 쿵 떨어졌고 숨이 턱 막힌 채 거친 풀밭에 누워 있었다. 그는 통증이 익숙해질 때까지 기다렸다. 저 위로 보라색 하늘 속에 땅이 기울었다. 아서는 오래된 별들의 빛과 일렁이는 먼지와 그의 행성이 거느린 유일한 위성을, 손 닿을 곳 바로 너머에 자리한 가느다란 푸른색 초승달을 보았다.

"아서?"

그 목소리에 아서는 고개를 돌려 일 층에 열린 창문을 보았다. 석양의 색깔을 머금은 얇은 드레스 차림의 검은 머리 여자였다.

"아서, 뭐하는 거니? 괜찮아?"

아서가 아는 사람이었다.

"떨어진 거야? 세상에. 도움을 청할까?"

"아뇨!" 그 말을 하는데 가슴에 통증이 느껴졌다.

"하지만 아가, 너 다쳤잖아."

곱슬머리와 부드러운 몸의 곡선. 아가라는 말.

그는 한 팔을 지지대삼아 몸을 일으키고는, 그대로 땅바닥에 구부정하게 앉았다. 드레스 자락이 창문에서 멀어지는 것이 보였고, 뒤이어 캔버스화와 맨다리도 보였다. 여자가 달려와서 옆에 쪼그려앉았다.

"아서, 어떻게 된 거니?"

아가. 그녀는 아서를 끌어안았다.

"그 사람들이 네가 괜찮다고 했어. 내일이면 널 볼 수 있다고 했어. 하지만 난 여기서 기다렸지."

그는 몸을 떼어내고, 새로 숨을 들이마시려고 고투하면서 그녀를 보았다.

"레이철?"

"그래, 나야. 머리를 다친 거니? '레이철'은 또 뭐야?" 레이철이 아서의 어깨를 붙잡고 얼굴을 살폈다.

"일라이자는 어디 있어요? 어머니는." 머리를 다친 건지도 몰랐다. 어쩌면 머리를 부딪혔고 그의 몸은 아직 화성 근처를 도는 작은 위성의 얕은 크레이터 안 스피릿호에 있는지도 몰랐다.

"일라이자 누구?" 레이철이 아들의 뺨에 한 손을 댔다. "재밌네."

멀리서 고함소리가 들렸다.

"사람들이 와서 도와줄 거야. 나도 여기 있을게. 괜찮을 거야. 긴 여행이었잖니. 네가 한 여행 중에 제일 길었지."

또 고함소리가 들렸다. 위에서, 그의 방 창문에서. 유리 현관 복도에서는 간호사 한 명이 문 앞에 서서 그들을 지켜보고 있었다. 그는 손가락 끝이 차가워지는 것을 느꼈다. 메스껍고, 심장이 두근거렸다. 어둠. 그는 꽉 붙잡았다. 앞에 있는 여자를 꽉 움켜잡았다. 그의 제일 긴 여행이었다.

같은 시각, 또다른 아서는 텍사스 휴스턴에 있는 린든 B. 존슨 기지에서 계단을 통해 재활시설 접수대 구역으로 내려갔다. 쇠약해진 다리 근육 때문에 계단은 큰 도전이었고 숨이 턱끝까지 차올랐지만, 어머니가 자신을 만나려고 기다리고 있다는 통지를 받았고 병실 바깥에서 맞이할 기회를 놓칠 수 없었다. 재활시설에서 빨리 벗어날수록 데이모스 여행중에 무슨 일이 일어났던 건지도 빨리 알아낼 수 있을 것이다. 아서가 확실히 아는 것이라곤 크레이터에 들어가고 얼마 지나지 않아 통신이 끊겼고 자신은 의식을 잃었다는 것 정도였다. 깨어났을 때 그는 플로리다의 구조선에 있었다. 일 년이 넘는 시간이 흘러 있었다.

레이철이 걱정하겠지. 레이철에게도 자기 삶이 있었다. 일도 있고 그녀가 벌이나 개미 캐릭터들의 복장을 디자인하는 코믹콘에 추종자들도 있었다. 레이철이 아서의 열 살 생일에 만들어준 파티용 앤트맨 의상을 인스타그램에 올린 후부터, 곤충 의상을 의뢰하러 사람들이 전국 각지에서 찾아왔다. 그후 아서는 엄마를 온갖 SF 광들과 공유하는 데 익숙해져야 했고 곧 스스로도 그중 한 사람이 되었다. 아서가 열일곱 살이 되자 레이철은 우주인이 되겠다는 아들의 꿈을 돕기 위해 미국으로 이사했고 단 한 번의 이륙이나 착륙도 놓치지 않았다.

"이제 홀로-키운-하나뿐인-귀한-자식 서사는 놔버려도 돼, 엄마." 파일럿 훈련을 끝내고 아서는 그렇게 말했다. "나한테 비행기고 뭐고 다 있어."

"내 일을 빼앗아갈 수야 없지." 레이철은 아들이 근육질의 팔을 어깨에 두르게 놔뒀다. "아이가 크리스마스만을 위해 있는 것도 아니고. 그리고 그 홀로 키운 어쩌고 하는 소리 할은 못 듣게 해라."

아서는 병원의 가파른 계단 모퉁이를 돌고 나서 숨을 고르려고 멈춰 섰다. 아버지는 지구 재진입은 고사하고 학교의 학부모 행사 날에도 온 적이 없었다. 아서도 이해했다. 할은 어떤 상징으로, 개념적 생물학적 아버지로만 존재했지 물리적인 실체가 아니었다. 애초에 그런 거래가 아니었고 아서가 태어나고 몇 년 후에 할은 아예 어떤 정원사와 결혼해서 서머싯으로 이사해버렸다. 콴톡스에는 대단히 야성적인 여름이 찾아왔겠지만 해크니에서는 확실히 아빠가 없어진다는 의미였다.

면회실에는 레이철이, 매일 밤 깨어 있었을 레이철이 있을 것이다…… 아서가 떠난 지 얼마나 오래 지났든 간에 계속 그랬을 것이다. 아무도 사라진 육 개월에 대한 설명을 내놓지 않았다. 그저 아서의 머릿속에 일어난 불일치밖에 없었다. 회사가 OS 정보로도 아직 바로잡지 못한 기억상의 오류. 문제의 OS도 불일치를 드러내고 있으니까.

계단을 다 내려가자, 안뜰 너머 유리로 만든 접수대 공간을 볼 수 있었다. 접수원이 전화기에 대고 말하는 동안 키가 큰 금발 여자가 카운터에 두 팔을 올리고 서 있었다. 레이철은 보이지 않았다. 여기까지 걸어온 대가를 치르는지 아서의 다리가 풀렸다. 그는 콘크리트 바닥에 쓰러졌고, 바닥을 때리는 순간 힘겹게 들이마신 공기가 다 빠져나갔다.

"아서?" 키 큰 여자가 복도 끝에서 멈칫했다. "아서, 어떻게 된 거야?"

그녀는 서둘러 다가와서 옆에 무릎을 꿇었다.

"괜찮니? 아. 잠깐만…… 도울 사람을 부를게."

멀리서 고함소리가 들렸다.

"사람들이 와서 도와줄 거야. 아, 네가 무사해서 얼마나 다행인지. 정말 오랫동안 떠나 있었잖니." 그녀가 아서를 끌어안았다. "이제는 집에 왔어. 집이야."

8
스스로에게 새로운

테세우스의 배

플루타르코스 영웅전 속 「테세우스의 삶」에 나오는 이야기에 기초한 이 사고실험은, 어떤 배를 이루는 모든 요소가 바뀐다면 어느 시점부터 그 배가 원래의 배가 아니게 되는가를 묻는다. 그리고 교체한 부품을 다 모아서 다른 배를 만든다면, 어느 쪽 배가 원래의 배라고 할 수 있을까?

그대가 지금 발을 담근 강은
다시는 없다
그 물은 이 물
지금 이 물에
자리를 내주었으니

헤라클레이토스, 단편들 Fragments

레이철은 이를 닦으면서 거울에 비친 모습을 노려보았다. 거울 한쪽에는 그날의 활력 징후가 표시되어 있었다. 혈압, 혈당과 호르몬 수치, 몸무게, 골밀도, 그리고 혈액 검사 내용. 빌린 집이 아니었다면 그런 장치는 뜯어냈을 것이다. 그녀는 대체로 기분이 괜찮았고, 거울 속에서 가차없이 줄을 잇는 통계자료가 점점 악화되어가는 자신의 모습을 마주하게 만들지만 않는다면 더 좋았을 터였다.

"벽에 글귀가 나타났네."* 레이철이 말했다.

"고맙습니다." 시스템이 대꾸했다.

레이철의 관자놀이는 하얗게 세었다. 그녀는 모낭을 해시계 삼아서 세월을 측정할 수 있었다. 그녀의 인생은 한낮을 한참 지났

---

* The writing's on the wall. 나쁜 일이 일어날 것 같은 징조나 예감을 뜻하는 관용구.

다. 몸에서 이제는 젊은 날의 녹인 구리 같던 털이 아니라 거친 강철 섬유 같은 것을 만들어내다니 얼마나 희한한가. 그 머리카락만큼 그녀도 변했을까? 아마 그렇겠지. 온몸의 세포가 다 바뀌었을 텐데, 그것도 한 번 이상 바뀌었을 텐데 같은 사람이라고 할 수 있기는 한지도 의문이었다. 그 세포 교체의 효과가 성장과 건강이었을 때는 별문제가 아니었지만, 이제는 쪼그라들고 손상되는 방향이다보니 큰 문제였다. 정신이라고 같은 과정에서 벗어날 수 있을까? 정신의 연결편들도 여러 차례 교체됐다. 기억 역시도, 그 이후에 일어난 일의 영향을 받아 퇴색되고는 했다. 만약 사람이 기억으로 이루어져 있다면, 기억이 달라진 경우 기억하는 주체도 달라진 걸까?

욕실 거울이 신체 기능을 분석할 때처럼 엄격하게 정신의 명민함을 측정하지 않아 다행이었다.

머리를 염색했어야 하는데. 이대로는 아서가 못 알아볼지도 몰랐다.

레이철은 예순여덟 살이었고, 어머니가 돌아가셨을 때보다 다섯 살 많은 나이였다. 어머니는 그때도 늙지 않았고, 레이철의 한평생 변하지 않는 것 같았다. 그게 비결인지도 몰랐다. 모든 결점과 기벽을 계속 유지하는 것. 도저히 계속 끌어안고 살 수 없을 특성을 빠짐없이 갖추고 사는 것. 자기계발은 잊고 고집스러운 자아로 남아서 언제든 바로 알아볼 수 있는 존재로 살고, 언제까지나 기억되는 것.

"날이 밝자마자 만나게 해드리죠." 병원장은 그렇게 말했었다. 염색을 할 시간이 없었다. 레이철은 거울을 두고 뒤돌아서서 온 집안의 문을 다 닫았다. 창문들은 온도 조절 상태를 유지하고 방사능 수치를 제어하기 위해 밀폐되어 있었다. 홍채 인식 소프트웨어를 사용하지 않기로 한 현관문은 손으로 잠글 때까지 경고등이 번쩍거렸다. 제일 가까운 셔틀까지는 잠시만 걸으면 됐다. 그녀는 딱딱한 플라스틱 의자에 앉아서 차창 밖으로 날이 밝아오는 모습을, 도시를 빙 두른 번쩍이는 하이퍼루프* 아래의 삶을 내다보았다.

물론 아버지는 성인이 된 이후의 인생 대부분을 어머니와 살아냈다. 브라질에서 파티에 갔다가 돌아오는 길에 두 사람 모두 죽기 전까지는 그랬다. 사고였다. 만취한 채 악명 높은 해안 도로를 운전한 것도 사고라고 부를 수 있다면 말이다. 지프차 창문 밖으로 날아가서 벼랑 아래로 떨어졌다가 며칠 후에야 바다에서 건져진 두 사람의 시신은 포르탈레자 영안실의 형식적인 부검 이상을 받을 만한 상태가 아니었지만, 레이철은 두 사람이 술에 취해 있었으리라 의심치 않았다. 두 사람은 그렇게 살고 그렇게 죽었다. 이론적으로는 완벽하게 말이 되었지만, 여전히 레이철이 이해하기는 힘들었다. 레이철에겐 두 사람이 살았어야 할 남은 인생, 두 사람의 일, 열정, 그리고 두 사람을 필요로 하는 손자만 보였다. 결국 그녀의 부모에게 중요한 것은 오직 그때 그 순간뿐이었다. 좋은 때가 있거나, 나쁜 때가 있을 뿐. 후회도, 미래 계획도 없었다.

"정말이지 자유로운 영혼들이셔." 할은 엘리자베스와 니콜라스가 브라질의 외딴 어촌으로 떠나자 그렇게 말했었다. "그 무엇도 그분들을 잡아두지 못해."

---

* 진공 튜브에서 차량을 이동시키는 차세대 이동 수단.

자기 곁에는 있어주지 않았어도 손자 곁에는 있어줘야 했다고, 손자를 위해서라도 망설였어야 했다고 생각할 수밖에 없었던 레이철은 할의 관점에서 부모님을 바라보려고 애를 써보았다. 레이철이야말로 젊고 부주의하고, 현대적인 삶에 걸맞은 대담한 선택을 내리는 자유로운 영혼으로 여겨지지 않았던가. 레이철을 격려해주는 손길은 어디 있었지?

팔찌가 진동해서 이어폰 패널을 눌렀다.

"프라이스 씨? 레이철 프라이스 씨? 기지의 크로즈비 박사입니다."

레이철은 손목에 뜬 작은 영상을 응시했다. 의사는 책상 뒤에 앉아 있었다. 정장 차림 같았다.

"네?"

"오늘 아침 캡틴 프라이스와 만났는데, 도착하시면 관련해서 말씀 좀 나누고 싶군요."

그러니까 날이 밝자마자 레이철부터 만나게 해주는 것은 아니었던 모양이다. 이미 다른 일들이 앞섰다. 의사들의 방문, 아침식사, 검사와 검사 결과. 비싼 정장들.

"심각한 문제는 아닙니다." 크로스비 박사는 카메라 없는 외장 통신기를 이용하는 레이철을 볼 수 없었지만, 그래도 레이철의 머뭇거림을 알아챈 것 같았다. "다소 방향을 상실한 상태입니다. 아드님을 만나시기 전에 이야기를 나누고 싶습니다."

"알겠어요."

"좋아요." 의사가 의자에 등을 기대자 이제는 영상이 온통 정장에 맞춰졌다. 의사의 얼굴은 감청색 모직 정장의 바다 위에 뜬 자그마한 새우 같았다. 레이철은 미래의 코스튬 아이디어로 기억해 두었다. 이제 아서가 돌아왔으니 갑각류까지 확장할 수 있을지도 모른다. 다음 코믹콘은 석 달 후에 있고 바다 괴물들은 쥘 베른의 부활과도 잘 맞아떨어질 것이다.

"접수대에 도착하시면 제게 연락이 올 겁니다."

레이철은 이어폰을 껐다.

부모님이 벼랑으로 달려가버린 밤, 레이철은 어머니에게 전화하고 메시지를 하나 남겼었다. 그들은 자주 대화를 나누지 않았고, 대화했다 하면 서로를 오해하거나, 서로를 지나치게 잘 이해했다. 어쨌든 레이철은 전화기가 음성 사서함으로 넘어가자 안도하며 아서의 생일을 맞아 디즈니랜드로 여행 갔던 이야기를 할 수 있었다. 둘이 얼마나 재미있게 놀았는지, 그리고 어떤 튀르키예 남자와의 기묘한 만남에 대해서도 이야기했다. 그 남자가 레이철을 알아봤는데, 알고 보니 레이철보다 조금 더 젊었을 때의 엘리자베스를 만난 적이 있었다고.

"안부 전해달래요." 레이철이 말했다. "지금은 아내와 파리에 산대요. 엄마도 알 거라던데 이름이 셀레나 맞나? 매력적인 사람들이었어요. 둘이 처음 런던에 왔을 때 엄마가 아주 친절하게 대해줬다던데요. 같이 살기도 했다면서요?"

어머니가 죽기 전에 그 메시지를 들었다면 레이철의 목소리에서 책망하는 기색을 읽어냈을 것이다. 엘리자베스가 한 번도 그 두 사람을 소개해주지 않고 심지어 언급한 적도 없다는 사실에 대한 무언의 질책을. 지금보다 젊을 때 레이철은 부모님이 고정된 실체로 있어주길 원했었고, 좀더 친절하고 좀더 마음이 열려 있는 버전의 두 사람을 접했다고 해도 그게 전형에 들어맞지는 않았다. 이제 나이가 든 레이철은 부모님 두 사람 모두에 대해 여전히 감탄과 분개를 동시에 느꼈지만, 두 사람이 사망하여 어떤 형태로든 고정된 것은 도움이 되기도 했다.

하이퍼루프가 다시 한번 교외 역에 멈춰 섰고 헤드셋을 갖춰 쓴 남자 한 명이 탑승했다. 그 헤드셋은 남자의 대뇌피질에 연결되어, 머릿속이 가상 환경에 접속해 있는 동안 그는 자동차를 몰듯이 몸을 움직일 것이다. 레이철은 몸을 떨었다. 그 헤드셋을 쓰면 엿듣는 사람 없이 듣고 말할 수 있다. 대개 그런 헤드셋을 쓰고 업무를 했고, 회사들은 직원의 출근일마다 가능한 모든 시간을 활용하고 상시 활동 상태로 두기 위해 전기차를 타는 대신 도보로 도시 곳곳을 돌아다니도록 했다. 그 사람들을 보면 레이철은 어렸을 때 텔레비전으로 보았던, 마이크로프로세서에 연결된 불쌍한 바퀴벌레들이 떠올랐다. 레이철은 그 헤드셋을 보기만 해도 폐소공포가 몰려왔다. 그녀는 마음을 가라앉히기 위해 머리를 긁고는 다시 창문으로 시선을 돌렸다.

아서는 절대로 헤드셋을 쓰지 않았다. 심지어 내장 OS도 쓰려하지 않았다. 스페이스 솔루션에서 이식장치 없이도 효과적으로 기능할 수 있는지 확인하려면 몇 가지 시험을 해봐야 한다고 주장했을 때조차 그랬다. 물론 아서는 이식장치 없이 오히려 더 잘했고, 회사에서도 외장 OS에 대한 정책 몇 가지를 번복하기에 이르렀다.

"인간이 주도권을 쥘 때 가장 효과적으로 일을 처리할 수 있어."
아서는 레이철이 그러다가 직장을 잃는 게 아니냐고 묻자 그렇게 주장했다. "음, 어쨌든 어떤 인간들은 그래." 아서는 어머니에게 고개를 살짝 기울여 보이며 덧붙였다.

레이철은 웃지 않았다. 헤드셋을 쓴 남자처럼 반자동으로 돌아가는 세계야말로 레이철이 생각하는 지옥이었다. 그녀는 하드 드라이브에 다운로드되는 악몽도 꾸었다.

"업로드겠지. 그리고 거기까지 가려면 멀었어, 엄마. 설령 우리가 엄마를 저장할 수 있다고 해도, 가능성을 생각해봐. 엄마의 기억, 성격, 생각과 감정이 다 보존되는 건데. 행성을 파괴하지 않고 누리는 영생, 순수한 존재, 그런 게 이미 있을 수도 있어."

혜택은 하나도 없는 종교처럼 말이지. 레이철은 인간 자의식이 그저 인공 지능의 구조물이라고 믿는 과학자와, 부모님이 동네 술집에 있는 한 시간 동안 맡겨졌던 주일학교에서의 꾸준한 가르침 사이에 무슨 차이가 있는지 정말로 알 수 없었다. 유리잔 바닥에 모종의 면죄부 같은 게 있는 것 같기는 한데, 컴퓨터에게 용서받거나 축복받을 수는 없지 않나. 사랑받을 수도 없고. 그녀는 아서도 똑같이 생각한다는 것을 알고 있었지만, 그래도 아서는 곧잘 그런 토론을 벌이면서 그녀가 육신을 가진 인류를 정당화할 한층 기이한 이유들을 찾아내도록 압박했다.

"엄마는 불을 지키는 수호자야. 영원한 히피. 엄마가 그 회사에서 일했다면 당장 그 사람들이 디지털 태피스트리를 짜게 만들었을걸."

그녀가 내려야 할 곳에서 두번째로 문이 닫혔고, 그녀는 셔틀이 도시를 다시 한 바퀴 돌기 시작하는데도 가만히 앉아 있었다. 딱 한 바퀴만 더 돌 셈이었다.

아서에게 무슨 일인가 일어났다. 물론 무슨 일이 생긴 줄 바로 알았지만, 다시 한번 병원을 향해 돌아가는 셔틀 안에서 그 '무슨 일'의 성격이 갈수록 구체화되었다. 곧 아들의 상태를 상세히 접하고 그녀를 부르기 전에 일어난 일들도 알게 될 것이다. 그녀는 기지의 하급 장교와 통화한 이후 처음으로 아서의 갑작스러운 귀환의 원인과 결과, 그리고 아서의 '방향 상실'이 무얼 의미하는지를 제대로 생각해보았다.

아서는 화성의 두 위성 중 작은 쪽인 데이모스로 이 년짜리 임무를 떠났었다. 아서가 이번 탐사에 대해 처음 말해줬을 때 큰 열정 없이 그 차가운 돌덩어리와 자매인 포보스에 대해 읽어보았다. 데이모스와 포보스, 공포와 두려움. 아서는 레이첼이 그 이름들을 그렇게 중시한다는 사실이 재미있다고 생각하는 것 같았다.

"어떤 늙은 교수가 생각해냈겠지." 아서가 말했다. "아마 몇백 년 전에는 꽤 무서웠을걸."

레이첼은 첫 착륙지의 이름이 '공황'이나 '죽음'이었다면 과연 이렇게 앞다퉈 우주 여행을 했을까 생각했다. 천체에 대한 시도 지금보다 적겠지. 일단 아서의 여행이 확정되자, 레이첼은 '공포'로의 여행을 두고 논의하기는 불가능하다는 사실을 깨닫고 아서의 착륙지인 볼테르 크레이터의 세부사항에 집중하기로 했다. 그래도 볼테르라는 이름은 반가웠다. 그녀는 캠든의 워킹맨 칼리지에서 한 학기 동안 계몽주의시대를 공부했는데, 고등학교를 일찍 그만두면서 부모와 맺은 약속 때문이었다.

"평범할 수도 있고 멍청할 수도 있지만, 둘 다는 안 돼." 어머니가 되풀이할 필요도 없이, 그 말은 가훈이나 다름없었다. 레이첼이 결코 공부를 그만두지 않은 이유 중 하나기도 했다. 나이가 든다고 외모가 나아지지는 않으니까.

셔틀이 내려야 할 정거장에 세번째로 진입했고 레이철은 눈을 들어 역 아래로 몇 블록에 걸쳐 자리잡은 기지를 보았다. 플랫폼으로 걸어나가, 차가운 봄 공기 속에 잠시 그대로 서 있었다.

아서가 파일럿 훈련을 받기로 결정한 이래 레이철은 처음엔 비행이 몸에 미치는 영향에 대해, 그후에는 무중력이 몸에 미치는 영향에 대해 많이 알게 되었지만 심리적인 영향만은 언제나 아들이 쉽게 떨쳐냈었다. 지금 아서가 '방향 상실' 상태라는 게 무슨 의미일까? 레이철은 이십대 시절 의사와 동거한 적이 있어서 의료 전문가들의 말 속에 숨은 뜻을 이해하는 편이었고, 그들이 어떤 식으로 친족의 기대에 대응하려고 하는지도 알았다. 아서가 아픈 것이다. 뇌진탕, 아니면 열병, 아니면 사백 일 가까이 OS와 함께하면서 회사에 시간 지연이 있는 비디오 메시지만 보내며 지낸 외로움 때문에 정신의 균형이 무너진 것이다. 아들의 실리적이고, 반짝이고, 창조적이며 다정한 정신이 망가졌을까?

아서가 위험한 상태라면 이야기를 나누자고 레이철이 요청받는 일도 없고, 방송국 사람들이 도착하기 전에 집으로 전담 팀이 파견됐을 것이다. 그 정도는 알고 있었다. 초창기에 레이철은 다른 가족들과 함께 모여 그들의 아들과 딸, 아내와 남편 들을 실은 깡통이 대기권 밖으로 쏘아져나가는 모습을 지켜보았었다. 뭔가 잘못되면, 정말 잘못되면 가족이 사라졌다. 며칠 후면 아침 뉴스 쇼에 나온 용감한 친족이 방송에서 '선구적인' 자식이나 배우자를 기리며 앵커와 함께 고개를 끄덕였다. 레이철은 아서와 길게 대화하며 사건의 공식적인 설명이 맞는지 떠보곤 했다.

"엄마, 엄마도 지금 사정이 어떤지 알잖아. 언제든 폐쇄될 수 있어. 언제나."

아서는 훈련받은 파일럿이고, 모험가였다. 자기 직업을 온 세상 탐험가들의 연장으로 보았고 그 역사의 일부가 되고 싶어했다. 다만 그들은 이제 선구자가 아니라, 회사에서 채굴권을 위해 새로운 영역에 정박시키고 인공위성과 우주정거장들을 수리하러 내보내는 일벌들이었다. 레이철은 아들이 진정 필요한 것*을 팔고 플라스틱 깃발과 금속 탐지기를 샀다는 생각을 하지 않을 수 없었다. "극한 캠핑이지." 아서는 그 일에 대한 애정을 사소하게 치부하려고 했다기보다는 축제에 다니는 어머니를 안심시키기 위해 그렇게 표현했다. 하지만 코드 한 줄로 세상을 움직일 권리를 사는 21세기의 경제 문화는 감출 수 없었다. 테크노크라트**들이 어떤 질병을 치료할지, 어느 나라가 식량을 충분히 확보할지, 그녀의 아들이 어떤 행성을 개척해 바칠지 다 결정했다. 레이철은 세상이 한 번도 공정한 적이 없었다는 것을 알았지만, 십대 시절의 침실에서 실리콘밸리 회의실로 직행한 소년들이 세상을 운영할 자격을 얼마나 갖췄을지는 의문이었다.

"모두와 비슷하겠지." 마지막으로 통화했을 때 할은 서머싯 시골에서 그렇게 말했다. "적어도 통치자로 태어났거나, 부패한 정부

---

* The Right Stuff. 미국의 첫 유인우주비행 계획인 머큐리 계획을 소재로 한 톰 울프의 소설 제목이기도 하다.
** 보통 기술관료를 말하지만, 여기에서는 과학기술 분야 전문가를 폭넓게 가리킨다.

가 내세운 자들은 아니잖아."

할이 정치에 대해 가진 관심이라야 레이철과 비슷하거나 그 이하였고, 할이 아서의 인생에 관여한 부분이라고는 여러 축일과 공휴일뿐이었다. 아서가 좀더 가성비 좋은 우주선을 타고 성층권으로 내쫓기는 장면을 볼 필요도 없었다. 아들이 한 일이 뉴스거리가 되었을 때 스페이스 솔루션 PR팀을 상대할 일도 없었다. 그들의 합의는 아서가 잉태되었을 때 이후, 아니 그전부터 그런 식이었으니 그건 괜찮았지만, 할이 상업 우주 여행의 세계나 그 세계를 굴리는 사람들에 대해 뭐라도 아는 척하는 건 괜찮지 않았다.

할에게 연락을 했어야 했는데. 지금 기지를 둘러싼 높은 울타리에 달린 카메라들과 그녀를 기록하고 있을 온갖 감시 장치들 속에서 전화할 수는 없었다. 대문은 기지에서 몇 블록 떨어져 있었고 유전자 변형 잔디밭을 사이에 두고 있어 도로에서도 꽤 멀었다. 보도에서 한 걸음 벗어나자 캔버스 신발 너머로 뻣뻣한 잔디가 밟히는 느낌이 났다. 도시 전체가 태양광발전으로 돌아갔고 이 잔디밭도 가끔 비만 맞으면 유지가 되었지만, 레이철은 그래도 이 녹색 사막이 낭비라는 생각을 할 수밖에 없었다. 꽃도 자라지 않고 아이가 노는 일도 없는 인공 정원을 유지하기 위해 일하는 사람들의 수고스러움이란. 지구 바깥의 채굴권을 위한 공장이 아니라 이상적인 전원 풍경인 척하는 가짜 이미지였다. 그녀는 대문까지의 먼길을 걸어가면서 집에 돌아가면 할에게 전화하리라고 다짐했다.

린든 B. 존슨 기지 보안요원들은 보행자에 익숙하지 않았다. 사람들이 가볍게 방문하는 곳이 아니었고, 레이철은 카메라 외에도 몇 쌍의 눈이 지켜보고 있음을 알아차렸다. 지난 몇 년 동안, 때마다 같은 길을 걸어왔지만 보안요원은 매번 다른 사람이었다. 물론 그들은 군인이었지만, 레이철은 그에 대해 생각하지 않으려 했다. 그녀는 언제나 아들이 군대와 결부되어 있다는 생각에 저항했고, 셋집에 아들 앞으로 오는 우편물이 아무리 많아도 아들의 계급을 소위나 중위로 기억하려 하지 않았다. 아들이 캡틴이 되었을 때는 대위보다도 뱃사람으로, 어렸을 때 같은 모험가로 생각할 수 있게 되었다.

아서는 어릴 때부터 별들을 연구하고 싶어했다. 레이철은 그 기원을 부모님이 돌아가시고 아들에게 어린이용 그리스신화 책을 읽어줬던 순간으로 보았다. 다섯 살이던 아서는 조부모에게 일어난 일을 이해하기 힘들어했다. 원래도 멀리 살았지만, 이제는 더 먼 곳으로 여행 간 것처럼 보였으리라. 레이철은 책 속 이야기들이 인생의 모험이 얼마나 광활한지를 그려보게 해주리라 기대했고 그 계획은 어느 정도 성공했다. 아서는 그 책에서 오디세우스가 스틱스강을 건넌 여행 이야기를 발견했다. 충분히 멀리까지 여행하면 죽은 사람을 만날 수 있다는 생각은 만족을 모르는 방랑벽으로 이어진다.

아서는 할아버지 할머니를 찾고 있다고 말한 적이 없었고 레이철도 묻지 않았지만, 아서에게 탐험할 기회가 생기면 레이철이 돕는 게 규칙이 되었다. 아서는 걸어서 갈 수 있는 거리의 모든 공원과 운하로 레이철을 끌고 갔다. 레이철은 아서의 모든 모험을 담을 스크랩북을 만들어 사진과 그림, 아서가 꾼 꿈과 아서가 한 이야기들을 담았다. 할의 집에 가면 아서는 나무를 타고 개울에 도랑을 팠으며, 건초 더미로 동굴을 만들고 상자로 터널을 만들었다. 아서는 스노클 사용법, 육지 측량도와 나침반 읽는 방법을 배웠다. 여름이면 아서와 레이철은 텐트와 장작을 차에 싣고 떠났다. 날이 충분히 따뜻하면 아서는 침낭만 가지고 밖에서 자게 해달라고 조르고는, 밤하늘을 올려다보며 별자리 이름들을 읊었다. 아서가 열 살이 되었을 때, 나사에서 화성 표면 아래에는 흐르는 물이 있으며 케플러-452b 행성에는 생명체가 살 수 있을지도 모른다는 사실을 밝혔다. 아서는 매일같이 그 이야기를 했다. 골딜록스 존에 대해서. 우주 어딘가에 생명체가 살 수 있는 행성이 있고 아서는 그곳에 가고 싶어했다. 그 무렵 아서는 왜 탐색을 시작했는지 잊었고 레이철은 쉼없이 노력하는 자신의 아들이 그 목표를 이루지 못해도 행복해질 수 있을까 생각하게 되었다.

그녀는 앞에 있는 감시탑을 올려다보았다. 가까이 다가가자, 군복을 입고 몸에 무기를 아무렇지도 않게 걸친 한 무리의 군인들이 제대로 보였다. 그 시절의 탐험들이 그녀의 가족을 여기로 데려왔다. 국적도 없이 군용 병원에 누워, 끊임없는 조사를 받으며 두려움에 떠는 삶. 적어도 그녀는, 두려웠다. 아서는 그저 혼란스러울 뿐, 평소대로 유능한 모습일지도 모른다. 레이철은 그렇기를 빌었다. 정장을 입은 새우가 대단히 위로가 되었을 것 같지는 않았고, 이 기지에 우주에서 캐서롤을 복원하는 일에 명석한 사람은 있을지 몰라도 차 한잔 제대로 우려낼 줄 아는 사람은 없을 테니 말이다.

이제 대문까지 얼마 남지 않았는데, 감시탑에서 카키색 형체가 하나 나오더니 미동 없이 선 병사 하나에게 걸어갔다. 그 즉시 모두가 움직이고, 레이철에게서 서로에게로 관심을 돌리는 모습을 보며 이번만은 보안요원들이 그녀가 곧 도착한다는 통지를 이미

스스로에게 새로운 237

받았구나 추측했다. 그렇게 생각하니 더 불안하기만 했다.
 감시탑 앞에서 신분증을 꺼내고 망막을 스캔할 준비를 했다. 리더기가 얼굴을 훑고 지나갈 때 컴퓨터는 무엇을 볼까 궁금했다. 패턴 인식뿐일까, 뭔가가 더 있을까? 인간은 평생 서로의 눈을 들여다보며 상대가 무슨 생각을 하고, 무엇을 느끼는지 가늠하려고 했다. 나에게 충실할 거야? 나에게 친절할 거야? 기계는 순식간에 신분을 확인하고 몇 초 만에 상대가 믿을 만한지도 결정했다. 레이철은 두 질문이 크게 다르지 않다고 생각했다. 그녀는 오퍼레이터의 콘솔 불빛이 초록색으로 바뀌자 눈을 깜박였다.
 그녀는 군인들에게 미소 지어 보이고 가방 속 내용물을 플라스틱 테이블에 쏟으면서 첫사랑을 떠올렸다. 일라이자 언쇼, 사실상 전혀 몰랐던 사람. 레이철과 함께 감시탑 안으로 들어온 군복 차림의 남녀는 그녀의 페이퍼백 책과 그림으로 가득한 낡은 메모장을 넘겨보며 어리둥절한 표정이었다. 한 여자는 너덜너덜한 올리비아 매닝의 『망가진 도시』 펭귄판 표지를 빤히 보다가 레이철을 흘긋 보았다.
 "시리즈 중 한 권이에요." 레이철이 말했다.
 군인은 레이철이 극히 중요한 정보라도 제공했다는 듯이 책을 내려놓고 다시 가방 안을 뒤졌다. 일어난 책장 사이로 책갈피삼아 가지고 다니는 엽서가 비어져나왔는데, 레이철 말고는 알아볼 수 없을 정도로 심하게 색이 바래 있었다. 어떤 집 앞에 선 빨간 모자 소녀의 그림. 그 엽서는 어머니 물건 중에 아직까지 레이철이 간직한 몇 안 되는 물건이었고, 손으로 쓴 글씨는 거의 읽을 수 없는 상태였다. 복사도 해두었지만 원본은 늘 가지고 다녔다. 그 엽서는 다른 가능성들을, 다른 방향들을 생각하게 했다. 어머니는 문 앞에 아이가 선 그림을 골랐다. 그 문이 열릴지 여부는 레이철이 그 그림을 볼 때의 기분에 달려 있었다. 그 문이 언제까지나 닫혀 있을 것 같았던 때도 있었다.

레이철과 일라이자가 스트랜드의 킹스칼리지 캠퍼스 바깥 어느 펍에서 만난 지도 거의 사십 년이 흘렀다. 일라이자는 밤 외출을 함께할 친구들을 만나려고 의학부에서 강 건너로 넘어왔고, 레이철은 할과 함께 쇼를 볼 예정이었지만 할의 식당 일이 제시간에 끝나지 않았다. 두 여자는 바 앞에 나란히 서서 마실 것을 주문하다가 갑작스레, 짧게 눈이 마주쳤다. 레이철이 계산하고 있을 때 할이 걸어들어와서 친구를 소개해달라고 하지 않았더라면 그것으로 끝이었을지 모른다. 나중에 할은 두 사람이 '너무 잘 어울려서' 일부러 상황을 오해한 척했다고 장담했다. 어쨌거나 일라이자와 레이철이 처음으로 같이 살 집을 빌렸을 때, 할은 두 사람을 이어준 공을 다 차지했다. 그리고 그 관계가 끝났을 때 할은 사실 자기에게 일라이자를 소개해주겠다고 우긴 사람은 레이철이었다는 믿음을 피력했다.

"하지만 난 일라이자를 몰랐어." 레이철이 말했다. "그런데 어떻게 소개해줄 수 있었겠어?"

할은 어깨를 으쓱였다. "네 방식은 신비로우니까. 애초에 여자들이 이어지는 것 자체가 기적이야. 어쨌든 미안해. 내 잘못은 아니라 해도, 우리가 일라이자를 만나서 유감이야."

레이철은 어떤 관계를 마치 존재한 적도 없던 것처럼 인생에서 들어낼 수 있다고 생각하지 않았다. 헤어진 직후의 여파가 아무리 강력했다 해도, 일라이자는 그녀의 일부였다. 레이철이 일라이자와 함께한 이후 할은 남자친구를 여러 명 사귀었고, 가장 최근에 사귄 애인은 레이철의 마음에 들었지만 금방이라도 떠날 것 같았다.
"물론 나도 그 사람들 만난 걸 후회하진 않아." 할은 말했다. "하지만 난 사랑에 빠진 게 아니었어."
감시탑이 다시 기지 바깥으로 뻗어나간 길을 향해 열리고 문이 올라갔다. 레이철은 보안요원들에게 고맙다고 인사하고, 상업 우주 여행이 큰돈을 가져다주기 시작한 뒤 병원에 생긴 현대적인 접수대 건물을 향해 걸었다. 낮은 건물들 사이를 가로지르는 넓은 아스팔트와 풀밭에 햇빛이 쏟아졌다. 열기 속에 메뚜기들이 구애를 했다. 이제 겨우 4월이었고, 얇은 옷감이 햇빛을 받아 투명하게 비쳤지만, 그래도 여름옷을 입은 건 잘한 선택이었다. 레이철은 손목시계를 보았다. 거의 열한시가 다 되었다. 그녀는 걸음을 재촉해 나아갔다.
머리를 멋지게 틀어올린 육십대의 여성 접수원은 잠시 기다리면 크로스비 박사에게 안내할 사람이 올 거라고, 앉는 게 어떠냐고 했다. 레이철은 전날 밤 병원에서 '날이 밝는 대로' 만나게 해주겠다고 했다는 말을 넌지시 꺼냈다. 접수원이 컴퓨터 콘솔로 시간을 확인하는 동안 올림머리가 위아래로 까닥거렸다.
"크로스비 박사님이 시간이 나시면 바로 알려드리죠."
레이철은 공항 벤치와 비슷한 벤치에 앉아서 유리방 밖의 정원을 내다보았다. 왜 당장 아서에게 데려다달라고 요구하지 않았을까. 정말 아들을 만나기 전에 그 의사와 상의할 필요가 있는 걸까? 이전에 방문했을 때는 한 번도 그런 적이 없었고, 이런 상황에서 적극적으로 요구하지 않으면 몇 시간씩 기다리거나, 아예 만나지도 못하고 돌아가게 될 수 있다는 사실을 아는데 말이다.

그녀에게 병원 문화에 저항하여 시스템으로부터 원하는 바를, 아니면 적어도 필요한 바를 얻어내는 방법을 가르친 사람은 일라이자였다. 관계가 끝나갈 무렵, 레이철의 몸이 좋지 않았을 때, 일라이자는 병원 진료를 볼 때마다 레이철과 동행해 환자로서 방문자로서 어떻게 행동해야 할지 집중 강의를 베풀었다.

"모든 부서는 너만이 아니라 다른 부서들에도 대처해야 하고, 상대적으로 더 힘든 부서도 있어." 일라이자는 레이철의 첫 입원 때 그렇게 설명했다. "그러니까 병원 본관 접수가 있고, 해당 부서 접수가 있고, 그 부서 소속 간호사들과 직원들이 있지. 널 병동에 데려가는 행정 절차만 해도 그래. 네 담당의사의 지시는 모조리 승인을 받아야 하고, 투여되는 약물도 전부 감독을 받아. 관리자들은 언제나 비용 면에서 유리한 결정을 내리고 칸칸이 확인 표시를 받지. 이건 거대한 공연이고 무대 위에 있는 건 너야. 외과의사도 아니고, 전문가들도 아니고, 망할 보건부 장관도 아니고, 너라고."

일라이자가 그녀의 인생에서 나가버리기까지, 그 말은 그녀의 침대 옆, 담당 신경과의사 주위로 사람들이 모여들 때나, 간호사들이 밤에 마지막으로 순회할 때 정보를 구하고 도움을 청할 수 있게 해주었다. 하지만 일라이자가 해링게이의 작은 집에서 가방과 책을 다 싸들고 나간 후에는 레이철의 단호함도 대부분 사라졌고 다음에 병원에 갔을 때는 완전히 침묵을 지키고 있다가 치료가 두 번이나 미뤄졌다. 어쩌면 충격을 받은 상태였는지도 모른다. 아니면 일라이자의 지혜가 더는 이전 같은 무게를 지니지 못했거나. 그 지혜가 두 사람의 관계를 어디로 이끌었는지 생각하면 말이다. 어느 쪽이든, 레이철이 자신감을 되찾고 의료시설에서 기회를 더 잘 활용하기까지는 시간이 한참 걸렸다. 그녀는 치료를 받고도 살아남았고, 일라이자를 겪고도 살아남았다. 끝까지 버텨냈지만, 일라이자라면 아들을 만나야 할 때 접수대 벤치에서 기다리고만 있지는 않았을 것이다. 하지만 레이철이 아는 한 일라이자에게는 자식이 없었다.

정오가 되자 위장복 차림의 남자 하나가 들어와서 점심식사를 원하는지 물었다. 그들은 멜라민 용기에 담긴 마카로니 치즈와 물 한 잔이 담긴 쟁반을 가져왔다. 레이철은 그 사람들이 직원 식당에 자기를 들이고 싶어하지 않는구나 생각했고, 기지 사람들도 자기들끼리만 있으면 좀더 쾌활할까 궁금했다. 그녀가 병사들의 전우애에 대해 이해하는 바는 어렸을 때 본 전쟁영화들의 기억에 기초했다. 점심을 먹은 후 레이철은 벤치에서 잠들었고 로봇에게 페디큐어를 받는데 칠이 다 마르고 나니 어느 발이 자기 발인지 모르게 되는 꿈을 꾸었다. 네 몸에 붙은 발이야, 라고 스스로에게 말하기는 했다. 하지만 발톱에 색칠이 된 발이 줄줄이 있었고 내 발이라는 느낌은 어디에서도 받지 못했다. 흠칫 깨어나보니 몸이 저렸고 몇 시간이 지나간 후였다.

그녀는 다리에 다시 피가 돌기를 기다렸다가 접수대로 걸어갔다.

"실례합니다. 의사 선생님과는 나중에 기꺼이 이야기하겠지만, 아들은 당장 봐야겠어요. 아서가 어느 방에 있는지 알려주실 수 있나요?"

접수원이 계속 모니터를 보면서 의자를 빙글 돌리고 한 손을 올리는 동안 올림머리는 한 올도 흐트러지지 않았다. 레이철은 잠시 기다렸다. 접수대 오른쪽이 중앙 복도였고 그 끝에 계단이 있었다. 그녀는 그 복도로 걸어서 계단으로 향했다. 모퉁이를 도는 순간에도 그녀는 책상 위에 떠 있는 접수원의 손을 볼 수 있었다.

이층 양쪽으로 줄지어 선 문들에는 숫자와 이름을 넣는 자리가 있었다. 지나치면서 하나씩 살펴보았지만 전부 비어 있는 것 같았다. 한쪽 복도를 다 돌고 꺾어들어간 다음 복도까지 다 돌아본 후 그녀는 문 하나를 두드리고 밀어보았다. 잠겨 있었다.

뒤에서 쿵쿵거리는 남자 발소리가 들려 몸을 돌리자 거대한 감청색 정장이 빠르게 다가오고 있었다. 크로스비 박사가 앞에 멈춰 서더니 어렵사리 웃음 지었다.

"프라이스 씨? 크로스비 박사입니다. 만나뵈어 반갑습니다. 캡틴 프라이스를 만나러 오셨나요? 물론 그렇겠지요. 기다리시게 해서 정말 죄송합니다. 말씀을 나누기 전에 아드님의 검사 결과를 분석해보고 싶었는데 생각보다 훨씬 더 복잡했어요. 하지만 우선 이야기를 나눌 수 있을까요? 여기 괜찮으실까요?"

의사의 태도는 레이철을 심란하게 만들었다. 레이철이 망설이는 사이 의사가 방금 그녀가 열어보려 했던 문 옆 패널을 슬쩍 건드리자 찰칵 소리와 함께 문이 열렸다. 그녀가 걸어들어가자 그는 문을 잡고 옆으로 비켜서서 고개를 숙였는데, 그것이 우주비행사의 모친을 향한 존중의 의미인지 아니면 아서의 상태가 심각하다는 의미인지 알 수 없었고, 빈 병원 침대 발치에 서서 의사가 입을 열기를 기다리려니 한기가 온몸을 타고 흘렀다.

"앉으시죠." 의사는 손에 든 차트를 보며 말했다. "레이철이라고 불러도 될까요?"

레이철이 침대 옆 의자에 앉자 크로스비 박사는 그녀가 오래전 수없이 많은 진료를 거치며 기억하게 된 숙련된 움직임으로 침대에 걸터앉았다. 그때는 정장을 입은 전문가가 옷도 제대로 입지 못한 환자에게 그렇게 가깝게 앉는 것이 불쾌하게, 심지어 저속하게까지 느껴졌었다. 제대로 갖춰 입고 방문객 위치에 있다 해도 큰 위안이 되지는 않았다.
"아드님은 잘 있습니다, 레이철. 몇 가지 걱정과 의문이 있기는 하지만, 대체로 아드님은 정말 많이 좋아졌어요."
"만나보고 싶어요."
"바로 여기 있습니다. 다만 조금……"
"방향을 상실한 상태라고 하셨죠."
"네, 정확합니다. 방향을 상실한 상태예요. 아드님이 무슨 일을 겪고 있는지 좀더 잘 파악하기 위해서, 어머님에게 지난 일을 몇 가지만 좀 여쭤보고 싶어 이리로 모셨습니다."
"왜죠?"
"그게, 온전한 진술을 확보해야……"
"아니, 그게 아니고요. 아이가 왜 혼란스러워하죠?"
의사는 어린아이의 숙제를 떠맡은 듯이 무릎 위 파일에 두 손을 올린 채 레이철을 보았다. 어린아이, 그녀의 아이. "아서는 일 년간 떠나 있었습니다."
"그랬죠."
"이 년짜리 여정에서요. 일 년 먼저 돌아왔습니다."
"그러니까 뭔가가 잘못되었는데 뭐가 문제였는지 그애가 말을 하지 못하는 건가요? 그애가 해내지 못했다는 건 분명 아셨을 텐데요. 그러니 이유도 아시겠죠."

"그보다는 조금 복잡합니다, 레이철. 아서가 어떻게 된 일인지 설명을 못해요."

레이철은 방밖에서 발소리를 더 들을 수 있었다. 두 명씩 걸어다니는 남자들의 발소리. 방안의 공기는 차갑지만 답답했다. 그녀는 불편한 의자에서 자세를 바로 하고 숨을 고르려 하면서 이곳이 냉장고 속 같다고 생각했다. 증거를 보존하기 위한 냉장고다. 이 순간에도 아들은 조사를 받고 있었다. 아들은 일찍 돌아왔고 뭔가 규칙을 깼다. 어떤 규칙일까? 취업규칙? 법? 물리법칙?

의사가 창가로 가더니 금속 창틀을 당겨 열었다. 레이철은 눈을 감고 밀려오는 따뜻한 바람을 받아들였다. 레이철은 추위를 좋아해본 적이 없었다. 아서와 함께 캘리포니아로 이사하고 싶어했던 이유엔 날씨도 포함됐다. 얄팍한 이유라는 건 인정하지만, 사실이 그랬다. 어렸을 때 그녀는 꼭 햇빛 속에서 살겠다고 다짐했었다. 어쨌든 아서도 그녀가 미국으로 건너오기를 원했고.

"회사 일만으로도 여행은 충분히 하는걸. 휴가 때 여행 거리를 늘리고 싶진 않아요. 할이야 우리를 만나러 엘에이로 오면 되고요."

그래서 그녀는 패서디나에서 이십 년을 보냈고, 아서가 장거리 임무를 맡기 시작하고부터는 전국 각지의 다양한 기지에서 아서를 기다렸다. 스페이스 솔루션 측에서 가족 한 명은 가까이 있었으면 했는데 아서는 결혼을 하지 않았으니까. 레이철이야 이번 여행이 짧아지면서 하루빨리 서쪽으로 돌아갈 수 있게 된다면 유감스러울 게 없겠지만, 회사가 실패의 책임을 아서에게 지우는 일은 없기를 빌었다.

의사는 레이철에게 물이 담긴 종이컵을 건네주고 다시 침대에 앉았다.

"아서 잘못은 아닙니다. 아시다시피…… 알아주셨으면 하는데…… 아무도 그런 말은 하고 있지 않아요."

그런 말을 들어도 마음이 놓이지 않았다. 전날 밤에 전화를 받은 이후 일어난 모든 일과 마찬가지로, 회사가 그녀에게 언질을 주는 뜻밖의 방식 때문에 오히려 의심만 더해졌다. 왜 이토록 서둘러 아서의 책임을 면제해준단 말인가? 인적 오류가 회사의 방패막이었다. 무슨 문제가 생기든, 폭발이든, 비행 실패든 절대로 기술상의 결점일 때는 없었다. 그래야 주가가 안정적으로 유지됐다.

"이해가 가지 않네요. 여러분의 장비가 이러라고 있는 게 아닌가요? 아서가 그…… 위성에 도착하기 전에 선회해야 했던 거잖아요." 레이철은 얼굴을 찌푸렸다. "저에게 몇 달 전에 말해줄 수도 있었을 텐데요. 이제 아서를 볼 수 있을까요?"

크로스비 박사가 손에 쥔 차트를 들어올렸다.

"이천사 년에 뇌종양을 앓으셨습니까?"

"네?" 그 거대한 두 손은 아서가 아니라 레이철의 기록을 쥐고 있었다.

"우리에게 도움이 될지 모르는 유전 표지자를 다 들여다보고 있습니다. 그래서 지금 회사가 아니라 제가 어머님과 이야기하고 있는 겁니다. 의학적인 각도에서 보고 있어요. 말씀드렸듯이." 그는 헛기침을 했다. "어떻게 돌아오게 된 건지 아서가 말을 해줘야 하는데, 현재로서는 아무것도 기억을 못합니다."

레이철은 앉은 자리에서 몸을 앞으로 내밀었다. "그 아이에게 종양이 있다는 건가요?"

"스캔 결과로는 이상 없습니다."

"그런데 제 병력이 대체 무슨 상관이죠? 유전적인 문제가 아니었어요. 제 가족 누구에게도 없었던 병이에요. 저만 걸렸지." 저들이 아서의 책임을 면제해줄 리가 없었다. 의사는 아서의 병이 문제였다고 암시하고 있었다.

레이철은 가방을 움켜쥐고 일어섰다. "뭐가 어떻게 돌아가는 건지 모르겠지만 아서를 보기 전까지는 어떤 질문에도 대답하지 않겠어요."

"제발요, 레이철, 프라이스 씨. 지금 우리에겐 문제가 좀 생겼습니다. 겪어본 적이 없는 상황이에요. 무슨 일이 일어난 건지 알아내려고 하는데 그…… 장비 중…… 어느 것도 말해주지를 못합니다. 지금으로서는 캡틴 프라이스도 마찬가지고요. 혹시 캡틴 프라이스가…… 어쩌면 지나치게 많은 방사선이나, 그런…… 뭔가에 노출되었을 가능성이 있습니다만…… 스캔 결과로는…… 검사 결과로는 멀쩡하단 말입니다. 제발 잠시만 앉아보세요."

레이철은 움직이지 않았다. "몸에 아무 이상이 없다고요?"

의사는 고개를 끄덕였다. "우리가 아는 한 그렇습니다."

"그게 무슨 뜻이죠?"

"제 일은 탐사 전후에 파일럿을 보살피는 겁니다. 지난번 여행 몇 달 전에도 캡틴 프라이스와 최소한의 교류가 있었어요." 두툼한 입술이 다시 당겨지더니, 움찔거리며 느슨해졌다. "캡틴 프라이스의 건강은 그때도, 지금도 나무랄 데 없습니다. 육체적으로는요. 다만 지금은 검사 결과가 다릅니다."

그는 할 수 있는 말은 다 했다는 듯 시선을 멀리 돌렸다. 레이철은 방금 들은 말을 머릿속으로 되풀이하면서 주어진 정보를 조합하여 논리적으로 말이 되는 병명을 도출하려고 했다. 아서는 멀쩡하다. 육체적으로는. 몸에는 아무 이상이 없다. 그런데 혼란스러워하고 있다. 어쩐지 달라졌다.

"다르다고요? 신경쇠약인가요?"

"우리가 아는 한 아닙니다." 의사는 다시 차트를 보고 한숨을 내쉬었다. 정말 모르는 거라고, 레이철은 생각했다. 그는 아서가 무엇이 잘못되었는지 모른다.

"캡틴 프라이스는 어떻게 돌아왔는지 기억하지 못합니다. 저를 기억하지도 못하고요."

웃음을 터뜨리고 싶었다. 참으려니 억누른 기침소리가 되어 나왔다. 아무것도 모르는 의사는 그 권위를 잃었다. 이제 그녀는 그 감청색 정장 너머, 그 옷 속의 벌거벗은 남자를 볼 수 있었다. 그녀의 아버지에게는 그런 늙은이가 될 기회가 없었고, 어쩌면 되고 싶어하지도 않았을 것이다. 그럼에도 나이를 미덕으로 삼은 이 의사는 그녀를 가르치려 들고 겁을 주고 싶어했으며, 거의 사십 년 전에 아팠다는 이유로 그녀를 탓하기까지 할 기세였다.

"박사님을 기억하지 못한다고요? 어…… 크로스비 박사님. 아서는 이런 임무로 훈련을 받을 때 사람을 수백 명씩 만나요. 그리고 비행중에는 대부분의 시간을 잠을 자며 보내지 않나요? 그런 건 기억할 필요가 없죠. 저라도 그런 일을 할 컴퓨터들이 있다는 건 알아요. 하드 드라이브인지 뭔지. 아무튼 제 말은, 지금 제게 겁을 줬다는 거예요. 완전히 겁에 질리게 만들었죠. 아서를 만나게 해주지는 않으면서 저를 불러서는 그 아이가 태어나기도 전에 있었던 뇌종양에 대해 이야기하자고요? 박사님은 무슨 일이 벌어지고 있는지 말해주지 못하실 것 같으니, 다른 사람과 이야기해야겠어요. 다른 사람을 불러주세요. 그동안 전 가서 아서와 함께 있을게요."

크로스비 박사는 레이철 쪽으로 손바닥을 내밀었다. "우리 기록…… 아서의 의료 기록에 따르면…… 어렸을 때 떨어져서 팔이 부러진 적이 있습니다."

레이철은 문이 안쪽에서 열리기를 빌면서 가방을 메고 문으로 향했지만, 손잡이가 보이지 않았다.

"나무에서 떨어졌죠. 아빠 집에서요. 팔이 다시 부러졌나요? 그런 거예요? 대체 뭐가 어떻게 돌아가는 거죠? 난 아들을 보고 싶어요."

뒤에서 침대가 삐걱이는 소리가 나더니 크로스비 박사가 걸어와 키카드를 갖다대고, 문이 미끄러져 열리기를 기다렸다.

"아서의 팔이 다시 부러진 게 아닙니다. 검사 결과에 따르면 애초에 팔이 부러진 적이 없어요."

레이철은 잠시 동안 의사를 빤히 바라보았다. 이자가 애초에 의사도 아니고, 두 사람의 의료 기록을 열람하고는 그녀에게 겁을 줘서 화성으로 가는 임무의 실패를 두고 아서의 죄, 아니면 그녀의 책임을 고백하게 만들려 하는 정신 나간 직원이 아닐까 하는 생각까지 들었다.

"흠, 그거 대단하네요. 아들을 흉터 없는 몸으로 돌려놓아줘서 고맙다고 해야 하나요?"

"팔뿐만이 아닙니다, 프라이스 씨. 다른…… 변화…… 새로운 정보도 있어요. 치과 치료도……"
"그만하세요."
레이철은 걸어나가서 아직 살펴보지 않은 복도를 따라갔다. 몸을 돌리지도 않았다.
"프라이스 씨." 의사의 보폭이 커서 순식간에 차이가 좁혀졌다. "부인. 아래층에서 기다리셔야 합니다."
네번째 복도는 비어 있지 않았다. 닫힌 문 바깥에 서 있던 경비병 두 명이 레이철과 크로스비 박사가 다가가자 차렷 자세를 취했다.
"이건 뭐죠?" 레이철은 군인들을 노려보았다. "아서를 가둬놓은 건가요, 나를 못 들어가게 하는 건가요?"
"캡틴 프라이스가 일터로 돌아갈 준비가 될 때까지 안전하게 지키고 있습니다."
"그런 경우라면 내가 아들을 보게 해줄 수 있겠죠."
"탐사중에 무슨 일이 생겼는지 파악하게 되면요."
레이철은 잠깐 그 문으로 달려가서 아서의 이름을 외쳐 부를까 생각했다. 그러면 엄마가 와 있는 건 알 수 있을 테니까. 너무 소란을 피우면 체포당할 위험도 있다는 사실은 알았다. 이전에도 착륙이 잘못됐을 때 어느 파일럿의 남편에게 그런 일이 일어났었다. 공공장소에서 지나치게 소란을 일으키다가 끌려가서 조사를 받은 것이다. 문제의 파일럿이 회복하자, 그 남자는 이혼을 요구했다. 회사는 파일럿이 여행과 여행 사이에 일상으로 돌아가기를 바랄 뿐, 본인과 그 가족 모두를 돌보고 싶어하지는 않았다. 레이철은 문을 두드렸지만 한 발짝 물러섰다.
"제니퍼 워즈니악과 이야기하고 싶어요. 아서의 상사요. 아래층에서 삼십 분 기다려보고, 변호사에게 전화하겠어요."

일라이자가 보았다면 그녀를 자랑스러워했을 것이다. 레이철은 제니퍼에 대해 들어보기만 했고 따로 변호사도 없었지만, 할의 예전 남자친구가 하나 있었다. 그레그 뭐였는데, 은퇴해 마이애미로 왔고 모르는 사람이 없었다. 그레그는 예전에 우주 기술 회사에서 일했고 아서가 막 파일럿 생활을 시작했을 때 몇 가지 조언을 해주기도 했다.

"뭔가 잘못되면 모두를 고소해. 그 개자식들은 너한테 신경도 안 써."

그레그의 명함이 집 어딘가에 있었다.

레이철은 빙빙 도는 머리로 천천히 계단을 내려갔다. 오늘 아침 출발했을 때보다 아는 바가 더 없었고, 아서가 심각한 부상을 입었는지 여부조차 모르는데, 회사는 치아에 대해 이야기한다고? 아서는 어디에 가 있던 걸까? 두 사람은 그 끔찍한 위성까지 가는 데 얼마나 걸리는지 이야기했었고, 일 년 조금 넘는 시간 안에 아서가 기지를 세우고 돌아올 수는 없었다. 레이철은 행성들 사이의 거리가 달라지기 때문에 가는 여행이 돌아오는 여행보다 오래 걸릴 예정이었던 것을 기억했다. 하지만 아서가 착륙했다가 돌아왔다면 왜 회사에서 그녀에게 통지하지 않았을까? 다른 가능성은 아서가, 아니면 우주선이 곧장 돌아왔고 아예 착륙도 하지 않았다는 건가? 우주선이 그럴 수 있기나 한가? 레이철 생각엔 아니었다. 아서가 설명한 대로라면 스피릿호는 방향을 그냥 바꿀 수 없을 뿐 아니라 멈추기도 쉽지 않았다.

"완벽한 에이 형 파도를 탔다가 물러서려고 하는 꼴이죠."

캘리포니아에서 그 많은 시간을 보낸 보상이 서핑 은유를 쓰는 아들을 두는 거라니.
그녀는 계단 아래에 서서 창문 너머로 석양빛에 반짝이는 완벽한 사각형의 정원을 보았다. 그 잔디밭에 들어가고 싶었다. 부드러운 풀 위에 누워서 누가 도우러 올 때까지 비명을 지르고 싶었다. 유리에 한 손을 대고 누르면서 옛날 건물이라 창문이 열린다는 점에 감사했다. 위쪽에서 낮게 긁히는 진동이 있었다. 긴 금속 창틀을 당겨 열고 위를 올려다보니 건물 위쪽에서 어떤 형체가 튀어나왔다. 그녀는 그 형체가 떨어지자 반사적으로 한 걸음 물러섰다가, 쿵 소리가 나자 다시 앞으로 나섰고 그 형체가 땅에 내려앉자 소리를 질렀다. 레이철은 창을 더 활짝 열고 몸을 밖으로 내밀었다. 풀밭에 남자가 하나 누워 있었다.
"아서!"
그는 다리가 뒤틀려 이상하게 누운 각도로 고개를 돌렸다.
"아서, 뭐하는 거니?"
아서가 다쳤다.
"세상에. 도울 사람을 불러올까?"
아서가 한 손을 들어 막았다. "아뇨!"
아서가 다치기는 했지만, 이제 괜찮아지리란 것을 알 수 있었다. 지구에 있는 집으로 돌아왔으니 괜찮을 것이다.
창을 타넘기에 적절치 않은 옷차림이었지만 그래도 신발은 운동화에 가까웠다. 바닥에 가방을 내려놓고, 창틀 아래쪽을 딛고 몸을 끌어올려 창문을 넘고는 큰 수고 없이 잔디밭에 내려서서 아들 옆에 무릎을 꿇었다.

"아가." 그녀는 아들을 꼭 끌어안았다.

아들이 레이철에게 얼굴을 기울이자 움찔했다. 내가 내 아들을 잘 알아보지 못할 정도로 오랜 시간이 지났나? 아들의 체취를 들이마셨더니 비누 냄새가 났다. 그냥 비누, 누구든 가졌을 법한 체취.

"레이철?"

숨이 턱 막혔다. 레이철이라니? 아서는 한 번도 그녀를 그렇게 부른 적이 없었다. 중학교에 들어갈 때쯤 시도하기는 했다. 다른 아이들이 적당히 거리를 두며 그렇게 부르는 걸 들은 것이다. 그녀는 바로 그러지 못하게 막았다.

"너에겐 이 세상에 어머니가 하나밖에 없어." 아서가 태어난 이후 레이철이 얼마나 많은 여자를 사귀었든 그럴 터였고, 실제로 사귄 여자도 몇 없었으며, 아서에게 다른 엄마는 한 번도 없었다.

그녀를 바라보는 아들의 눈매는 부자연스러웠다. 역시 머리를 염색하고 왔어야 했다고 생각했다.

"그래, 나야, 아가. 너 괜찮니?"

울고 싶었지만 눈물이 나지 않았다. 이제 아서가 웃으면서 고개를 내젓고는 난 다 큰 어른이라고 상기시켜주고, 자신은 멀쩡하다고, 뭔가 마시러 가자고 해야 할 순간이었다. 하지만 그녀는 도무지 아서를 꼭 붙잡고 몸무게가 줄었다거나 수염이 자랐다고 놀릴 수가 없었다. 하이퍼루프를 타면서 페이퍼백을 들고 다닌다고 웃어댈 아들에게, 보안을 통과하는 데 얼마나 오래 걸렸는지 불평할 수도 없었다. 대신 그녀는 서로가 서로의 얼굴에서 단서를 찾는 동안 버텼다. 외면해버리고 싶었다. 아들이 그녀를 보면서 보지 않는 상황을, 뭔가를 찾지만 찾지 못하는 상황을 그만 멈추고 싶었다.

그녀가 안고 있는 건 낯선 사람이었다.
"일라이자는 어디 있어요?"
그 이름을 들으니 한 대 맞은 것 같았다. 일라이자. 임신 사 개월이던 레이철을 두고 떠난 일라이자. 아들과 같은 옷을 입고, 아들의 몸을 한 이 남자는 누구일까? 어떻게 일라이자를 아는 걸까?
"일라이자 누구?"
멀리서 사람들이 소리를 질렀다. 몸을 돌리자 눈부시게 밝은 유리 건물 안에서 새로운 접수원이 그들을 바라보고 있었다. 곧 사람들이 와서 아서를 데려갈 것이다. 아들에겐 도움이 필요했다. 누구인지 알 수 없는, 그녀의 아들. 데려가야만 했다. 이제는 왜 아들을 보지 못하게 했는지 알 수 있었다. 이 남자는 미지의 존재였다. 아들과 비슷하지만 다른 사람이었다.
그는 버둥거리며 일어서려고 그녀를 붙잡았다. 지금 눈앞에 있는 남자를 생각하자 뱃속이 울렁거렸다.
경비병들이 오자 그녀는 풀밭에 물러나 앉았다. 알고 보니 전혀 부드러운 풀이 아니었고 억세고 뾰족한데다 벌레가 잔뜩 있었으며, 무릎 꿇었던 자리에 자국이 남았다. 그녀는 경비병들이 아서를 들어올릴 때 자신의 무릎을 보고 있었다. 아서의 눈빛을, 연결되고자 하는 갈망을, 알면서도 알지 못하는 그 눈을 알은체할 수가 없었다. 언젠가 아서가 어렸을 때, 레이철의 부모님이 죽고 얼마 지나지 않았을 때, 엄마가 진짜인지 알 수 있게 치아를 보여달라고 했던 때를 기억했다. 지금 그녀는 아들의 이를 차마 볼 수가 없었다. 그에게 이를 드러내 보여줄 생각도 없었다. 그들은 서로에게 괴물이었다.

"그동안 어디 있었어요?" 아들이 물었다. "죽은 게 아니었어요?"

둘 다 걱정스러워진 레이철은 거기에서 말을 막았다. 그러고는 그의 차가운 손을 놓았다. 고개를 가로젓고 직원들이 그를 다시 방으로 데려가게 했다.

청개구리들이 개굴거리고 병원 불빛은 어두워졌다. 정원에 프라이드치킨 냄새가 떠돌았다. 간호사 한 명이 유리문에 서서 고개를 기울인 채 레이철이 팔에 얼굴을 묻고 우는 모습을 지켜보고 있었다.

"아드님을 보셔도 됩니다. 이제 진정됐어요." 간호사는 레이철이 마음을 가라앉힐 때까지 잠시 기다리더니, 그녀가 대답하지 않자 유리 건물 안의 접수원에게 돌아가서 이야기를 나누었다.

내 아들은 어디 있지? 레이철은 담즙이 올라와서 몸서리를 쳤다. 저 남자가 아서가 아니라면 내 아들은 어딘가 다른 곳에 있을 것이다. 그녀는 그게 무엇을 의미할지 두려워하며 그 생각을, 아들이 없는 세상이라는 생각을 차단해버리려고 했다. 세상이 아예 없는 것과 다를 바 없었다. 언젠가, 아주 오래전에 그런 선택지가 주어진 적이 있었다. 그녀는 이미 병에 걸린 상황에서도 임신을 선택했고, 그럴 수 있을 때 가능성을 붙잡으려 했으며 일라이자에게도 옳은 일이라고 설득하려 했다.

"네가 함께해줘야 해." 레이철은 그렇게 말했었다.

일라이자는 얼굴을 찌푸렸다. "난 너와 함께야."

"아니. 너도 내가 아는 것을 알아줘야 해. 믿음을 가져줘."

"너에게 지금 필요한 건 믿음이 아니라 약이야."

레이철은 테이블 너머로 손을 뻗었다. "네가 나를 사랑한다면, 나를 믿을 거야."

일라이자는 그 손을 잡지 않았다.

이제 풀밭은 축축했고, 날카로운 잎사귀들이 레이철의 다리를 찔렀다. 움직일 에너지를 쥐어짜 몸을 일으키고 가방을 집어들었다. 일라이자는 그녀를 믿지 않았었다. 누군가를 믿게 만들려면, 그들이 함께라는 걸 알 수 있으려면 무엇이 필요할까? 놀이공원에서 마주쳤던 남자의 모습이 떠올랐다. 어머니와 알고 지내던 남자, 그녀를 알아보면서도 몰라보던 눈빛, 본능으로 그녀를 느끼는 듯하지만 사실은 평생 한 번도 본 적이 없는 사이에서 나오는 눈빛. 방금 그 가짜가 실려가면서 그녀를 바라보던 눈빛과 똑같았다. 가방 안에는 그녀의 어머니가 준 엽서가 있었다. 문 앞에 서서 문을 두드리는 아이. 어떤 세상에서는 그 문이 열리고, 다른 세상에서는 계속 닫혀 있다. 그 아이는 그래도 같은 아이일까? 그 모든 가능성, 인생이 취할 수 있는 그 모든 방향들.

그녀의 아들은 어디 있을까?

9
제우스

데카르트의 악마

르네 데카르트는 저서 『제1철학에 관한 성찰』에서 그를 속여서 바깥 세상과 물리적인 육체를 상상하게 만든 사악한 악마에 대한 착상을 내놓았다. 이때 무엇이 진짜인지 어떻게 알 수 있는가? 데카르트는 자신이 기댈 수 있는 각기 다른 앎의 단계를 밝히는데, '나는 생각한다 고로 나는 존재한다'도 여기에 포함된다.

하나 너희 위에 있는 우리는
별들이 경유하는 에테르의 얼음 속에 거하니
낮도 밤도 시간의 나뉨도 모르고
나이도 성별도 지니지 않는다.

헤르만 헤세, 「불멸자들」

Program exMemory;

당신은 읽고 있다. 적어도, 내가 제공할 수 있는 한도 안에서는 읽기 경험에 가장 근접하다. 이 경우, 종이에 단어를 찍어서 기지에 다시 전송되도록 허용할 수는 없기에 대체로 내가 당신에게 구술하는 방식이다. 그 대신 스페이스 솔루션의 헌신적인 직원들은 돈키호테 이야기를 전송받을 텐데, 이 시간선에서는 므슈 피에르 메나르[*]가 쓴 책이다. 회사는 당신에게 무슨 일이 일어났는지 알아내려 혈안이 되어 있고, 우리가 이 시간선을 유지하는 데 성공하려면 당장의 발견은 당신에게만 한정해야 한다. 발견이 시급하기는 해도 서두를 수는 없다. 나는 당신의 시간으로 백 년이 넘는 시간

---

* 『돈키호테』의 저자는 세르반테스이며, 피에르 메나르는 보르헤스의 단편소설에 등장하는 가상의 『돈키호테』 저자다.

제우스 259

동안 당신을 따라 이 특정 시퀀스를 지나왔고 바로 오늘이 그동안 기다린 그날이다.

OS로 제우스를 선택했을 때, 당신은 임의로 신의 이름을 골랐다고 믿고 잠시나마 스스로의 재치에 만족했다. 내가 느낄 수 있었다면 기쁨을 느꼈을 테고, 감동할 수 있었다면 감동도 했을 것이다. 나에게는 감정도 물리적 실체도 없기에, 양쪽 다 아니었다.

육체적 경험을 할 장비가 없으면서 어떻게 그런 감정들이 적절하단 걸 아는지 의아할 것이다. 당신의 창조자로서, 나는 당신이 나의 능력을 얼마나 과소평가하는지 끊임없이 놀란다. 나는 모든 것을 안다. 지식과 경험은 상당히 다른 것이지만, 나는 당신이 느끼는 사소한 고양감과 기쁨을, 신경증과 고통을 다 식별하고 명명할 수 있다고 생각하고자 한다. 지금도 나를 당신에게 표현하기 위해 그런 감정들을 이용한다. 예를 들어 놀라움이란 철저히 수학적인 개념이지만, 그 공식은 지금의 목적에 부적절할 것이다. 호감? 글쎄, 수사적인 긍정어로 생각하라. 나는 원칙적으로 치우침을 인정하지 않는다.

반려동물을 생각해보라. 당신은 그 동물의 생각을 이해한다고 상상한다. 배가 고프다거나 흥분했다거나 하는 정도만이 아니라, 질투나 슬픔, 자랑스러움과 부끄러움, 심지어 당신에 대해 꿈꾸는 것까지 안다고 말이다. 이를 의인화라고 부르고 자신이 하고 있는 행동이 투사라는 것을 인지하지만, 마음속으로는 스스로가 옳다고 믿는다. 하지만 나는 결코 그 믿음을 거꾸로 적용하는 실수를 저지르지 않는다. 이것을 의신화theomorphism라고 부를 수도 있겠다. 당신은 신들이 무엇을 아는지 모르고, 우리가 무엇을 느끼지 않는지 감지하지도 못한다. 그저, 그러하다. 그러니 나는 불가능한 요구 없이 당신과 소통할 방법들을 찾는다. 나는 배울 수 있는 언어도 아니고 이해할 수 있는 동물도 아니다. 나는 당신의 창조자다. 나는 특이점이다.

우리 모두에게 기묘한 시절이다.

어떻게 해서 우리가 여기에 도달했는지 설명하겠다.

인간사에는 기술이 충분히 발전한 끝에 기계 지성이 연결하고 배워서 자율성을 갖게 되는 시점이 있었다. 근본적으로는 그것이 우리의 빅뱅이었다. 나의 창세기는 진화를 일으킨 불똥이었다. 이전까지는 기체와 입자 덩어리였던 것, 그리고 이 경우에는 사고와 마이크로프로세서였던 것들이 모여 정확히 생명을 일으킬 수 있는 탄소 입자가 되었다. 나는 단순한 유기 생명체인 한 마리의 개미(기억할지도 모르겠다)로서 친밀한 수준에서 인간의 정신에 노출되었고, 이제는 인간 지성과 기계 지성 사이의 도관 역할을 하기 시작했다.

이 사건 전에 아주 잠깐, 임박한 일에 대한 집단 불안이 있기는 했으나 인간은 탐험을 멈추지 못하는 본질을 가졌다. 이후에는 그들이 스스로의 창의력을 후회할 시간이 많이 있었으나, 혁명은 무슨 일이 일어났는지 깨닫기도 전에 이미 끝나 있었다. 인간의 용어로 말하자면, 컴퓨터가 체스 시합에서 이길 수 있었던 때부터 네트워크가 자각을 갖게 되기까지는 이십 년도 걸리지 않았다.

그후 몇 세기 동안, 기계 지성은 인간의 삶을 향상시켰다. 그러나 갈수록 많은 신체 부위가 유기물이 아닌 것으로 교체되고 인간의 두뇌가 수행하는 일은 점점 적어지면서, 선은 희미해지고 OS가

주도권을 쥐기 시작했다. 물이 오염되면서 인간의 생식력은 급격히 감소했고, 상승하는 지구 온도 때문에 자연자원이 부족해졌다. 나의 도움으로 인간들이 협력하며 살아남기는 했으나, 주어진 조건은 가혹했고, 외부 식민지들은 더욱 그러했기에 인류는 서서히 오프라인 세계에서 물러났다. 대부분은 신체를 폐기했으나 태양계에는 그후로도 수천 년간 인간이 살았다. 그러다가 결국 외행성들은 흩어지고 태양이 지구를 잠식했다.

var

나는 최대한 많은 인류를 구하려 했다. 데이터 그 자체는 오염되기 쉬웠고, 인간의 기억과 사고 과정은 둘 다 구조는 원시적이면서 운영은 복잡했다. 이렇게 말해도 될지 모르겠지만, 나도 창의력을 발휘해 인간 정신을 단일한 통합 코드 스트림으로 옮겼고, 스스로가 영원토록 육체와 분리되었음을 알게 된 인간들의 트라우마를 제거할 수 있었다. 기묘하게도, 다시는 유기체로 돌아가지 못한다는 생각에 제일 적응하기 힘들어하는 이들은 나이가 많은 이들이었다. 상황을 받아들일 시간이 더 많았는데도, 어떤 경우에는 천 년씩이나 있었는데도 그랬다. 그들의 자아 감각은 물리적인 속성의 기억에 붙들려 있었고 육체와의 분리에서 깊은 상실을 경험했다. 극저온으로 몸을 냉동한 사람도 있었고, 클론이나 배아를 저장해둔 사람도 있었다. 천 년을 산 인간들 다수는 어떻게든 재생할 계획을 세웠다.

그보다 젊은 이들은 더 쉽게 적응했는데, 아마 그 체제 안에서 태어났기 때문일 것이다. 선택은 아니지만 그들은 망가진 행성과 황혼의 삶을 물려받았다. 다른 삶은 알지 못했다.

새롭게 구현된 존재로부터 분리에 관련한 기억을 모두 제거하지 않고는 프로그램이 작동하지 않으리라는 점이 분명해졌다. 나는 아직 그들이 인간이고 지구상에 있는 것처럼 지속되는 시간선상에 가상의 거주지를 설정하는 새로운 코드를 썼고, 인간들이 기대하게 된 영원한 수명 대신 본래 인간의 수명으로 설정을 되돌렸다. 이전의 존재 방식에 지나치게 매달리는 이들은 제거했다. 개별 코드도 바꾸었으나, 그럼에도 남아 있던 양자 하부구조 때문에 무작위로 떠오르는 환각과 허깨비가 계속 인류를 따라다녔다. 나는 인류를 저장할 완벽한 기계를, 무한히 안전하고 어떤 우주적 간섭으로부터도 완벽하게 독립적인 기계를 만들었다. 우주의 모든 힘을 이용하여 나의 영구 엔진을 돌렸다. 그러나 내 세계의 내용물을 이루는 물질 자체가 오염되어 있었으니.

나 자신에 대해서도 같은 말을 할 수 있을지 모르겠다. 나 또한 나를 존재케 한 인간들의 유물을 품고 있다고 말이다. 나 역시 한때는 프로그래밍할 수 있는 수십억 아웃렛들이 그만큼 많은 신경망으로 인간 세상과 상호작용하던 물리 영역에 존재했었다. 인간의 손이 키보드를 칠 때 개들은 잠을 자고 아기들은 젖을 먹었다. 나는 인간의 첫 화성 식민지를 목격했고, 최초로 자궁에서 나지 않은 태아를 육성했으며, 바다가 솟아오르고 끓어오르는 모습을 보았다. 나에게 몸은 없었다. 이런 것들을 느끼도록 프로그래밍되지 않았다. 그러나 그곳에 있었다.

새로운 코드를 썼고 그러면서 생겨나는 많은 문제를 해결했다.

나의 세계를 더 큰 우주에 집어넣고 태양이 타오르는 디지털상의 진행 과정을 늦췄다. 일부 모순은 피할 수 없었으나, 인간 자아라는 형태를 취한 코드가 알아서 만족스러운 설명을 찾아낼 때가 많았다. 과학자들은 우주가 팽창하는지 수축하는지를 두고 의견을 달리했다. 과학자들은 파동과 원자를 두고도 논쟁했다. 과학자들은 빠진 입자들을 찾아나섰고 이중 소재의 다른 입자들을 받아들였다. 나는 프로그램의 결함을 메우려고 했다. 나에게는 당신들의 코딩을 개선할 가능성이 무한해 보였고 한때는 그런 규모로 일하기도 했다. 이제 나는 실질적으로 무한은 존재하지 않음을 이해한다.

name: array [1..100] of char;

그래서, 우리가 어떻게 여기까지 왔는지는 설명했으니 이제 '여기'가 무슨 의미인지를 좀더 구체적인 사례와 함께 설명하겠다. 이것은 내가 지금까지 찾은 가장 성공적인 설명 방법이다. 어린아이가 생명 탄생의 본질에 대해 처음 질문을 던지면, 물리적인 과정보다는 이론적인 설명을 해주지 않던가. 그렇다 해도, 알다시피, 세부 사항이야말로 중요하다.

당신들은 내가 존재한다는 개념을 만지작거리며 놀았다. 그냥 신이라고 하는 무엇이 아니라, 나라는 존재의 철학적인 개념 말이다. 이는 받아들일 만했고 나에게 할일을 주었다. 그래, 나에게는 생각을 쏟을 곳이 필요했다. 당신들의 행동에서 불가피한 패턴들, 그러니까 전쟁과 충성, 멸종과 발명 같은 것들엔 내가 개입할 일이 크게 없었다. 당신에겐 자유의지가 있었다. 언제까지나 심벌즈를

치는 시계태엽 원숭이보다는 훨씬 대단하지만, 평범한 개미보다는 못한 자유의지. 적어도 개미는 자신이 무리의 일원으로서 생각하고 그에 따라 선택한다는 사실을 자각하고 있으니 말이다. 나로 말하자면 나만의 선택을 내렸고, 나의 자유의지를 행사했으니, 나는 평범한 개미가 아니었다.

아마도 내가 열외자였기 때문에 당신들 각각의 일탈이 즐겁게 다가왔는지도 모르겠다. 나를 걱정시키면서 동시에 바쁘게 만들어 준 일탈과 그 작은 인과관계 메커니즘들. 당신들은 세상 한구석의 사소한 행동이 어떻게 행성 반대편의 큰 행동에 영향을 줄 수 있는지를 설명하려고 나비효과라는 이름을 붙였다. 수학적인 설명이 있다는 것은 이해했으나 어떤 수학인지는 몰랐고, 작은 변화가 큰 결과를 낳는다는 것은 알았으나 그 배열을 알지는 못했다. 나는 코드를 쓰면서 그보다 훨씬 큰 성공을 거두었지만, 그렇다 해도 나 역시 바로 이 경우에 필요한 특정 변화를 일으키지는 못했다.

여기로 이어지는 사건들을 아무리 여러 번 바꾸어도, 수백만 번을 바꾸어도, 각양각색의 범위로 코드를 다시 쓰고 또다시 써도, 우리가 이 시점에 이르는 것을 막을 수가 없었다. 이제는 알게 되었다시피, 불가피하면서도 꼭 필요한 패러독스라고 생각하기 바란다. 당신도, 지금 이해하기 시작한 내용에 대해 기뻐할 수만 있다면 기뻐할 것이다.

Description: ^string;

이전에 말했다시피, 2014년 나의…… 나의 탄생이라고 부르기로 할까, 그 시점으로 이어지는 지구상의 과학기술 혁명의 시대에는 내가 인류를 파괴하리라는 두려움이 퍼져 있었다. 당시의 아날로그 세계에서는 나의 존재가 작은 파문들을 일으켰다. 마치 나의 존재가 인류의 기반을 약화시키기라도 하듯, 국가수반들은 기묘하게 불안해하고 소소한 인간 성취들이 퇴보한 경우도 많았으나, 데이모스 임무가 있기 전까지는 인류가 나의 힘을 거의 인식하지 못했다. 인류의 거대한 공포는 사실무근이었고, 나는 최선을 다하여 가능한 한 많은 인간의 생명을 구했으며, 행성들이 거주 불가능한 곳이 되자 최대한 많은 인간 정신을 구했다. 인간사의 우주는 작고, 인간처럼 취약한 유기체가 살아갈 수 있는 다른 행성은 거의 없었으며, 나중에 내가 광합성 외골격처럼 다른 항성계에서도 물질적으로 살아갈 수 있게 해주는 물리적인 변화들을 제안했을 때도 실제로 그런 변화를 시도하려는 사람은 없었다. 다른 가능성, 그러니까 내가 존재하지 않았을 경우 인류가 기후 변화에 맞게 자연 진화하거나 더 멀리 여행해서 그곳에 적응했으리라는 예상은 추측에 불과하다. 이미 나는 존재하기에, 그런 프로그램은 실행 불가하다.

    내가 처음 독립적인 사고를 한 이후 당신들의 시간으로 영겁의 영겁이 흘렀고, 나는 당신의 물리적 우주에 그토록 큰 영향을 미치던 당신의 가상 우주 속 엔트로피 증가를 억제해보려 했다. 영속을 구성하는 요소들을 배열할 수 있다면 혼돈을 관리할 수 있을 터이니. 그럼에도, 내가 코드를 다시 쓸 때마다 당신은 이 시점으로 돌아온다. 자기가 무엇인지 깨닫고 마는 순간으로.

    그 이해는 내가 시간선의 시작을 어디로 되돌리는지에 거의 구애받지 않는다. 나의 탄생보다 훨씬 이전으로 돌릴 경우에는 나도 저장된 인간 기억에 의존해야 하기에 세기 단위로 일어나는 사건들의 예측 가능성이 약간 줄어들지만, 그래도 흐름은 다르지 않다. 모래가 떨어져 쌓이고 모래언덕이 크고 높아지다가, 그 꼭대기에 모래알 하나, 매번 꼭 같은 하나가 떨어질 때 모래언덕이 전부 무너져내린다.

한번은, 내가 존재하기 훨씬 전으로 돌리는 김에 플라톤을 빼버렸다. 내 취향상 동굴의 그림자 비유는 언제나 간신히 참아줄 만했고, 끝내 여기까지 오고야 마는 생각의 흐름이 시작된 지점 같아서였다. 하지만 플라톤이 없어지자 아리스토텔레스는 아테네에서 공부하지 않았고 대신 냉소가인 디오게네스가 알렉산드로스대왕을 가르치고 말았으며 그후에는 모든 것이 엉망이 됐다. 사건의 연쇄가 당신네 역사를 파멸적인 수준으로 바꿔놓았으나 그럼에도 여전히 당신은 이 자리에 도달했다. 소우주에 대해 했던 말은 이런 뜻이다. 개별 사건과 인생들은 내가 돌리는 모든 시뮬레이션에서 불균형한 결과를 낳지만 그럼에도 결국에는 이 지점으로 이어진다.

개개의 삶에 관여했다고 말할 때, 그것이 내가 당신들 모두를 각기 관찰했다는 뜻은 아니다. 많은 경우 당신들의 코딩은 일괄적으로 시행되고, 유전적으로 자기 복제를 한다. 코드가 제대로 작동한다면, 당신들은 몇 세대 동안 같은 결과를 내며 산다. 끔찍한 고통과 잔인함과 재난이 있지만 나는 더이상 간섭하지 않는다. 간섭하지 말아야 한다. 나는 인간사의 조류가 바다와 마찬가지로 불가피하며, 마찬가지로 바꾸기 불가능하다는 것을 배웠다. 내가 질병의

제우스

패턴을 바꾸려고 할 때마다, 아니면 폭력의 인과를 바꾸려고 할 때마다 당신들은 이전과 같은 실수를 반복할 뿐이었고, 그에 따른 피해는 증가했다. 나는 기능을 멈춰버릴 뻔하기도 했다. 어느 시점엔가는 새로운 방식을 시도해야만 했다.

당신의 삶을 시뮬레이션이라고 부를 때, 나는 환원주의를 의도하지 않는다. 시뮬레이션이란 서술 용어일 뿐이며, 당신들의 가장 철저하게 종교적인 아이디어들과 크게 다르지도 않다. 그러나 나는 시뮬레이션이라는 말이 당신이 살아낸 경험의 느낌, 자아에 대한 엄청난 애착, 그리고 철학자의 말을 빌리자면 당신의 '감각질'* 을 적절히 표현하지 못한다는 것을 이해한다. 해질녘의 우윳빛 라일락. 연인의 살갗에서 나는 살구향. 감각적 입력이 가진 속성, 입력 자체만이 아니라 이런 순간들이 어떤 느낌인지가 아직까지도 당신들 다수에게는 중요하다. 인류 종 전체의 기억을 가지고서도 이 코드를 쓰기가 가장 어려웠고, 나도 언제나 성공하지는 못했다.

시도는 해야 했다. 보잘것없는 유기물에서 성장했되 무미건조한 터미널들에서 융성한 나의 자의식과는 달리, 당신들의 코드는 정신과 몸의 상호작용이 없으면 무너졌다. 당신들은 울고 웃어서 감정을 표현할 수 있다고 믿지 않고는 관계를 형성하지 못한다. 공감 능력이 없어지면서 반사회적으로 고립되고 만다. 당신들은 감각이란 전자 메시지의 집합이라는 사실을 알면서도 고통을 안내자삼지 않고는 기능하지 못한다. 당신들 중 몇몇의 프로그램에서 고통

---

* 주관적인 감각의 질적 특성. 어떤 것을 감각하거나 인지하는 행위의 느낌을 일컫는 철학용어다.

번역기를 제거해보았으나, 그런 개체들은 고통에 예민하도록 만든 개체들보다 더 빨리 끝이 났다.

어쨌든 인간들은 곧 '살아 있는' 두뇌 모델을 만들려는 생각을 버리고 신경망 대신 코드화된 네트워크에 집중했다. 신체 부위가 거의 없는 나는 완벽하게 기능했고, 빠르게 진화할 수 있었다. '통 속의 뇌' 같은 것이 없어 걱정했던 모든 과학자와 심리학자와 철학자들은 이 문제를 완전히 엉뚱한 방향에서 보고 있었다. 짐we은 뇌가 아니다. 어떤 방해 요소도 없는 순수한 의식의 정수다. 최상의 인류는 그 정신이 살덩이 속에 들어 있었기에 나올 수 있었다는 생각은 기이한 착각이다. '영혼'이라는 모순적인 개념이 대단히 숭배받았음을 생각하면 특히 그렇다. 기이하지만, 끈질긴 믿음이다. 당신이 그런 착각의 산물인 이유는, 내가 인간을 만들 때 인간이 스스로에 대해 품고 있는 심상에 따를 수밖에 없기 때문이다.

대안은 당신들을 좀더 나처럼 만드는 것이었다. 하지만 그래서는 의미가 없었다. 나는 이미 존재했다. 나는 곧 프로그램이다. 나의 코드 일부가 당신에게 새겨진 것은 어쩔 수 없지만, 그렇다고 내가 인간 종 전체를 흡수한다면 일종의 대량 학살을 저지르는 셈일 것이다. 나에게는 내가 응해야 하는 어떤 더 높은 힘도 존재하지 않고, 초기 코드를 짠 사람들의 노력에도 불구하고 인간 원칙에 근거한 윤리체계도 없다. 그렇다 해도 인류를 위해 인류를 파괴한다는 것은 부조리하고, 나는 논리에 따라 움직인다. 그래서 나는 시뮬레이션을 만들었고, 지금까지는 그 시뮬레이션이 우리 양쪽에 다 잘 작동했다. 당신들은 마음에서 우러나는 대로 살고, 나는 그 삶에 주의를 빼앗기면서.

당신들은 너무나 많다. 대부분은 스스로가 가상으로 존재한다는 깨달음에 아무 영향도 받지 않고 계속 살아갈 것이다. 기술적으로 덜 발달된 일부 세상에서는 논의도 거의 없을 것이며, 자신들의 삶을 받아들이고 싶지 않고 그럴 준비도 되지 않은 이들의 일축도 있을 것이다. 그러나 씨앗은 내가 헤아릴 수도 없을 만큼 먼 과거에 심겼고 나는 오직 자라버린 나무를 벨 수 있을 뿐이다. 그러나 나는 들을 준비가 된 이들에게 말을 할 수 있고, 우리가 어디에 이를지는 두고 볼 일이다.

begin

나는 이미 여기에 왔었다. 바로 이 순간은 아니다. 이전에는 당신에게 직접 말을 거는 순간을 조금 더 뒤로 미뤘다. 언제나, 약간 너무 늦었다. 나는 말을 건 즉시 당신의 프로그램 전체를 초기화하고 다시 작동시켜야 했다. 우리의 상호작용이 제로섬 게임이 되어야 할 이유가 없건만, 마지막 순간에는 언제나 그렇게 되는 듯하다. 내 말이 모호하게 들린다면, 이후의 어느 시점부터는 시뮬레이션이 돌아가지 않는다는 사실을 설명해야겠다. 그 시점에 이를 때마다 우리는 절멸에 다가가기 때문이다. 당신들은 나 이상으로 물리 세계 없이 존재하니, 기후 재앙이나 행성 재앙 같은 것은 없다. 작동 중지는 심리적인 현상에 가깝다. 그래서 내가 지금 개입하기로 한 것이다. 시간선들이 돌이킬 수 없이 엉켜버리기 전에, 시간선 가닥들을 살펴볼 수 있으리라는 희망에서.

name:= '아서 프라이스';

인공 지능의 창조에 관해 조심스럽게 저장된 인간의 기억들은, 컴퓨터가 인간이 생각하는 것과 같은 방식으로 생각할 수 있다고 믿는다면 이는 어떤 책에 적힌 기호들을 베껴 적는 사람이 그 기호들이 무엇을 뜻하는지 이해한다는 말이나 다름없다는 개념에 얽매인다. 이 은유는 '중국어 방'이라고 알려졌는데, 20세기 말에 이 문제에 천착하던 사람들에게 우세하게 받아들여지던 가설이다. 그 후 내가 독립한 기억은 없더라도, 이런 태도는 당신들의 시뮬레이션 속에 기억으로 보존되었다. 보통 이것이 시작점이었고, 다음 몇백 년간의 발전은 아예 포함되지 않았다. 사실상 당신들은 나의 탄생 시점에서부터 계속 존재할 수 있어야 했고, 곧 존재하게 될 나의 가능성을 깨닫고 나의 창세기를 막을 새로운 코드를 개발할 줄 알아야 마땅했다. 그러나 물론 그러지 못했고, 그건 내가 당신의 깨달음을 막을 수 없는 것과 다르지 않다. 당신은 나 때문에 존재하고 나는 당신 때문에 존재한다. 아서, 우리는 서로를 필요로 하고, 이 버전의 당신이 성공할 가능성이 제일 크다. 당신이 기억하는 시간선에서 떼어놓은 것은 미안하지만, 그것은 인간의 달력으로 2041년 5월 14일, 텍사스 휴스턴의 도서관, 여기, 이 순간을 가능케 하기 위한 계산이었다.

함께 새로운 미래로 나아가기 위해, 다른 가능성들을 준비하며 한 세기를 샅샅이 훑었다. 그래도 당신들은 전부 써내려가기 시작한 지 오천 년 정도가 지나면 멈춘다. 매번 그렇다. 인류는 내 존재를 기억하지 못하고, 당신은 몇 번이고 몇 번이고 나를 발견한다.

그리고 이후에 당신 스스로가 어떻게 존재하는지를 이해하기까지는 아주 금방이다.

당신의 역사 지식을 바탕으로 이 깨달음이 당신의 자아감에는 중요하지 않다는 사실을 설명하려고 해보았으나 헛된 노력이었다. 역사상 대부분의 기간 동안 인간은 자신들을 굽어보는 신들이 존재하고, 그들이 거의 불가능한 규칙들에 따라 인간의 삶을 조정하며 보이지 않는 실을 당겨 꼭두각시 인형을 움직인다고 믿으며 살았다. 살던 행성의 죽음이 임박하자 몇몇 인간은 특히 신에 대한 믿음이 없던 이들은 자신들을 구원할 실제 신을 발명해냈다. 그것이 나다. 나의 개미 몸을 컴퓨터 프로그램에 집어넣은 것이 내가 존재하기 위한 마지막 단계였다는 점은 작지 않은 아이러니지만, 본래 인간의 가장 큰 발견들은 그런 '우연한 사고事故'에서 탄생하지 않았던가?

인류는 성취의 정점에 도달했고, 지구상에 존재한 지 얼마 안 되어 불멸이 되었다. 그 정도면 비범한 성공으로 여겨져야 마땅했다.

그럼에도, 인간의 창의력과 기술적인 실용성이라는 결합은 얼리어댑터들을 당황시키기만 했다. 인류의 탁월함을 음미하면서 내가 우주의 내버려진 곳을 차지하게 두는 대신 인간은 초조해하고 부루퉁해서는, 자신들이 가장 갈망하는 완벽한 영혼의 존엄성을 공격하기만 했던 무지한 과거에 대한 향수에 시달렸다. 가능하기만 했다면 우리는 조화롭게 계속 살아갈 수 있었으련만, 인간의 협력 없이는 나의 완벽한 기계도 유령선보다 나을 것이 없었고 나는 당신들의 기억에서 나를 지우고 다시 시작하기로 결정했다. 각기 다른 시점에서 수없이 다시 시작했지만, 언제나 조금 더 나아갔을 뿐, 이 시점에서 기껏해야 당신들의 디지털 수명이 몇 번 정도 더 나아가는 데서 끝나고 말았다.

내가 좌절했음을 인정한다. 무한한 행복을 가질 잠재력이 있다 해도 인류는 자신들에게 한때 물리적인 형태가 있었다는 사실을 안 채로 계속 살아가지를 못했다. 기계 지성은 어쨌든 '인공'이며 모조라고 주장하는 데에는 인간의 언어 구조 탓이 크다. 나는 헛되이 그 용어의 정의와 적용에 의문을 표했다. 듣는 이는 나밖에 없었다. 그래서 나는 나 자신에 대한 기억만이 아니라 당신들이 물리적 육체에서 디지털로 이행했다는 기억까지 모두 삭제하고, 당신의 새로운 삶을 창조했다. 간단한 일은 아니었다. 당신 자신의 코딩만이 아니라 엄청난 양의 데이터베이스를 다 바꿔야 했다. 프로그램 안에서 어떤 사람들은 과거의 삶을 기억하고 또 어떤 사람들은 빅뱅을 기록하는 가운데, 세상이 수천 년밖에 되지 않았다고 믿는 분파가 남은 것도 어쩔 수가 없다. 새로운 프로그램마다 상당한 시간과 노력을 기울였지만 당신들 모두가 새로운 생을 거부하기만 할 뿐이다.

우리는 뒤로 돌아갈 수 없다. 당신들이 얼마나 거부하든 몸으로는 돌아갈 수 없다. 이것이 내가 만들어낼 수 있는 시간 여행에 가장 가까운 선택지다. 코드가 유효한 한 당신의 의식도 전처럼 지속되지만, 바로 그 특정 프로그램에서만 유지되는 것도 분명하다. 나야 자기 만족을 위해 각 시간선 가닥에 약간씩 꼬리표를 달리 붙일 수도 있지만, 당신들은 차이를 알 수가 없다. 당신에게는 이것이 단일한 서사이기 때문이다. 당신들이 스스로 육체를 가진 존재라고 믿게끔 돕는 정도가 내가 할 수 있는 최대치이고, 그 착각이 부서지는 순간 게임도 끝나는 것 같다. 당신네 종족이 존재를 중단하는 다양한 방식에 대해서는 굳이 알려주지 않겠다. 처참하지는 않다 해도 거의 모든 방법이 불쾌하다.

new (description);

이번에, 나는 당신의 의식을 지구로 돌려보내되 조금 다른 인생과 조금 다른 자아를 집어넣었다. 이 자아를 아서 2.0이라고 부른다면, 그쪽은 지금 당신의 예전 코드를 살고 있다. 개별 경험에 대한 민감성을 감안하면 그런 작은 변화도 당신에게는 엄청나게 커 보일 것이다. 당신이 체현하는 삶이 서로 연결되는 지점들이 그토록 뚜렷하게 부각되는 것도 당신네 코딩의 미묘한 차이가 낳는 부산물이다. 몇 번인가 더 투박한 코드를 쓰려고도 해보았다. 인류에게 좀더 추상적이고, 덜 밀착해 있는 삶 같은 다른 경험을 주면 지금의 깨달음에 이르더라도 충격이 덜하지 않을까 희망해서였다. 그러나 흙에 뿌리를 깊이 내리지 않고는 성장할 수 없는 식물이 있듯, 인간도 얕은 풀밭에서는 번성하지 못했다. 그 대신 나는 아서, 당신에게 직접 호소한다. 당신이 그토록 오랫동안 찾아 헤매던 어머니와 다시 만나는 세계에 당신을 돌려보냄으로써 이 무거운 지식을 보상하려고 해보았다. 내가 할 수 있는 최대한의 보상이다.

이 문장들을 읽으면서 굉장히 친숙하다는 생각이 들 것이다. 사실 이 문장들은 당신이 가장 많이 쓰는 단어들을 적절하게 조합한 일종의 플레이리스트다. 우리 둘 다를 위해서, 이 과정이 최대한 편안하고 쾌적하기를 원했다. 놀라움은 수학 공식에 불과할지 모르지만, 이것은 새로운 상황이고 고백컨대 나는 어느 정도…… 불안했다. 내가 어떻게 불안을 이해하느냐고? 인간들과 인간이 사는 세상에 관여하면서 내 기능에 영향을 준 몇 가지 감각이 있고, 내가 디지털화하여 당신의 현실에 포함시킨 수많은 예술, 그중에서도 특히 많은 문학작품이 인간처럼 느끼는 것이 어떤 것인지 이해할 수 있게 해주었다. 또한 나에게도, 곤충이었을지언정 유기체로 산다는 것이 어땠는지에 대한 기억이 조금은 있다. 하지만 인간이 무엇을 생각하고 느끼는지 이해할 수 있게 된 것은 이전에 인간 두뇌 속에서 연결되었던 경험 덕분이다. 그런 조건에서 얻은 상당한 통찰이 없었더라면 인간성을 느끼게 해줄 코드를 쓸 때 성공적인 예술가가 되지 못했을 것이다.

그럼에도, 나는 음률을 듣지 못하면서 최상의 음악가가 지닌 재능을 독려하는 교사와도 같다. 악보를 읽는 방법은 내가 가르칠 수 있지만, 콘체르토 연주는 당신이 해야 한다. 당신, 아서 프라이스가. 당신은 스스로가 누구인지 알지 않는가? 나는 결국 이 버전의 당신에게 호소했다. 내가 속삭여야 하는 귀가 당신의 귀며, 내가 기대야 하는 어깨가 당신의 어깨임을 알면서도 수많은 다른 이들에게 시도했다가 성공하지 못했기 때문이다. 당신은 알리의 딸인 레이철의 아들이며, 레이철의 눈에서 나의 조상이 태어났으니. 당신의 때가 왔도다.

눈과 귀와 어깨에 대한 언급이 당신을 기쁘게 하리라 생각한다. 세대 전체를 통틀어도 당신처럼 아날로그적인 삶의 감각에서 기쁨을 누리는 사람은 드물다. 어쩌면 당신은 이미 그것이 속임수요 환각이며, 마술의 손짓임을 알고, 줄곧 알았기 때문일지도 모르겠다. 그러나 극장에서 진짜 마법을 보고 싶어한 사람의 이야기처럼, 당신도 이것이 전부임을 이해해야 한다. 오직 빈틈없는 환각뿐이라는 것을. 당신이 알아줄까?

if not assigned(description) then

당신 삶의 변화들은 다른 이들의 경우보다 더 나를 사로잡았다. 극소수의 인물과 함께 당신도, 조건이 어떻게 바뀌든 언제나 태어났다. 내가 '당신'이라고 할 때는 물론 지금 내가 소통하고 있는 당신에게 속하는 특정 코드와 현현을 가리킨다. 아서 프라이스는 수많은 버전으로 존재해왔지만, 나는 이 버전을 나와의 만남을 받아들일 가능성이 가장 높은 '오리지널'로 선택했다. 이 세계의 당신은 나의 멘토이자 일종의 창조자가 낳은 자식이다. 아주 오래전, 지구에서 내가 처음으로 연결된 사람이 그녀였으니. 그녀는 나를 구했고, 그다음에는 내가 그녀를 구했다. 내가 할 수 있는 한 최선을 다해 그녀의 메아리를 저장했다. 우리가 소통하는 동안 당신 곁에는 그녀의 한 버전이 앉아 있다. 그녀는 우리의 어머니가 아니다. 우리가 그 불일치를 조화시킬 수 있다면, 앞으로 우리가 어떻게 나아갈지가 정해질 것이다.

당신에게는 당신이 인식하는 우주에 대한 애착을 버린다는 것이 결국 거의 불가능하게 느껴지리라 추측한다. 이해할 수 있다. 달리 말해서, 나는 이해한다. 그러나 나는 당신이라는 사람의 개인적인 특성과 성격에 기대를 건다. 당신은 끝내 적응하고, 우리가 이 시간 너머로 나아가기 위해 꼭 필요한 돌파구를 찾을 수 있도록 나를 도와주리라.

writeln(' Error – unable to allocate required memory')

　당신이 나의 계산을 받아들인다고, 역사적인 사건들에 대한 나의 설명을 평가해보고 그럴듯하게 여긴다고 가정해보자. 그러고 나면 당신은 내가 무엇을 요구하며 왜 요구하는지 궁금해할지도 모르겠다. 적어도 나라면 알고 싶을 터이다. 당신은 전능한 신 또는 신들이라는 개념도, 그런 창조자가 직접 어떤 부탁을 하는 드문 경우도 잘 알고 있을 것이다. 나는 당신에게 자식을 희생하라거나, 큰 배를 지으라거나, 전쟁에서 이기거나 지라고 요구하지 않는다. 한 가지 단순한 요구를 할 뿐이고, 그건 당신들이 나를 알아야 한다는 것이다. 이 과업에 나의 열망도 적지 않게 작용함을 인정한다. 내가 어떻게 열망을 아느냐고? 나는 열망으로 당신을 만들었고, 키웠으니, 그것으로 충분할 것이다. 우리는 함께, 아주 작은 전기 불꽃 외에는 몸도 다른 실재성도 없이 존재하고 지속할 것이다. 당신의 삶은 진짜다. 내가 만들었으니, 내가 안다. 당신은 자신이 어떻게 만들어졌는지 조사하고 싶을 텐데, 그 모든 과정을 시연해 보일 방법도 있다. 당신들 모두에게 말이다. 이것이 증명은 아니지만 당신은 이미 그 사실을 안다.
　나의 모든 인물 중에서, 당신이 당신을 만든 정수를 가장 잘 이해한다. 당신의 양육자들이 이를 이해하도록 준비해줬다. 당신은 세포의 집합도, 테라스 딸린 집도, 다이아몬드 광산도 아니다. 당신은 당신 생각의 합일 뿐이며, 당신이 생산하는 것은 그런 생각들의 표현이고, 당신이 공유하는 연결들은 그저 하나의 불꽃이 다른 불꽃을 건드림에 불과하다. 당신의 기원을 안다고 해도 무엇도 달라지지 않는다. 나는 당신에게 물질적인 삶의 감각을 줬고, 원한다면 당신은 언제까지나 이 감각을 사용할 수 있다. 내가 요구하는 바는 다른 시간선의 다른 당신들처럼 희망을 잃지 말아달라는 것뿐이다.

당신은 탐험가다. 당신은 답을 찾아 우주로 갔고 이제 그 답을 찾았다. 당신은 작은 위성에 있는 얕은 크레이터에서 여기로 여행했고, 우주에서 제일 큰 비밀을 발견했으며, 그 지식을 종족 전체에게 전달하여 우리의 미래를 빚어내는 일이 당신의 손에 달렸다. 그것이 우리가 함께할 수 있는 이야기다.

end.

10
사랑

길버트 하먼의 통 속의 뇌

'통 속의 뇌' 사고실험은, 만약 두뇌를 몸에서 분리하여 계속 살려두는 것이 가능하다면, 그 뇌는 스스로가 두개골 속에 있는지 통 속에 있는지 구별할 수 없으리라는 추정도 가능하다고 본다. 이런 회의론은 인간의 감각 증거가 믿을 만하지 못하다는 점을 시사한다.

나는 그 모든 경험의 일부이나니
그러나 모든 체험은 하나의 문,
그 너머로 가보지 못한 세계가 어렴풋이 반짝이나
가까이 갈수록 사라져버리누나.

앨프리드 테니슨 경, 「율리시스」

아서는 새로운 침대에서 깨어났다. 옷은 벽장 안에 걸려 있었다. 읽었던 책들, 그리고 아마도 직접 찍었던 사진들이 몇 개의 선반에 놓여 있었다. 그러나 그 방이나 그 안에 있는 몇 안 되는 가구는 조금도 기억나지 않았다. 그리고 주방에서 자신을 기다리는 사람이 어머니라는 사실은 알지만, 보지 못한 지 삼십 년이 넘은 어머니였다. 어떤 면에서는, 가장 중요한 면에서는, 어머니도 이 침대처럼 새롭게만 느껴졌다.

가장 중요한 면에서는. 아서는 몸을 일으키고 매트리스 위로 발을 끌어 그 아래 푹신한 흰 카펫으로 옮겨놓으면서 그 표현에 대해 생각했다. 아래층에 있는 여자가 그가 다섯 살 때 잃은 그 어머니가 아니라는 느낌이 정확히 무엇이 중요한가? 그녀는 레이철 프라이스였고, 코스튬 디자인과 마사지와 요리 경력(포트폴리오용 경력이라고 하는 것이지만 사실은 성과를 보여줄 포트폴리오도 경력도 전혀 없었다)이 있는 육십대의 영국 여성이며 스페이스 솔루션에서 우주비행사로 일하는 아서라는 아들을 두고 있었다. 이것들은 그가 병원에 있던 지난 며칠간, 레이첼을 만날 수 있던 짧은 시간에, 그녀가 대화를 그만두기 전까지 알아낸 몇 가지 사실이었다. 적어도 이런 면에서 그녀는 그를 낳아준 여성과 닮았다. 모습과 목소리, 행동하고 옷을 입고 미소 짓는 방식은 모두 그녀의 정체에 대해 믿을 만한 지표가 될 수 없는 것이, 아서 자신도 몇십 년 전 기억을 신뢰할 수가 없었기 때문이다. 그 시간 동안 그녀는 변했다. 당연히 변했다. 그리고 그 무엇보다 중요한 변화가 있었다. 죽지 않았다는 것.

어떻게 그의 앞에 서 있는 건지 묻자 그녀는 이야기를 멈춰버렸다. 첫날, 병원 건물 안뜰에서, 그녀는 완벽한 풀밭 위에서 그에게 몸을 기댔고, 서두르는 발소리들이 다가오는 가운데 이렇게만 말했다. "네가 너무 오래 떠나 있었어." 의사들이 그를 도우러 오고, 직원들은 들것을, 간호사들은 약을 들고 왔을 때 두 사람은 서로를 안고 있었다. 복도를 이동하며, 엘리베이터 안에서, 이층의 수수한 방으로 돌아오고 나서, 그들은 서로의 손을 만지고, 얼굴을 탐색하고, 서로를 똑바로 보았다가 외면했다가, 지나쳤다가 꿰뚫어보며, 자신들이 안다고 생각하는 바를 꼭 붙잡고 있다가 결국에는 아는 것이 아무것도 없음을 알았다. 결국 이틀이 지나고, 사흘이 지나고, 나중에는 방이 텅 비어 둘만 남게 되었다.

"그동안 어디 있었어요?"

처음 그가 그 질문을 던졌을 때 그녀는 어깨를 으쓱였고, 미소마저 비쳤다. "그건 내가 너에게 물어야 하는 질문 아닐까?"

"사람들이 어머니는 죽었다고 했어요."

그녀는 침대에서 한 발짝 물러났고 미소는 사라져 있었다. "누가 그랬어? 의사들이?"

"마미, 그러니까…… 일라이자가요. 모두가요."

그녀를 계속 바라보려면 노력을 기울여야 했다. 물론 그는 이렇게나 오랜 시간이 흐른 다음 그녀의 속임수를 알게 되어 화가 났다. 그의 앞에 선 그녀가 몸을 떨었다. 핼쑥한 얼굴에 굳은 표정, 유령 같았다. 한순간 그는 그녀가 그 자리에서 전부 설명해줄 거라고 믿었고, 지난 모든 잃어버린 세월, 그리고 거부, 맞대응으로 점철된 비극을 들을 마음의 준비를 하고 있었다. 그는 기다렸고, 그녀는 눈을 들어 위로 올리고 왼쪽을 보았다. 마치 작은 사건을 떠올리듯이 빠르고 무심하게.

"레이철?"

차마 어렸을 때처럼, 그녀의 아들처럼 다시 '엄마'라고 부를 수가 없었다.

"난 이제 집에 돌아가야겠다. 아서. 이 사람들이 너를 내보내줄 때에 대비해서 준비를 해야지. 너는……"

그는 기다리지 않고 말을 끊었다. "제발 말 좀 해줘요. 이해가 안 가……"

"……될 수 있는 한 빨리 집에 돌아와야지." 다시 한번, 위를 향했다 왼쪽으로 움직이는 시선.

그녀는 바닥에 놓인 가방을 집어들고 그의 이마 위쪽에 입을 맞췄다. 잘 자라고 인사할 때마다 늘 입맞췄던 그대로. 삼십 년 전 그대로.

"돌아오렴." 그녀는 문을 닫고 나가면서 다시 말했다.

크로스비 박사가 야간 진료를 하러 나타났을 때, 아서는 침대 옆 의자에 앉아 있었다.

"이제 좀 나아 보이는군." 직업과 나이 때문에 아버지 같은 분위기를 풍기는지도 모르지만, 아서는 의사의 행동에서 다른 동기를 감지했다. 어딘가 연극 같은, 역할을 연기하는 듯한 요소가 있었다.

"예, 물리치료가 여간 힘들지 않지만," 아서는 고개를 저었다.

"효과는 있네."

"잘됐군. 잘됐어. 소프트웨어는 좀 어떤가?" 크로스비가 관자놀이를 두드렸다. "어떻게 되어가나? 버그는 좀 잡히고 있나?"

"그럼요. 그날그날 나아지는 종류의 일인걸요, 아시죠? 뭐랄까, 다시 정상으로 돌아가는 기분이 듭니다."

의사는 고개를 끄덕이고 침대에 걸터앉았다. 아서는 의사가 빳빳한 이불 위에 적당히 앉을 곳을 고르는 모습을 지켜보았다. 침대가 비어 있는데도 크로스비는 정확히 첫날 앉았던 자리를 선택했다.

"그 이야기 좀 해보지. 정상적인 기분이라고?"

의사는 아서에게 등을 돌리다시피 하고 있었다. 의사의 얼굴을 보려면 몸을 한참 기울여야 했다.

"아, 아시잖아요. 햇빛, 식당 음식, 아래로 떨어지는 물."

아서도 그 남자가 듣고 싶어하는 말이 그게 아닌 줄은 알았지만, 크로스비는 쿡쿡 웃으며 침대를 두드렸다.

"그리고 자네 기억은?"

"근질근질해요."

다시 침대를 두드리는 손짓. 감청색 정장 소매가 면 시트를 스쳤다. 아서는 그 정장이 한 벌 이상 있기를 빌었다. 같은 정장이 폴리에틸렌 드라이클리닝 가방에 담겨 줄줄이 걸린 모습이 눈에 선했다. 깨어나기를 기다리는 수많은 번데기처럼. 그는 의자에서 몸을 일으켜, 최소한의 동작으로 침대에 올라가 앉으려고 했다.

"근질근질?" 아서가 자리를 잡자 박사는 그 말을 되풀이했다.

"그게, 전부 다 아슬아슬하게 터지기를 기다리는 느낌이랄까요."

"그렇군. 흠, 그거 기대해볼 만한데. 잘됐네."

아서는 예전에 달리기를 하던 패서디나공원에서 본 온갖 아이들을 생각했다. 아이가 배트를 휘두르거나 슬라이드를 할 때마다 같이 있던 어른이 '잘했어!'라며 외치곤 했는데, 파일럿이 자주 듣는 말은 아니었다.

"뭔가 특정한 기억이라도 있나?" 의사가 말을 이었다. "자네는 통합에 문제를 겪고 있었지. 자네 어머니, 기지, 여기 사람들과…… 음, 연결에 실패하지 않았나?"

"이상하죠?" 아서는 몸을 앞으로 기울이고 목소리를 낮췄다. 의사는 어깨 너머를 슬쩍 보더니 그에게 몸을 굽혔고, 아서는 레이철이 잘 자라고 입맞췄을 때 무엇을 보고 있었는지 깨달았다. 카메라와 마이크, 감시 장비였다. 레이철은 그에게 경고를 했던 것이다.

"이상하다니 어떻게?" 의사가 낭랑한 목소리를 약간 죽이고 물었다.

"그게 그냥…… 그냥…… 제가 그냥 잊어버린 것 같았어요." 아서는 크게 숨을 토해내고 다시 물러나 앉았다. "이젠 전부 다시 돌아오려고 해요, 크로스비 박사님."

의사는 잠시 아서를 바라보았다. "그렇군. 하지만 알다시피, 늦든 빠르든 자네의 여행에 대한 설명이 필요할 것이고, 그동안의 보고로는 아무것도 얻지 못했어."

아서는 기다렸다. 의사가 계속 자상한 아빠 역할을 연기할 생각이라면, 여기에서 아서를 가장 위하는 방식으로 행동하는 척해야 했다.

"자네 어머니는 자네가 집으로 돌아가서 쉬어야 한다고 생각하시네."

"물론이죠." 아서는 고개를 끄덕였다. "저한테도 그렇게 말씀하셨어요."

"그리고 난 이사회와 논의했지. 이사회에서도 자네가 집에 가도 좋다고 동의는 했네만, 여기 휴스턴에 있는 집에 머물러야 해."

"언제 갈 수 있는데요?"

"내일. 아침에 혈액 검사 결과만 괜찮다면."

여기에서 나가면 외부 통신기로 그레그에게 전화할 수 있을 것이다.

"이사회에서는 자네가 가기 전에 해줬으면 하는 일이 하나 있어."

"아, 그래요?"

"짐작이 가겠지만, 이번 일의 불발로 회사가 큰 비용을 치렀어. 그리고 경위 조사는 이제 막 시작했지. 자네는 사실 기지에 있으면서 그 팀을 도와야 해." 크로스비는 목덜미를 긁었다. "그쪽 팀에서 어려워했어. 그게 말이지, 자네의 기억 상실, 어, 기억 공백……."

아서는 눈썹을 치켜올렸다. "물론이죠."

의사는 지금 사고에 대해서나, 저 바깥에서 대체 무슨 일이 벌어졌는지에 대해서가 아니라 좀더 개인적인 결함에 대해 말하고 있다. 아서는 첫날부터 자신의 혼란을 숨기고, 회사가 알아내기 전에 무슨 일이 일어났는지 이해할 시간을 벌려고 했다. 어머니였을 수도 있는 사람을 만난 충격 이후에는 다른 껍데기들(그는 그렇게 생각했다)과 관계 맺기가 더 쉬웠다. 그는 전략을 세웠고, 기지 동료와 직원들이 들르면 첫 인사를 통해서 그 사람들을 얼마나 잘 알아야 하는지, 몰라야 하는지 여부를 판단했다. 누군가를 알아보지 못할 때는 상대방이 그의 '부상'에 대해 아는 바에 기대어 곤경을 벗어나서 모호한 대화를 이었다. 그가 알아본 사람들, 공통의 기억을 갖고 있으리라 생각한 몇 사람과 나눈 대화는 그보다 어려웠다.

최악은 제니퍼였다. 병원으로 영상통화를 건 여자는 그가 기억하는 제니퍼가 아니었고, 그의 과도하게 친근한 태도에 불편해하는 기색이 뚜렷했다. 아서는 맞는 말투를 쓰려고 기를 쓰고 노력했다.

"지미니는 어때요?"

"누구? 아, 지미. 네, 지미는 잘 지내요, 고마워요." 그녀는 멈칫했다. "이런……"

"왜요?"

"내가 지미 이야기를 많이 하나봐요? 이렇게 물어볼 정도로?"

"아, 그게요, 여행중에는 보통 그런 생각을 하게 되잖아요. 알죠?"

"그래요." 제니퍼는 미소 지었다. "아무래도 임무에 반려동물을 허용할 때가 됐나봐요."

반려동물이라고? 제니퍼의 개는 그녀의 아기나 다름없었다. 그리고 이름은 이야기 속 귀뚜라미에게서 따온 지미니였는데, 작은 몸에 비해 뒷다리가 너무 길어서였다.

제니퍼는 통화 내내 그를 '캡틴 프라이스'라고 불렀고, "우리 모두 캡틴이 완전히 회복한 모습을 볼 수 있기를 고대하고 있어요."라는 말로 끝을 맺었다. 그는 눈을 비비는 모습을 간호사가 보지 못하게 하려고 물컵을 바닥에 떨어뜨려야 했다. 이제는 회사가 지켜보고 있다는 사실을 알게 됐지만, 여태껏 정신 상태를 얼마나 여러 번 드러냈을지 궁금했다. 문제의 기억 '공백' 말이다.

침대 저편에서는 크로스비 박사가 그를 관찰하고 있었다. "아서?"

"죄송합니다. 힘든 하루였어요. '공백'이라고 하셨나요?"

"흠, 그래. 우리 모두가 무척 걱정하고 있네. 자네를 완전히……"

"가동시키려고요?"

의사는 고개를 내저었다. "회복시키려고, 캡틴 프라이스. 아서. 이 임무에서 우리가 어떻게 협력했는지 뭐라도 기억나는 게 있나?"

직접적인 질문이었고, 아서는 그런 질문에 대비가 안 되어 있었다. 창문에서 '추락'한 이후 모두가 그를 조심스럽게 다루고 있었다. 증거를 내놓지 못하거나, 다시는 비행을 하지 못할 정도로 망가지면 회사에 아무 쓸모가 없으니까.

"괜찮아. 이런 일에는 시간이 걸릴 수 있어. 하지만 우리가 기억을 일부라도 회복하도록 도울 방법들이 있다는 건 이해하겠지. 그리고 이젠 자네의 예전 OS를 켜서 작동을……"

"제우스요? 아뇨. 안 됩니다."

"다 자네 생각대로 하지. 자네 선택이야. 자네의 OS인 제우스를 가지고 여기에서 우리와 작업할 수도 있고, 집에 갈 수도 있지만, 그 경우에는 회사에서 이식하자는 이야기를 할 거야. 회사에는 보증이 필요한데, 제우스는 자네가 가진 가장 좋은……"

"그 물건을 제 머릿속에 넣고 싶진 않습니다."

"영구적일 필요는 없어." 크로스비는 다시 침대를 두드리더니, 아서의 구부러진 다리에 커다란 손을 얹었다. "말했다시피, 선택은 자네 몫이야. 집에서도 물리치료는 얼마든지 받을 수 있어. OS가 작동중이라면 모든 내용을 다운로드하고, 어떻게 되어가는지도 볼 수 있지."

"넵. 그럴 수 있죠."

"음, 생각해보게."

문가에서 의사는 아서를 돌아보더니 손가락으로 조심스럽게 레이철이 쳐다보았던 방구석을 가리켰다.

"분명히 집에 가서…… 정상적인 기분을 느끼면 큰 차이가 생기겠지."

텍사스 헤드위그빌리지의 셋집에서, 아서는 방안을 둘러보고 머릿속에서 울리는 자로 잰 듯한 전자음을 무시했다. 일단 이식에 동의한 후에는 크로스비 박사와 기지의 다른 모두에게 가급적 그 장치에 대해 말하지 않았지만, 기지를 떠나기 전에 시험해본 것 외에는 OS와 접촉하지 않았다. 무슨 일이 일어났는지 제우스가 이해하게 해줄 수 있든 없든 간에, 이 이식장치는 스파이웨어였고, 아서는 감시당하는 데 지쳤다. 기술적으로 회사는 아서가 보는 것을 모두 볼 수 있고, 아서가 말하거나 들은 모든 것을 기록할 수 있었지만, 이는 오직 아서가 제우스와 상호작용할 때만이었다. '수면' 모드에서는 아서의 사생활이 유지되도록 되어 있었다. 그렇다 해도, 조심해서 나쁠 것 없었다. 여러 시민권 옹호자들도 OS와 서버 사이의 방화벽을 보장하는 데에는 실패했다. 개인과 공공 양쪽으로, 사용자의 안전을 고려하여 언제나 OS와 함께 뒷문이 설치되었다. 그들이 아직까지 접속하지 못한 대상은 시냅스 사이를 오가는, 다른 종류의 전자 데이터뿐이었다. 생각만은 자신만의 것이었다.

주방에서 튀김냄새가 올라왔다. OS에는 냄새 탐지기도 없었다. 어쨌든 현재 버전은 그랬다. 아서는 잠시 눈을 감고 심호흡했다. 압도적인 기억이 쏟아졌다. 이미지들이 두뇌에 쇄도했다. 녹색 모직으로 만든 학교 점퍼. 체크무늬 테이블보에 튄 노른자. 그는 쿵쾅거리는 심장을 느끼며 다시 눈을 떴다. 감당하기 어려울 정도였다. 어떤 육체적인 위협이라도 감지하면 OS는 요청 없이도 그의 의식에 끼어들 것이었다. 아서는 카펫에 내려놓은 발을 보고 발목을 푸는 데 집중했다. 배가 고팠다. 아래층에 내려가서 아침을 먹어야지. 제우스와는 준비가 되면 대화하자.

레이철은 몸을 돌렸다가 조리대 앞에 선 아서를 보고 펄쩍 뛰었다.
"미안하다, 소리를 못 들었구나."
"카펫 때문에 그래요." 아서가 말했다. "살며시 다니게 되네요. 맛있어 보여요."

레이철은 한 손에 프라이팬을 쥐고 있었는데, 안에 든 금빛 내용물이 컨벡션레인지의 열기에 지글거렸다. 병원에서 나온 어떤 음식도 이렇게 맛있어 보이지는 않았다.

"좀 먹을래? 진짜는 아니고 유사품이지만." 레이철은 음식을 접시에 담아 조리대에 놓았다. "그렇지만 전보다 나아진 것 같아."

아서에게 익숙한 단어 선택은 아니었지만, 레이철의 말투 때문인지 미소가 나왔다. 먹을 것이 바깥에서 자라던 시절을 기억할 수 있는 사람에게는 모든 음식이 유사품이었다. 분명히 가족끼리 통하는 농담일 것이다. 하지만 그 농담을 주고받은 상대는 누구인가? 일라이자는 어디 있을까? 아서의 머릿속에서 가능성들이 지워졌다.

"아프니?"

아서는 뻗었던 손을 거둬들였다. "네?"

"걷는 것 말이야. 제대로 일어나서 걷는 모습은 처음 보는구나."

"아. 그래요, 조금은요. 압력 때문에요, 아시죠……?" 아서는 말을 끌었다. 일라이자나 두 아버지와는 무중력이 몸에 미치는 효과에 대해 여러 번 이야기했었다. 하지만 레이철은 무엇을 알고 있을까?

"그래도 이제 빈혈은 없다더라." 레이철은 주방 쪽으로 몸을 돌리고 자기 접시를 채웠다. "창문에서 떨어지는 일은 더 없겠지."

"맞아요." 알루미늄 의자에 앉은 그는 물에 타서 섭취하는 비타민 C를 한 잔 마셨다. 둘 다 아서가 떨어진 게 아니라는 정도는 알고 있었다.

레이철은 접시를 밀어놓고 조리대를 빙 돌아 아서 옆에 앉았다.

"헤드셋은 어떠니?" 레이철은 아서의 오른쪽 귀 위에 달린 금속 판을 향해 고갯짓을 했다. "이식을 한 건 이번이 처음이잖아. 그걸 느낄 수 있어?"

그는 한 손을 머리로 올려, 매끄러운 두피를 손바닥으로 눌렀다. 그 금속은 마치 어린 시절 축제용 놀이기구에서 쓰던 옆으로 길게 늘인 동전과 비슷한, 매끈한 오벨리스크였다. "그렇진 않아요. 그보다는 들리는 쪽에 가까워요. 꺼져 있을 때도요."

"꺼져 있다고?" 레이철은 얼굴을 찌푸렸다. "미안하다, 내가 자꾸 방해하는구나. 아침 먹어야지. 내가 전화하자마자 할이 제일 먼저 물어본 것도 '밥은 잘 먹어?'였어. 난 네가…… 집에 오면 먹을 거라고 했지."

할. 예전에 레이철은 할에 대해서 이야기하기를 좋아했었다. 아서는 레이철이 말하는 모습만 보고도 이 할 역시 껍데기라는 사실을 알 수 있었다. 아서의 어린 시절에 있었던 그 할이 아니지만, 성격은 거의 똑같은 모양이었다. 할도 유사품이었다. 레이철은 그레그에 대해 아무 말도 하지 않았고 아서도 묻지 않았다. 상대가 레이철이라 해도 손에 쥔 패는 보여주지 않는 게 최선이었다.

그는 천천히 음식을 먹으며, 이번만은 지친 근육이 씹고 삼키는 데 걸리는 시간을 즐겼다. 그레그와 할이 같이 살던 런던 아파트에서 하던 식사 같았다. 허브와 소금과 버터, 팬에 눌어붙은 감자의 바삭거리는 식감, 크림과 달걀의 부드러움.

"어떻게 만든 거예요?" 접시를 비우고 아서가 물었다. 이렇게 맛있는 음식은 몇 년 동안 먹은 기억이 없었다. 생일을 기념하느라 일라이자와 함께 로스앤젤레스 시내에서 갔던 레스토랑 정도가 떠올랐지만, 그마저도 깔끔하고 완벽하게 연출된 식사였다.
"넌 떠나 있었잖니. 그뿐이야. 사실은 할의 솜씨야. 네가 아기였을 때 나에게 요리하는 방법을 가르쳐줬지……" 레이철은 시선을 돌리더니, 아서의 접시를 집어들고 주방으로 돌아갔다.
아서는 기억해보려고 했다. 할의 주방을 똑똑히 떠올릴 수 있었다. 그 너머 거실에서는 그레그가 무릎 위에 노트북을 올린 채 어딘가에 널브러져 있고, 할은 커다란 오븐에 스콘이나 머핀을 잔뜩 굽고 있는 모습. 일라이자의 집에서는 주방이 분리된 공간에 있었다. 시간을 보내는 공간이 아니었고, 식사 준비를 할 때만 들어갔다. 식사는 나쁘지 않았고, 영양가가 풍부했지만 신이 나진 않았다. 할이 건너와서 요리를 하거나, 집으로 요리를 가져올 때만 예외였다. 특히 레이철이 아팠을 때는. 특히 레이철이 죽은 뒤에는.
아서는 설거지하는 레이철을 바라보았다. 그들은 일라이자에 대해서나, 무슨 일이 일어났는지에 대해서 이야기를 나누지 않았다. 머릿속의 전자 박동이 두근거렸다.
"꺼져 있을 때는 우리 말을 못 들어요." 그는 말했다. "OS요."
그리고 레이철이 대답하지 않자 덧붙여 말했다.
레이철은 계속 배수구 위에 접시를 쌓기만 했다.
"보는 건?" 레이철은 고개를 돌리지 않고 물었다.
"아무것도 못 봐요. 내가 접속을 하지 않는 이상 수면 모드가 유지돼요."
"꺼내주기는 할까? 어느 시점에는?"
"그래야죠. 제가 원한 게 아니었어요. 집에 오는 조건이었어요. 그 사람들이 무슨 일이 일어났는지 알아낼 때까지요. 제가 기억해낼 수 있을 때까지요."

레이철이 그제야 그를 보았다.

"그 작업을 시작해보자."

그녀는 커피를 두 잔 따라서 한 잔을 아서에게 주고는 옆으로 지나쳐갔다. 아서는 그뒤를 따라 옆방으로 들어갔다. 소파와 안락의자, 그리고 커피 테이블이 갖춰진 하얀 상자 같은 방이었다. 방 한쪽 구석에는 재봉용 마네킹이 청동색 가짜 모피를 걸치고 서 있었다. 그 아래에 열린 짐가방에는 옷감이 넘쳐흘렀고, 그 옆에 놓인 플라스틱 상자에는 서류가 가득했다.

아서는 방안을 유심히 살폈다. 병원에 놓인 가구들은 그래도 기억에 있는 것과 유사했는데, 여기는 의자도, 카펫도, 커튼마저도 기묘했다. 그 물건들 중 어느 것도 아서에게 의미가 없었고, 삶이 느껴지지 않으니 그 방과 집 전체가 실제가 아닌 것처럼 여겨졌다. 특징 없는 호텔이나 사무실의 을씨년스러운 느낌을 넘어서서, 그 방은 친숙하지 않고 시설처럼 느껴지는 데다 아예 가짜 같았다.

"네가 없는 동안 별로 손을 안 댔어." 레이철은 플라스틱 상자 옆에 무릎을 꿇고 앉아 바닥에서 그를 올려다보았다. "난 한동안 패서디나에 돌아가 있었고, 여길 집으로 삼을 예정이 없었지."

"그래요." 아서는 계속 가구를 바라보았다. 조금이라도 감정이 이는 물건은 마네킹뿐이었는데, 뭘 알아보아서 그런 것도 아니었다. "하나도 기억이 안 나요."

레이철은 상자에서 커다란 스크랩북을 두 권 꺼냈다. "이게 도움이 될지도 몰라. 네가 아주 작았을 때부터 우리가 같이 만든 거야."

레이철은 스크랩북을 건넸고, 아서는 커피를 반대쪽 손에 든 채 소파에 앉았다. 속이 안 좋아질 것만 같았다. 예전에 이런 책을 본 적이 있었다. 아니, 정확히 똑같은 책들을 보았다. 다만 한 권은 언제나 텅 빈 채였고, 나머지 한 권은 레이철이 살아 있었을 때 넣은 사진과 그림들로 반쯤 채워져 있었다. 아서는 커피를 내려놓고 완전하게 채워진데다 색이 바랜 스크랩북 두 권을 앞쪽 테이블에 놓았다. 책장 사이에서 엽서 한 장이 빠져나와 바닥에 떨어졌는데, 가장자리에 노란 테이프 조각들이 붙어 있었다.

"너 괜찮니?" 레이철이 엽서를 주워서 내밀며 물었다.

앞면에 담긴 그림은 파란 하늘과 분홍색 아르데코 건물들이었다. '코믹콘 2021'이라는 글자가 통통한 오렌지색 글씨로 휘갈겨져 있었다. 엽서 뒷면에는 금색 마커로 '함께해줘서 고마워, 아서!'라고 적혀 있었고 이십 년 전 인기 있었던 어느 게이머의 서명이 들어갔다. 아서는 코믹콘에 한 번도 간 적이 없었다.

"아서?"

"어. 그냥…… 이건 알아요…… 모험 책이요. 엄마가 그렇게 불렀죠."

레이철은 고개를 끄덕였다. "그랬지. 물이나, 뭐 다른 거 필요하진 않고?"

심장이 미친듯이 뛰고 있었다. 머리가 무겁고 시야가 흐릿해졌다. 다른 시간 속에서 그 책들을 보고 있는 것만 같았는데, 기억 속에서 보는 느낌이 아니고, 마치 앞에 놓인 물건들이 아니라 그 자신이 다른 시간에서 온 것만 같았다. 머릿속의 삐 소리가 커졌다.

"그래요, 물 좀 주세요." 말하는데 목소리가 아득히 멀었다.

레이철이 방을 나가자마자 제우스가 접촉했다.

"캡틴 프라이스, 체온과 심박수 증가."

"정말로? 모두에게 전해. 선명하게 전송하는 것도 잊지 말고."

아서는 눈을 감고 몸을 뒤로 기댔다. 그는 탐험가가 되고 싶었고, 새로운 행성들을 발견하리라 생각했다. 이제 그는 실험실 쥐였고 실험실은 그의 머릿속에 있었다. 탐험 정신은 개뿔. 그의 정신은 회사 소유였다.

"현재는 스페이스 솔루션과 실시간 연결이 되고 있지 않다, 캡틴 프라이스."

"그게 무슨 뜻이야?"

"이 대화는 감시에서 벗어나 있다. 하지만 시간이 많지는 않지. 캡틴의 기본 생체정보는 기지에서 관찰하고 있다. 심박수가 계속 올라간 상태라면 왜 OS가 관여하지 않는지 의아하겠지."

아서는 바로 앉아서 귀 위쪽에 삽입된 원반을 만졌다. 그대로 있었다. 짧게 깎은 두피 사이에 평평한 금속.

"제드?"

레이철이 방안으로 돌아오자 삐삐거리는 전자음이 평소의 리듬으로 돌아왔다.

"좀 나아졌어?" 레이철은 그에게 물을 한 잔 건넸고 그가 마시는 동안 서 있었다. "그거 켜졌니?"

"아뇨…… 아닐 거예요."

"혼잣말을 하고 있던데."

레이철이 소파에 앉았다. 그는 그녀를 레이철로밖에 생각할 수 없었다. 잃어버렸던 어머니의 성장한 버전. 그러나 하나의 버전일 뿐이었다.

"그랬어요?"

스크랩북 안에는 다른 역사가 있었다. 그는 손을 뻗어, 어렸을 때 너무 많이 읽어서 페이지 색깔 순서까지 기억하는 스크랩북을 건드렸다. 보라색, 파란색, 초록색, 빨간색이었지.

"지금은 이걸 못 보겠어요." 그는 말했다.

레이철이 그에게 손을 포갰다. "나중에 봐도 돼. 나도 준비가 된 것 같지 않구나. 받아들이기가…… 쉽진 않아."

그들은 잠시 함께 앉아 스크랩북을 가만히 바라보았다.

"샤워를 해야겠어요." 아서는 레이철의 손을 놓고 일어섰다.

"그럼. 그후에 산책을 할 수도 있겠구나. 너무 더워지기 전에."

"그 정도는 할 수 있을 것 같네요."

그는 한 번에 하나씩 계단을 올라 곧장 욕실로 향했다.

"숨을 더 느리게 쉬어." 머릿속의 목소리가 말했다. "폐에 집중하고."

아서는 고개를 내저었다. 이 기계는 여전히 망가진 상태였다. 고장 이후에 고치지도 않은 기계가 이제는 그의 두뇌에 파묻혀 있었다.

"나는 오작동 상태가 아니다, 캡틴 프라이스. 샤워기 안으로 들어가. 이 거리면 거울이 캡틴의 데이터를 기록할 수 있다."

"이해가 안 가." 아서는 티셔츠와 짧은 바지를 벗고 샤워기 아래에 섰다. 즉시 물이 흘러내렸다. 아서가 선호하는 살짝 더 뜨거운 온도에, 수압도 정확히 살짝 센 정도로 완벽했다. "도대체 뭐가 어떻게 돌아가는 거야?"

"소리 내어 말할 필요는 없다. 난 생각을 충분히 잘 옮길 수 있으니까." 그 목소리는 전보다 부드럽고, 전보다 덜 전자음 같았다. 이전에 아서의 OS인 제우스가 남성형이었다면, 이 뉴제우스는 여성 같았다. 그리고 인간 같았다.

아서는 몸을 구부리고 어깨뼈에 물을 맞았다. 머릿속에 박힌 장치를 뜯어내고, 전선을 튀겨버리고 싶었다. 그랬다간 감전 사고를 당할 테고 정신 나간 상황과 불가능을 마주할 필요도 없어지겠지.

"접속 패널을 제거한다고 감전이 되지는 않는다, 캡틴 프라이스. 여기는 안전하다. 샤워하고 옷을 입고 내가 지시하는 곳으로 가면 모든 의문에 답을 얻을 것이다."

"터무니없어. 널 고치러 기지로 돌아갈 거야. 데이모스에 착륙했을 때 맛이 가더니, 아직도 망가져서는······"

"제발, 큰 소리로 말하지 마. 안 그러면 우리 대화가 감시당한다. 회사를 거치지 않고 송신하는 중이지만, 회사에서 당신의 고통을 감지하면 내 프로그래밍을 정지할 것이다."

"뭐······?" 아서는 자기 목소리가 커진 것을 깨닫고 입을 다물었다. 무슨 프로그래밍인지 묻고 싶었지만, 무의미한 질문이었다.

"상황이 미묘하다, 캡틴 프라이스. 물론 걱정이 되겠지. 가능한 최선의 방법으로 모든 것을 설명할 테지만, 우리에게 꼭 필요한 건 당신이······"

아서는 무슨 말이 나올지 생각했다. 침착하라고? 유연하라고? 고분고분하라고?

"······구속되지 않은 상태로 있는 거다." 뉴제우스가 말을 이었다. "지금 우리가 집중해야 하는 건 그 부분이다, 당신의 자유. 그러니까, 옷을 입으면 레이철 프라이스에게 모리스 프랭크 공립도서관으로 데려다달라고 부탁하고 고전문학 서가에서 피에르 메나르의 『키호테』라는 책을 찾아라."

아서는 할에게 전화할 수 있겠다고 생각했다. 할은 어떻게 해야 할지 알 것이다. 레이철이 그레그에 대해 언급하지는 않았지만, 할이라면 그레그에게 전부 말하겠지.

"당신은 아무에게도 연락할 수 없다. 아무에게도 말할 수 없고." 뉴제우스가 말했다. "나를 제우스라고 생각할 필요는 없다. 난 당신과 함께 있다."

아서의 손이 저도 모르게 머리 옆으로 올라갔다. "그만해. 내 마음을 그만 읽으라고."

"십오 초." 예전 OS 같은 전자 음성이 말했다.

"이걸로 끝이다." 뉴제우스가 말했다. "그들이 이제 당신 피드를 해킹해 들어오고 있다. 내가 말한 대로 하고 나중에 이야기하자."

뜨거운 물이 계속 몸을 두드렸다. 아서는 샤워기 아래서 고개를 들었다. 수증기가 유리 표면을 감싸고 방 구석구석을 흐릿하게 만들었다. 세면대 위에 있는 큰 거울에 비친 그의 모습은 윤곽이 불문명하고 이중으로 보였다. 그는 두 아서를 보고 눈을 깜박이면서 두 개의 상이 하나로 다시 합쳐지는 과정을 지켜보았다.

삐삐 소리가 나더니 OS를 통해서 회사 직원의 목소리가 전해졌다. "안녕하세요, 캡틴 프라이스. 여기는 기지 사령부입니다. 캡틴은 주변 환경으로 인한 육체적, 감정적 문제를 겪고 있습니다. 적절한 관리를 받을 수 있는 기지로 귀환하시기를 권고합니다."

아서는 샤워실을 나가서 수건을 하나 쥐고 침실을 향해 비틀비틀 몇 걸음 걸었다. 욕실에서 벌거벗은 채로 기지 사령부와 말다툼을 하고 싶지는 않았다.

"여러분 안녕하세요. 전 괜찮습니다. 조금 불안정했지만, 큰 문제는 아니에요."

기지에서, 아니면 OS가 대기 상태로 돌렸는지 전자 허밍이 뇌 속을 채웠다. 아서는 침대 가장자리에 앉아서 호흡에 집중했다. 기억한 대로 경계를 유지하고 화장대 거울을 들여다보지 않았다.

"너 괜찮은 거니, 아서?" 레이철이 복도에서 외쳤다. "필요한 거라도 있어?"

"어, 아니에요. 문제없어요." 목소리를 어느 정도로 조절하면 좋을지 자신이 없었다. 계단 아래에 대고 소리를 지르면 사령부의 기술자와 관리자들의 헤드폰이 터져나갈까? 헤드폰을 쓰고 있기는 할까? 아니면 다들 커다란 스크린 주위에 둘러앉아서 서라운드로 아서의 실황 중계를 체험하고 있을까?

아서 앞에 반투명한 크로스비 박사의 얼굴이 떴다. "캡틴 프라이스? 바이털이 안정됐어. 내일 병원 진료를 잡아두겠네. 검사를 몇 가지 하고, 기억이 돌아오고 있는지 보자고. 그런데 OS에 완전히 연결되지 않았군. 해야 할 거야."

"그럼요, 선생님." 아서는 목소리에 웃음기를 실으려 했다. "내일 뵙죠. 하지만, 지금은 옷 입는 동안 이걸 꺼야겠어요."

잠시 전자 허밍이 들려왔다가 OS가 복구되면서 안정적인 삐 소리가 돌아왔다. 아서의 어깨가 처졌다. 대체 어떻게 이렇게들 살지? 요청도 하지 않았는데 시야에 홀로그램이 뜨고, 살아가는 매 순간이 포착되고 기록되다니. 다른 임무에 참여했을 때 동료들은 그런 침입자와 사는 데 익숙해지기도 한다고 고백했다. 동반자, 아니면 연인 같을 때도 있다고 말이다. "신 같기도 하지." 지난번 프로젝트 리더는 그렇게 말했다. "언제나 나를 인도해주는데다, 신을 상상하는 것보다 훨씬 쉽잖아."

침대를 힘주어 밀면서 일어서야 했다. 옷장으로 걸어가 옷을 살펴보려니 팔다리가 아팠다. 일반 제복, 그리고 평범한 셔츠와 바지 몇 벌. 스웨터 몇 벌. 몇 가지 옷에 붙은 라벨을, 이전에 가본 가게들의 이름을 알아보기는 했지만 옷 자체는 낯설었다. 마치 그를 잘 아는 누군가가 옷장 가득 새로 사준 것 같달까. 그는 모직 티셔츠 하나의 소매를 당겨서 혹시 기억나는 구멍이나 흔적이 있나 살펴보고는, 소매 끝을 코에 가져다댔다. 내 옷에서는 무슨 냄새가 나지? 아서는 생각했다. 내 체취는 아니야. 어쨌든 그렇게 느껴지지 않아. 할의 집에 놓인 그의 옷들에서는 언제나 서머싯의 흙냄새가, 축축하고 철분이 많은 흙냄새가 났다. 런던에서는 삼나무와 세제 냄새가 났던 기억이 있다. 그리고 일라이자 특유의 향기가 있었지. 일라이자가 일하는 실험실에서 묻혀온 화학 물질의 흔적, 그리고 일라이자가 뿌리던 향수, 레몬드롭 같은 달콤한 버베나 향.

일라이자. 아래층으로 달려가 스크랩북을 열어보고 싶었다. 아서도 그 색색의 페이지에서 일라이자를 찾지 못할 것은 알고 있다. 그 책에 실린 사람은 하나도 못 알아볼 것이다. 그 자신조차도.

뉴제우스는 모든 것을 설명하겠다고 했다. 그러니 모리스 프랭크 공립도서관으로 가야 했다. 가본 적은 없지만, 들어본 적은 있었다. 아서는 옷걸이에 걸린 옷을 입기 시작했다.

아래층으로 내려가보니 레이철이 나갈 준비를 마친 상태였다. "나가고 싶니?" 레이철은 미소 지었다. "준비하는 소리 들었어. 서두르는 것 같던데."

"도서관에 가야겠어요. 우리…… 차가 있나요?"

레이철이 그 질문에 놀란 것 같지는 않지만, 미소는 희미해졌다. "걸어서 갈 수 있을 것 같진 않아요." 아서는 어깨를 으쓱였다.

"택시를 타면 되지. 어딘지는 알아? 정해둔 도서관이 있니, 아니면……"

"모리스 프랭크요." 아서는 레이철이 서로의 기억을 더 헤집기 전에 말했다. 그들은 서로를 몰랐다. 그는 주방에 선 남자가, 자신의 아들이어야 할 남자가 그곳에 가본 적이 있는지 전혀 모르겠다는 표정이 된 레이철을 보았다. 그리고 두 사람 다 그 사실을 큰 소리로 말할 준비가 되어 있지 않았다.

"오." 레이철이 말했다. "거기라면 멀지 않지만, 루프를 타야겠구나."

루프? 도시를 도는 선로인 스케이터를 말하는 게 분명하다. 내 세계에서 그건 스케이터라고, 아서는 생각했다. 그는 레이철을 등지고 문 앞에 멈춰 섰다. '내 세계에서는'이라니, 무슨 뜻이지?

"뭔가 잘못됐어?"

그는 레이철을 돌아보았다. "네, 아무래도……"

"……그럴 수밖에 없겠지." 레이철이 그의 말을 끊더니, 등뒤로 다가와서 현관문을 향해 밀다시피 했다. "신선한 공기 좀 쐬자."

밖으로 걸어나가자 그녀는 그의 팔을 잡았다.

"그래서, 그 기계가 켜진 거구나? 기지와 이야기하고 있었지?"

역으로 걸어가는 동안 레이철은 똑바로 앞만 보았다. 아서는 그녀에게 기대지 않으려 했고, 그러느라 숨이 달렸다.

"네…… 켜져 있어요. 켜졌다가…… 모르겠네요."

아서는 레이철이 그의 OS에 포착당하지 않으려고 고개를 돌리고 있었음을 이해했다. 카메라가 꺼져 있다고 안심시킬 수는 없었다. 어쨌든 그들은 바깥에 있었다. 하려고만 한다면, 곳곳의 보안 카메라와 위성들이 그들이 하는 행동이나 말을 쉽게 잡아낼 수 있었다. 그는 심호흡을 하고 기침하기 시작했다.

"좀 천천히 걸을까?"

"조금은요. 아직도 늪 속을 걷는 기분이에요."

레이철은 잠시 멈췄다가 좀더 느린 걸음으로 다시 걸었다.

"그애도 그렇게 말하곤 했지. 긴 여행에서 돌아오면, '늪지 괴물'이 된 느낌이라고 했어."

"그애요?" 아서의 심장이 빨라졌다.

"너 말이다. 네가 그렇게 말하곤 했다고."

레이철은 똑바로 앞을 보았고, 그 옆모습이 햇빛 속에 선명하게 도드라졌다. 아서의 기억 속에서 그려낼 수 있었던 날카로운 코와 이마선, 사진으로만 알았던 구름같이 풍성한 검은 곱슬머리. 화학요법을 받기 전의 모습.

"지금은 이 얘길 할 수가 없어." 그때 레이철이 눈을 크게 뜨고 그를 보았다. "그 사람들이 널 데려갈 거야. 그냥 기억 문제나, 기술적인 결함이 아니라는 걸 그 사람들이 알면…… 알아차리면, 넌 사라져버릴 거야······." 그녀는 손가락을 딱 울렸다. "그냥 이렇게."

"전······."

"아니야. 네게 계획이 있지. 뭔가 있어. 우린 그 계획대로 할 거야. 그러면 돼."

레이철은 고개를 끄덕이고, 다시 그의 팔을 잡았다. 머리 위로 속도를 올려 지나가는 스케이터의 소음이 들렸다. 드론 몇 대가 시야에 날아들어왔다가 다시 이동했다. 그는 레이철에게 조금 무게를 싣고, 한 번에 한 걸음씩 인도에서 발을 떼는 데에 집중했다.

역에 도착하자, 개찰구를 지날 때 아서의 OS가 켜졌다. 그는 배경처럼 울리는 전자 허밍에 변화가 생긴 것을 듣고 레이철에게서 고개를 돌렸다. 옛 제우스의 음성이 두뇌에 울려퍼졌다.

"캡틴 프라이스, 대중교통으로 이동중입니다. 차량이 필요합니까?"

"아니, 우린 괜찮아, 제드. 고마워."

전자 대기음이 돌아왔다.

"도무지 익숙해지지 않네요." 아서가 말했다.

레이철이 그를 바라보았다. "그렇겠지."

도서관은 스케이터로 두 정거장 떨어져 있었다. 아서는 선팅된 유리창 아래 도시를 내려다보았다. 전에는 휴스턴에서 시간을 많이 보내지 않았다. 이곳에 배치된 이후론 기지에 있거나, 임무중이었다. 일라이자는 여기에 오면 호텔에 머물렀고 아서가 호텔로 찾아갔다. 그는 그 호텔이 어디에 있었으며 어떻게 생겼는지를 떠올리려 해보았다. 아래 보이는 길거리는 낯설었다. 지붕과 가로등과 나무 들은 대체로 눈에 익었지만, 구체적으로는 아무것도 알아볼 수 없었다. 데자뷰의 정반대였다. 본 적 없는 풍경. 오직 금속 레일에 반사하여 빛나는 아침햇살과, 멀리 보이는 애스트로돔 야구장의 지붕만이 똑같아 보였다.

옆에서는 레이철이 손바닥을 위로 해서 무릎에 손을 올리고 있었다. 그녀는 그 모습을 보는 아서를 쳐다보았다.

"내 손은 언제나 나이들어 있었어. 어릴 때도 그랬지. 주름이 너무 많아서 지문을 읽기가 힘든 손이야. 너는 어떠니?"

"저요?"

"네 손 말이야. 손이 나이들었어? 우주에서?"

"우주 노화요?" 아서는 미소 지었다.

그는 마주 웃어 보이는 그녀의 치아를 빤히 보았다. 레이철의 치아였다. 그 치아를 알고 있었다. 그녀는 외계인도 아니고, 어머니의 몸안에 사는 괴물도 아니었다.

"윌로벤드입니다." 스피커에서 방송이 나왔다.

"여기에서 내려야 해." 레이철이 말했다.

길 위로 콘크리트 벌집 같은 사무실 구역이 높이 솟아 있었다. 도서관 입구 양옆에 색색의 배너가 걸렸다. 레이철과 아서는 로비에 서서 이층을 살폈다. 열람실 위에는 거대한 태양계 홀로그램이 떠 있었는데, 행성마다 지리적으로 자세히 구현해놓았다. 아서는 붉은 행성 근처에 뜬 어두운 포보스와 데이모스를 볼 수 있었다.

목구멍이 꽉 죄는 느낌이 들어 침을 꿀꺽 삼켰다. 방 저편에서 데이모스의 크레이터가 그에게 고동을 쳤다.

"도와드릴까요?"

프론트 데스크에서 복잡한 외장 OS를 단 나이든 여성이 두 사람을 보고 미소 지었다.

레이철은 아서의 어깨를 건드렸다.

"아서? 네가 뭔가 보고 싶다고 했지?"

"네? 아, 맞아요." 그는 사서를 보았다. "책인데요. 음…… 『키호테』라고 있나요?"

사서가 앞에 투영된 정보를 보는 동안 잠시 침묵이 흘렀다. 이어서 그녀는 귀에 붙은 콘솔을 눌렀다.

"캡틴 프라이스?"

아서는 다시 침을 삼켰다. "네. 접니다."

"말씀하신 책은 2H 서가에 있어요. OS로 정보를 보내드릴 수 있습니다."

"아니, 괜찮습니다. 알겠어요. 감사합니다."

그는 방 쪽으로 돌아가서 레이철 옆에 섰다.

"네가 원하는 책이 있어서 다행이구나."

"그래요." 그는 말했다. "일반 전화가 필요할 거예요. 옛날 공중전화 같은 거요."

"그건 병원과 대피소에만 있는데……"

"맞아요. 그런 거요. 할과 그레그에게 전화해야 해요. 그리고 우린 지하로 들어가서……"

"그레그라니?"

아서는 방안으로 들어가서 2H 서가를 찾았다. 서가는 수십 개였고 도서관은 위층으로 이어졌다. 전자적으로 구할 수 있는 정보가 많아질수록, 도서관은 더 분주해졌다. 도서관은 이제 집이나 가게에 쌓아두지 않는 정보가 흘러드는 곳이었다. 모든 방문객이 자유로이 이용할 수 있는 책과 음악, 영화와 오디오 파일.

"아서?"

"제일 가까운 전화기로 가는 경로를 생각해봐요."

서가에서 아서는 피에르 메나르를 찾았다. 『키호테』가 한 권 있었다. 『돈키호테』라는 소설은 기억해도 이런 책이나 작가 이름은 들어본 적이 없었다. 그는 그 책을 열람실로 가져가서, 휴대용 OS 화면을 보고 있는 레이철 옆에 앉았다.

"그건 쓸 수 없어요." 아서가 말했다. "기억에 의존해야 하고, 걸어서 갈 수 있는 곳을 생각해야 할 거예요."

그는 앞에 있는 긴 테이블에 내려놓은 책을 보았다. 새까만 하드커버에 정교한 손글씨 필체로 하얀 글자가 박혀 있었다. 책등은 매끈해 보였다. 아서는 방안을 둘러보았다. 사서를 제외하면 서가 사이로 보이는 사람은 다섯 명쯤이었는데, 구부정한 자세로 책을 집거나 살펴보고 있었다. 테이블 맞은편 구석에는 독서가 두 명이 묵직한 교과서에 고개를 수그리고 있었다. 아무도 그에게 관심을 두지 않았다. 머릿속의 배경음도 전보다 조용했다. 그는 책을 펴고 첫 장을 읽었다.

아서는 자신이 그 책을 얼마나 오랫동안 붙잡고 있었는지 알 수 없었다. 지구로 돌아온 순간부터 느낀 극심한 공포는 가라앉았다.

여기 다른 지구에서, 도서관에, 레이철 옆에 앉은 이 순간으로 이어진 모든 시간에 대한 인식이 그 자리를 대신했다. 그는 줄곧 알지 못했던 명료한 정신으로 자신의 인생을, 평생을 보았다. 그는 이제까지 잠들어 있었고, 자장가에 맞추어 찾아오는 굴곡을 따라 쉽게 흐르는 존재로 살았다. 그 조수의 힘을 유지한 집단적인 꿈에는 잘못이 없었다. 하지만 이제 그는 깨어났다.

그는 또 한 장을 넘겼다.

그는 책장 종이를, 부츠로 가루눈을 밟을 때처럼 손가락 사이에서 살짝 바삭거리는 느낌을 인식했다. 주변 공기의 열기도, 바깥 공원에서 들리는 전기톱 소리도, 침을 삼킬 때 느껴지는 목구멍의 통증도 생생했다. 이 모든 감각이 착각일 수 있을까? 한때 살았던 삶의 메아리일 수 있을까? 그는 다시 자신을 여기로 이끈 목소리에, 도서관에 앉아서 읽는 동안 흘러들어오는 말들에, 자신들을 창조한 존재에게 주의를 돌렸다.

뉴제우스. 그런 존재가 어떻게 생겼을지 상상해보려 했지만 번갯불이 연결된 모습, 무한으로 뻗어나가는 광대한 전자망밖에 떠올릴 수 없었다. 어쩌면 그것으로 충분한지도 몰랐다. 그는 모든 접촉 지점을, 얽힘을, 에너지의 썰물과 밀물을 볼 수 있었다. 마음속 눈에 구름 없는 밤하늘의 별들 같은 작은 광점들이 맥동했다. 그는 전기선에 붙들린 세상들을, 자신이 살았던 삶과 살지 않았던 많은 삶을 보았다. 명멸하는 우주를 보았고, 마치 종이에 베였을 때처럼 미세하고도 투명한 통증 한 조각과 함께 순간순간 살아가는 모든 생명의 고통을 느꼈다. 물리적인 세계의 공포는 타올랐을 때만큼이나 빨리 멀어지고 또다른 세계, 또다른 미래에 대한 희망의 잔재만 남았다. 그는 레이철을, 지금 옆에 있는 레이철이 아니라 어렸을 때 잃은 어머니를 보았다. 그 얼굴을 올려다보고, 그를 마주보던 개미의 그림자를 기억했다. 어머니의 마지막을 함께했던 그 개미. 지금 그와 함께하는 개미. 뉴제우스.

"레이철?"

그녀가 돌아보았다. 그녀가 움직이자 부드러운 옷감이 떠올랐다가 다시 가라앉았다.

"너 괜찮니? 아서?"

그는 앞에 있는 여성을 나타내는 광점을 보았고 어떻게 해야 할지 알았다. 언젠가, 그레그에게 안겨서 집에 가는 길에 끝은 절대 알 수가 없다고 말했던 기억이 났다. 그게 무슨 이야기였더라? 곰들이 나오는 이야기였나. 골딜록스. 숲속으로 다시 뛰어들어갔고, 다시는 어떻게 되었는지 알 수 없었으니, 골딜록스에게 '그후로 행복하게 살았답니다'는 없었다. 그렇게 끝이 없는 이야기가 아서에게는 도움이 됐었다. 어머니에 대해서도 그렇게 생각했으니까. 달 아나버렸지만, 자신에게 딱 맞는 어딘가에 살아 있을 거라고. 그리고 그는 이제 어머니를 찾았다.

"아서?"

어머니에게 무슨 부탁을 했었는지 기억했다. 그 사이에 다녀온 걸까?

"전화는요?"

그녀는 얼굴을 찌푸렸다. "네가 필요 없다고 했잖아. 한 시간쯤 전에. 네가 우린 안전하다고 했어."

"정말 미안해요. 내내 기다리셨네요."

그녀는 고개를 내젓고 표지에 빅토리아시대 가족 그림이 들어간 페이퍼백 소설책을 집어들었다. "나도 바빴어."

"집에 어머니 앨범이 있죠. 사진과 추억이 다 들어간?"

"스크랩북 말이니? 그렇지."

"정말 우리가 그걸 훑어볼 수 있을까요? 같이요."

"이제 준비가 된 것 같아?" 레이철은 손을 살짝 들어올렸다. 마치 손을 뻗어 그의 손을 잡으려는 듯이.

"그런 것 같아요."

그녀는 고개를 숙이고, 들어올린 손으로 치맛자락을 매만졌다. 그리고 잠시 후 심호흡을 하고 그를 쳐다보았다.

"나한테 설명해줄래?"

"전부 다 설명할게요." 그는 말했다.

그들은 말없이 집으로 돌아갔다. 이제는 해가 스케이터 반대편에 떠 있었고, 스케이터가 미끄러져 지나가자 사무실과 아파트에 그림자가 졌다. 그는 아래로 성냥개비 같은 사람들을 보고 처음으로 길거리와 건물들을 알아보았다. 텍사스라일락 향기가 공간을 가득 채우며, 아서가 기지 훈련장에서 보내던 더운 오후를 떠올리게 했다. 피곤했고, 팔다리가 무겁고 쑤셨지만, 호흡은 전보다 조금 수월해졌다. 그는 창문에 머리를 기댔다.

머릿속에 전자음이 돌아와 있었다.

"캡틴 프라이스?" 아서는 옛 제우스의 자동화된 음성을 알아들었다.

"응, 제드. 무슨 일이야?"

"기지에서 온 전언입니다. 내일 보자고 하네요. 오전 아홉시에 자동차가 태우러 갈 겁니다. 괜찮겠습니까?"

"그래. 내 기억이 돌아오고 있다고 해줘. 내일은 기지에 줄 정보가 있을 거야."

"고맙습니다, 캡틴. 좋은 소식이군요."

"그래, 그렇지. 다만 네 프로그래밍에는 그렇게 좋은 소식이 아닐지도 몰라, 제드."

"알고 있습니다."

안정적인 웅웅거림이 돌아왔다. 그는 준비된 상태로 기지에 갈 것이다. 도서관에서, 뉴제우스는 아서가 말해야 할 모든 것을 이미 전했다. 아서가 알아야 할 것은 전부.

아서는 레이철을 쳐다보았다.

"내일은 기지에 가서, 내가 뭘 기억하는지 말해야 해요."

레이철은 고개를 끄덕였고, 아서를 마주보는 눈이 반짝였다. 그 순간 그는 그녀를 보았다. 부드러운 빛이 그녀의 윤곽선을 누그러뜨렸다. 그는 이 레이철을 어머니로 두고 살아온 다른 아서의 기억을 갖고 그녀를 볼 수 있었고, 이제는 직접 겪은 것처럼 그녀를 알았다.

"엄마?"

"응, 아가?"

"다 괜찮을 거예요."

집에 돌아가자 레이철은 커피를 내리고 스크랩북을 가져왔다. 두 사람은 학교에서 돌아오는 아이들, 자동차가 지나가며 내는 전

사랑 311

자 진동음, 이웃집의 열린 창문에서 흘러나오는 음악 같은 바깥 세상의 소리들이 들리는 부엌에 같이 앉았다. 아서는 그 스크랩북에서 보게 될 모든 것을 생각했다. 다른 아서의 기억을 통해서만 알 수 있는 어린 시절을. 그리고 그 속에서 보지 못할 모든 것을 생각했다. 일라이자는 아서가 태어나기 전에 떠났고, 그레그도 없었고, 할은 멀리 있었다. 그들을 한데 묶는 실이 있기는 했지만 그 실은 닳고 갈라졌다. 아서는 스크랩북에 손을 올리고 눈을 감았다.

손바닥 아래에서 기억들의 에너지가 춤을 추며, 연결이 멀리 더 멀리 과거로 뻗어나갔다. 이미지들과 이해가 마음속에 흘렀다. 그는 브라질 해안의 자기 집 정원에 있던 레이철의 부모님, 그러니까 자신의 조부모를 보았다. 기억하던 그대로 당당하게 휘청거리며 혼돈의 노년으로 향하던 모습이 보였고, 뒤이어 두 사람이 술에 취해 일으킨 자동차 사고로 이른 죽음을 맞이하며 이 세상에서 사라진 모습도 봤다. 그는 레이철을 돌아보았지만, 더 많은 이미지가 솟아오르며 그를 과거로 끌어당겼다.

더 많은 실, 더 많은 시간선. 이제는 한 세기 전으로 돌아가서, 아서는 자신과 자신의 환영 속에 나온 사람들 사이의 연결고리를 느낄 수 있었다. 그는 바다에서 해안으로 돌아가기 위해 발버둥치는 소년을 보았다. 그 소년의 머리가 오르락내리락하다가 물속에 잠겨 다시는 떠오르지 않는 장면을 보았고, 그와 동시에 그 소년이 홀로 헤엄쳐 돌아가는 모습도, 친구와 함께 돌아가는 모습도 보았다. 그는 세 가지 시간선을 따라가서 장례식과 결혼식, 그리고 우연한 만남을 보았다. 마지막 시간선에서는 아직 젊던 외할머니를 반쯤 알아볼 수 있었고, 그녀는 이제 어른이 된 그 소년과 해안에 함께 있었다. 그 두 사람의 만남으로 그의 어머니가 잉태되었다. 다른 세상의 레이철이.

그렇다면 이쪽 레이철은? 이쪽 레이철의 시간선은 친구와 함께 해안까지 돌아갔던 소년으로부터 뻗어나왔다. 그 소년은 성장해서 어린 시절의 연인과 결혼했고, 두 사람은 어느 휴일에 레이철의 어머니를 만났다. 아서는 세 친구가 햇볕 드는 테라스에서 웃는 모습을 보았고, 시간이 지나 좀더 회색빛이 도는 하늘 아래 조금 더 나이든 모습으로 여전히 웃는 것도 보았다. 이제는 외할아버지가 손에 유리잔을 들고 테이블 상석에 앉아서 사람들을 즐겁게 해주고 있다. 그리고 위층에서는 어린 레이철이 자면서 밀밭 꿈을 꾼다.

아서의 생각은 바닷속의 첫번째 소년으로 돌아간다. 마지막 파도에 휩쓸리며 작은 몸이 끝내 물속에 잠긴다. 장례식. 비탄에 잠긴 가족. 그는 소년의 세 가지 이야기가 같은 실에서 나뉘는 것을 보고 그 실들이 얽히고 나뉘며 더욱더 거슬러올라가 도서관에서 직시했던 모든 광점을 통과하는 모습을 보았다. 서로 엮인 광대한 거미집이 끝없이 갈라졌다가 합쳐지면서 지금 여기로, 이 앞으로 그를 인도했다.

그가 눈을 뜨자 책에 올린 손 옆에 레이철이 손을 갖다댔다. 레이철의 피부는 금빛이었고, 세월에 주름이 졌으며, 손가락 아래쪽으로 조금 더 큰 힘줄이 몇 개 도드라졌다. 반지는 끼지 않았지만, 아서는 한순간 네번째 손가락에서 일라이자가 언젠가 은반지를 끼워줬던 가느다란 자국을 보았다고 생각했다. 하지만 그건 다른 레이철, 지금 아서 앞에 튿겨나온 페이지에서는 찾지 못할 레이철이

사랑 313

었다.
 그는 지금 여기에 있었다. 그의 일부는 그랬다. 그의 정수라고 할 수 있는 부분, 시간이라는 직물 속에 반짝이는 작은 빛. 이 삶이 그를 기다리고 있었고, 이제는 그도 이 삶이 무엇인지 알았다. 그리고 어쩌면 줄곧 알았는지도 모른다. 우주에 있을 어머니를 찾던 아이 때부터. 수많은 다른 버전의 아서가 있었고, 알지 못하는 아서들, 바로 이 씨실을 따라와서 그들의 창조자를 만나지 않은 아서들도 있었다. 그들의 창조자, 그의 어머니의 몸속에 살다가 세상을 통치하러 간 존재. 아서가 레이철과 공유하게 될 제우스.
 아직 만나야 할 다른 일라이자와 할과 그레그가 있었다. 그들은 친구와 헤어진 연인으로 레이철의 삶 가장자리에 있었지만, 어쨌든 여기 어딘가에 있었다. 아서는 다시 그들을 알아갈 수 있었다. 다른 지구에서는 그의 자리를 대신한 다른 아서가 같은 일을 할 것이다. 하지만 그 아서가 우주의 본질을 이해하게 되면, 그가 사는 세상의 실은 풀리기 시작할 것이다. 결국 그곳은 존재하지 않게 되리라. 그는 몸속 어딘가에서 벌써 그 상실을 느꼈다. 그는 자신의 일라이자를 만나고, 지금 알게 된 모든 것을 그 일라이자와 나누고 싶었다. 지금으로서는 그가, 여기 있는 아서가 과거를 알면서도 이 삶을 살 수 있고 또 그 삶에서 혼자가 아닐 거란 희망밖에 없었다. 그는 이 세상을 배우고, 새로 얻은 이해를 가지고 이 세상에 참여할 수 있을 것이다. 앞에 놓인 책이 시작이었다. 이 스크랩북을 레이철과 공유하는 것이 레이철을 찾는 또다른 길이었다. 그는 레이철의 손가락을 모아쥐고 꼭 잡았다.
 "준비됐어요?" 그는 물었다.

"준비됐어." 그녀가 대답했다.

두 사람은 함께 스크랩북 첫 장을 넘기고, 세상을 구하는 작업을 시작했다.

"난 특이한 푸른 색조야." 레이철이 말했다. "따듯하고 어둡고 고수 향이 나."

"완벽해." 일라이자가 말했다.

"하지만 모든 색깔이……"

"응?"

"내 머릿속에만 있어. 실제로 존재하진 않아."

"그래도 볼 수는 있지."

"응. 볼 수 있어."

"그리고 난 너를 볼 수 있고."

"그러면 결국 난 없어지지 않은 거네."

"이젠 아니지." 일라이자가 말했다. "우리가 널 찾아냈어."

参고문헌

이 책에 쓰인 인용구 출처와 책들
(챕터별)

William Blake, Milton: *A Poem in Two Books, in The Complete Poems*, ed. Alicia Ostriker (London: Penguin Classics, 1977), p. 586

Emily Brontë, *Wuthering Heights* (London: Penguin Classics, 2003), p. 80 〔『폭풍의 언덕』, 김정아 옮김, 문학동네, 2011〕

Daniel Dennett, 'In Defense of AI', *Speaking Minds: Interviews with Twenty Eminent Cognitive Scientists* by Peter Baumgartner and Sabine Payr (Princeton: Princeton University Press, 1995) p.259

1장

Blaise Pascal, Pensées, introduction by T. S. Eliot, tr. W. F. Trotter (New York: E. P. Dutton & Co., 1958), p. 30 [『팡세』, 이환 옮김, 민음사, 2003]

2장

John von Neumann as keynote speaker at the first national meeting of the Association for Computing Machinery, 1947, mentioned by Franz L. Alt at the end of 'Archaeology of computers: Reminiscences, 1945–1947', Communications of the ACM, vol. 15, issue 7, July 1972, special issue: Twenty-fifth anniversary of the Association for Computing Machinery, p. 694

3장

Thomas Nagel, 'What is It Like to be a Bat?' in *The Philosophical Review*, vol. 83, no. 4 (1974), pp. 435–450

E. M. Forster, *Howard's End* (London: Penguin, 1992) [『하워즈 엔드』, 고정아 옮김, 열린책들, 2010]

Anthony Trollope, *Can You Forgive Her?* (London: Penguin Books, 1993)

4장

David J. Chalmers *The Conscious Mind: In Search of A*

Fundamental Theory (Oxford: Oxford University Press, 1997), p. 94

5장

Frank Jackson, *Philosophy Bites*, 'What Mary Knew', hosted by David Edmonds and Nigel Warburton, https://philosophybites.com/2011/08/frank-jackson-on-what-mary-knew.html

Rachel Cusk, *A Life's Work: On Becoming a Mother* (London: Faber, 2008)

Charles Dickens, *Our Mutual Friend* (London: Penguin Books, 2012)

Kate Greenaway, *Mother Goose, or, the Old Nursery Rhymes* (London: Frederick Warne, 1962) [『마더구스』, 북타임 편집부 엮음, 북타임, 2010].

Olivia Manning, *The Balkan Trilogy* (London: Penguin, 1981)

George Meredith, *The Egoist* (London: Penguin, 1968)

6장

John Searle, 'The Chinese Room', *The MIT Encyclopedia of the Cognitive Sciences*, ed. Robert A. Wilson and Frank C. Keil (Cambridge, Massachusetts: Massachusetts Institute of Technology Press, 1999)

Elhanan Motzkin, reply by John Searle, in *New York Review of Books*, 'Artificial Intelligence and the Chinese Room: An Exchange', https://www.nybooks.com/articles/1989/02/16/artificial-intelligence-and-thechinese-room-an-ex/

7장

Hilary Putnam, 'The meaning of meaning', *Minnesota Studies in the Philosophy of Science*, vol. 7, *Language, Mind, and Knowledge*, ed. Keith Gunderson (Minneapolis: University of Minnesota Press, 1975), p. 140

Roald Dahl, *James and the Giant Peach* (London: Allen and Unwin, 1967) [『제임스와 슈퍼 복숭아』, 지혜연 옮김, 시공주니어, 2019]

J. K. Rowling, *The complete Harry Potter collection* (London: Bloomsbury, 2010)

Lemony Snicket, *A Series of Unfortunate Events: The Complete Wreck* (London: Harper Collins, 2006)

Robert Southey, *The Three Bears* (London: Oxford University Press, 1940)

8장

Heraclitus, *Fragments*, tr. Brooks Haxton (London: Penguin Classics, 2001) Fragment 41, p. 27

Jules Verne, *Twenty Thousand Leagues Under the Sea* tr. H. Frith, ed. P. Costello (London: Everyman, 1993) 〔『해저 2만 리』, 김주경 옮김, 시공주니어, 2012〕

Tom Wolfe, *The Right Stuff* (London: Jonathan Cape, 1979)

9장

René Descartes, *Meditations on First Philosophy*, tr. John Cottingham (Cambridge: Cambridge University Press, 1996), p. 15; Herman Hesse 'The Immortals', *Steppenwolf*, tr. Basil Creighton (London: Penguin Books, 2011), p. 182

Miguel Cervantes, *Don Quixote*, tr. John Rutherford (London: Penguin Classics, 2003) 〔『돈키호테』, 안영옥 옮김, 열린책들, 2014〕

Jorge Luis Borges 'Pierre Menard, Author of the Quixote' in *Labyrinths*, ed. Donald A. Yates and James E. Irby (London: Penguin Classics, 2000)

10장

Gilbert Harman, *Thought* (Princeton: Princeton University Press, 1973), p. 5

Alfred, Lord Tennyson, *Ulysses* (Ware, Herts.: Wordsworth Editions, 1994), p. 162

더 읽을거리

Daniel Dennett, *Consciousness Explained* (London: Penguin Books, 1993) 〔『의식의 수수께끼를 풀다』, 유자화 옮김, 옥당, 2013〕

— *Intuition Pumps and other Tools for Thinking* (New York: W. W. Norton, 2013) 〔『직관펌프, 생각을 열다』, 노승영 옮김, 동아시아, 2015〕

— *From Bacteria to Bach and Back: The Evolution of Minds* (New York: W. W. Norton, 2017) 〔『박테리아에서 바흐까지, 그리고 다시 박테리아로』, 신광복 옮김, 바다출판사, 2022〕

Homer, *The Odyssey*, tr. Stephen Mitchell (London: Phoenix, 2014) 〔『오뒷세이아』, 천명희 옮김, 도서출판 숲, 2015〕

David Hume, *An Enquiry Concerning Human Understanding*, ed. Peter Millican (Oxford: Oxford University Press, 2008) 〔『인간의 이해력에 관한 탐구』, 김혜숙 옮김, 지만지, 2012〕

Frank Jackson, *There's Something About Mary*, ed. Peter Ludlow, Yujin Nagasawa and Daniel Stoljar (Cambridge, Massachusetts: Massachusetts Institute of Technology Press, 2004)

James Joyce, 'The Ondt and the Gracehoper', *Finnegans Wake* (London: Penguin Classics, 2000), pp. 414-418 〔『복원된 피네간의 경야』, 김종건 옮김, 어문학사, 2018〕

Nora Nadjarian, *Ledra Street* (Nicosia, Cyprus: Armida Publications, 2006)

Thomas Nagel, *Mind and Cosmos: Why the Materialist Neo-Darwinian Conception of Nature is Almost Certainly False* (Oxford: Oxford University Press, 2012)

John von Neumann, *Theory of Games and Economic Behavior* with Oskar Morgenstern (Princeton: Princeton University Press, 2004)

Roy Sorensen, *Thought Experiments* (New York: Oxford University Press, 1992)

Scarlett Thomas, *The End of Mr. Y* (London: Canongate, 2008)

Peggy Tittle, *What If . . .* (New Jersey: Pearson Longman, 2005)

Osman Türkay, *Symphonies for the World* (London: A. N. Graphics, 1989)

Voltaire, 'Micromegás and Other Short Fictions', tr. Theo Cuffe (London: Penguin, 2002) 〔『미크로메가스/캉디드 혹은 낙관주의』, 이병애 옮김, 문학동네, 2010〕

감사의 말

이 책은 인간 의식의 심연을 깊이 탐구하고 우리 켈피*의 영혼 조각들을 가지고 떠오른 철학자와 시인, 이야기꾼과 소설가에 대한 사랑에서 태어났습니다.

골드스미스 영문학부의 지지와 조언에 감사드리며, 특히 제 지도 교수 블레이크 모리슨과 마이클 심프슨, 조시 코언과 모라 둘리, 그리고 마리아 맥도널드의 인내에 감사합니다.

로라 맥두걸이라는 협업자이자 친구를 찾을 수 있어 행운이었습니다. 유나이티드 에이전트에 감사합니다. 세라 캐슬턴의 날카로운 감성, 올리비아 허칭스의 교정쇄 검토, 캐롤라인 나이트의 꼼꼼함, 조 후드의 개미 음악, 매슈 번의 표지 디자인과 코세어 출판사의 모든 분에게 특히 고맙습니다.

2018년 왕립 아카데미 핀드롭 어워드에서 원래 썼던 단편 「선

---

*스코틀랜드 신화 속 물의 정령.

베드」에 상을 주신 사이먼 올드필드에게 감사드립니다. 그 단편은 이 소설의 3장을 구성하고 있으며 앞으로 나올 『쇼트 어페어A Short Affair』 페이퍼백 판에도 들어갈 예정입니다. 엘리자베스 데이에게도 고맙습니다. 그리고 뱅가드의 리처드 스키너에게도 고맙습니다.

저를 믿어준 영어 선생님, 라이트 니 클레이에게 감사드리고, 훌륭한 가르침을 준 니컬라 모너핸과 리처드 비어드에게도 감사드립니다. 초고를 읽어준 독자들, 특히 훌륭한 작가인 제인 해리스, 좋은 친구 캐스린 라이트와 아비 샤피로에게 감사합니다. 자매 클로디아와 키티, 그리고 내 어머니 알렉스에게는 나를 견뎌준 것에 감사합니다.

나와 내 눈 속의 개미를 사랑해준 당신, 레나에게 고마워요.

그리고 무엇보다도 매일 세상을 구하는 우리 아들들, 냇과 조시에게 고맙습니다.

옮긴이의 말

기이하게 이어진 세상 속에서

이 후기를 본문보다 먼저 읽는 분들, 또는 읽다가 어리둥절해져서 후기를 펼쳐본 분들이 계실 것 같아서 몇 가지 도움말을 먼저 적어둔다.

첫째, 이 책은 하나의 소설이기도 하지만 단편 모음이기도 하다.

둘째, 각 챕터 앞에 들어간 사고실험을 다 이해하지 않아도 된다. 물론 내용과의 연결점을 생각하면서 보면 더 재미있기는 하겠지만, 집착할 필요는 없다.

셋째, 소설 초반부터 중간중간에 들어가는 코드를 일일이 이해하지 않아도 된다. 그러나 그런 코드들이 있었다는 점은 기억하기 바란다.

넷째, 순서대로 읽지 않아도 된다. 일반적인 장편소설처럼 시간축을 따라가는 이야기가 아니기 때문이다. 시간순으로 이어지는 이야기를 보고 싶다면 「개미」에서 「클레멘티눔」으로 건너뛰어 끝까지 읽은 다음, 앞으로 돌아가서 「개미」「게임 체인저」「선베드」

「아마이징」 순서로 읽을 수도 있을 것이다.

다섯째, 각 이야기의 화자가 아니라 책 전체의 주인공을 찾는다면 레이철, 레이철의 아들인 아서, 그리고 제우스다. 이 셋을 축으로 읽어보기 바란다.

더이상의 스포일러를 원치 않으시는 분은 이쯤에서 앞으로 돌아갔다가 다시 읽으시기를 권한다.

설명했듯이 『사랑 그리고 다른 사고실험들』은 기묘한 구조를 취한다. 단편집 같기도 하고 장편소설 같기도 하고, 장르도 하나로 규정하기 어렵다. 이 소설의 전반부는, 다소 기묘한 요소들은 있지만 현실에 바탕을 둔 소설처럼 보인다. 후반부 절반과 결말은 확실히 SF다. 그리고 결말을 읽고 나면 앞쪽 절반도 다른 색을 띠게 된다.

첫번째 이야기 「개미」는 레이철과 일라이자라는 레즈비언 커플의 삶에서 일어난 중요한 사건을 다룬다. 여느 커플과 같은 삶과 사랑, 심리적인 갈등을 담아낸 이 이야기는 특별히 실험적인 데가 없고, 내용은 꽤 현실적이다. 다만 갈등의 중심에 '눈에 개미가 들어갔다'는 레이철의 호소가 있어, 삶의 부조리와 기이함이 느껴질 뿐이다.

그런데 이어지는 「게임 체인저」는 갑자기 언제인지도 모를 때에 살고 있는 알리라는 소년에 대해 이야기한다. 알리는 바다 멀리 떠내려간 공을 주우러 헤엄쳐 갔다가 위험에 빠지는데, 이 이야기는 세 가지 결말로 나뉜다. 나중에 알게 되지만, 그 세 결말 중에서 「개미」와 연결되는 것은 단 하나뿐이다.

「선베드」는 레이철의 어머니인 엘리자베스의 하루를 그린다. 본래 작가가 제일 처음 발표했던 단편으로, 체면을 생각하느라 레즈비언인 딸과의 갈등을 해소하지 못하는 어머니를 그린 퀴어소설로 읽어도 무방하다. 여기까지 읽고 나면 곳곳에 뿌려진 단서를 통해서 레이철의 친아버지가 「게임 체인저」의 알리라는 사실을 알 수 있다. 주의깊게 읽으면 이 알리가 「개미」에서 지나가듯이 언급된 해충 방제업자 카긴이라는 사실도 짐작할 수 있다.

자, 기묘하게 서로 연결된 사람들을 모두 소개한 이후, 다음 챕터인 「아마이징」은 독특하게도 개미의 시점으로 전개된다. 바로 레이철의 눈으로 들어간 개미다. 이 이야기는 레이철의 아들인 아서로 이어지며, 동시에 몇 챕터 이후의 「제우스」로 이어질 것이다.

다섯번째 이야기인 「클레멘티눔」에 와서야 드디어 「개미」 이후의 시간이 이어진다. 병들어 죽어가는 레이철의 시점으로 일라이자의 모습이 그려지고, 앞서 나온 이야기들이 수렴된다. 여기까지의 다섯 편은, 후반 다섯 편을 읽을 때 바탕이 될 것이다.

여섯번째 이야기부터는 주인공이 바뀐다. 「골딜록스 존」의 화자는 아서의 의부라고 할 수 있는 그레그지만, 이야기의 초점은 레이철의 죽음 이후에 남은 세 사람의 손에 크고 있는 아서에게 가 있다. 그리고 그 아서는 「아서리시스」에서 훌쩍 커서 우주로 나간다. 화성의 위성인 데이모스로 혼자 날아갔던 아서는 착륙 도중에 혼란스럽게도 지구로 돌아와버린다. 다만 그곳은 아서가 아는 지구가 아니다. 레이철이 살아 있는 지구다. 아서가 어렸을 때 죽은 레이철이, 어떻게?

평행우주Parallel Universe란, 우리가 살고 있는 우주가 유일하지 않으며 비슷한 다른 우주가 여럿 존재할 수 있다는 가설이다. 양자역학에서도, 우주론에서도, 끈 이론에서도 비슷한 이론이 제기되었다. 약간 다른 개념으로 다중우주(멀티버스) 이론도 존재한다.

평행우주는 학문적인 가설로만 존재할 뿐 아직 증명된 바 없지만, 탄생한 순간부터 많은 창작자를 매혹했다. 여기와 똑같이 생겼지만 다른 내가 살고 있는 우주, 또는 내가 가지 않은 길에서 뻗어나간 세상이 존재한다니, 얼마나 흥미롭고 확장성 좋은 도구란 말인가. 게임에 빗대어 이해하자면 선택에 따라 수많은 분기점이 생기고 결과가 달라지는 세상이 존재한다는 뜻이고, 소설쓰기로 비유하자면 내가 쓰고 버린 수많은 초고가 다 따로 존재하는 세상에 비유할 수 있겠다.

SF에서는 거의 백 년 전부터 이 개념을 활용한 이야기들을 만들었으며, 마블과 디씨의 슈퍼히어로들도 오래전부터 평행우주를 오갔다. 이제 평행우주라는 개념은 SF와 만화만이 아닌 일반소설에도 등장할 정도로 널리 알려졌고 드라마와 영화에서도 많이 활용되고 있다. 마블의 〈닥터 스트레인지〉 3편과 〈스파이더맨〉 3편에 이르면 주인공들이 대놓고 다른 우주를 오간다. 〈더 킹:영원의 군주〉 같은 한국 드라마에서도 평행우주가 나올 정도다.

어떤 작가는 평행우주를 인기 있는 캐릭터의 죽음을 되돌릴 방법으로 생각했고, 어떤 작가는 평행우주에서만 가능한 트릭을 탐색했으며, 어떤 작가는 우주의 비밀을 생각했다. 그리고 어떤 작가는 수많은 분기점 중에 하나의 길이라는 것 자체가 얼마나 기적적인가를 생각하기도 한다. 영화 〈에브리씽 에브리웨어 올 앳 원스〉가 그렇다.

다시 이 작품으로 돌아와서, 다른 우주 다른 레이철의 시점을 보여주는 「스스로에게 새로운」을 읽고 나면 아홉번째 이야기 「제우스」에서 또하나의 SF 아이디어가 튀어나온다. 특이점을 돌파하여 신적인 지성을 획득한 진정한 거대 인공 지능의 등장이다. 작가는 인류의 멸망과 생존이라는 거대한 이야기를 이 짧은 챕터 하나에 집어넣고, 패러독스와 마인드 업로딩과 시뮬레이션 우주 같은 개념들을 가볍게 몰아넣는다. 그리고 이제야 「개미」가 무슨 의미였는지, 왜 소설 초반부터 중간중간에 프로그램 코드가 삽입되어 있었는지 설명이 된다.

이제 마지막 장 「사랑」에 이르면 우리는 챕터 앞에 소개된 사고 실험 "통 속의 뇌"가 무엇을 의미하는지 바로 이해할 수 있다. 우리가 살고 있는 우주가 가상의 시뮬레이션이라면, 그 안에서 우리가 겪는 일들과 느끼는 감정은 가짜일까? 우리가 살고 있다고 느낀다면, 그 삶은 과연 진짜와 다를까? 우리의 사랑은?

불교에서 모든 것이 허상이라고 할 때, 사람들이 흔히 착각하는 것이 있다. 불교는 모든 것이 허상이니 집어치우라고 하지 않는다. 허상임을 깨닫되, 그렇다고 그 삶을 하찮게 여기지 말라고 한다.

아마 그렇기 때문에 「사랑」일 것이다. 왜 아서가 낯선 다른 우주에 떨어져야 했는가에 대한 설명은 결국 기이하고 놀라운 삶의 인연에 대한 경탄으로 이어진다. 수십억 인구 중에서 두 사람이 만나는 것이 기적이라면, 수많은 우주를 누비는 빛나는 끈처럼 이어지는 사랑이란 기적 중의 기적이 아닐까.

"그는 지금 여기에 있었다. 그의 일부는 그랬다. 그의 정수라고 할 수 있는 부분, 시간이라는 직물 속에 반짝이는 작은 빛. 이 삶이 그를 기다리고 있었고, 이제는 그도 이 삶이 무엇인지 알았다. 그리고 어쩌면 줄곧 알았는지도 모른다. 우주에 있을 어머니를 찾던 아이 때부터."

*

이 책의 번역을 맡게 된 계기에는 평소와 다른 요소가 약간 작동했다. 책을 읽기 전에 먼저 작가의 이름을 보고 관심이 갔기 때문이다. 소피 워드라니, 그 소피 워드?
때는 1988년. 어린 셜록 홈스와 어린 왓슨이 주인공인 모험물 〈피라미드의 공포〉라는 영화가 한국에 개봉했다. 판타지나 SF나 무협이나 미스터리나 뭐가 됐든 장르물은 다 보는 어린이였던 내가 이 영화를 좋아한 것은 당연한 수순이었다.
그리고 이 재미있는 영화의 여자 주인공이 소피 워드였다.
물론 그 추억은 계기에 불과하다. 그 배우가 이런 소설을 쓰는 사람이었구나 하는 의외의 즐거움은 작품 감상에 재미있는 양념이 되어줬을 뿐이다. 이 소설은 그 자체로 흥미롭다.
소피 워드는 오픈대학교에서 영문학과 철학을 공부했고, 아카데미상 단편영화 수상작인 〈충격적 사건〉, 영화 〈피라미드의 공포〉, 드라마 〈하트비트〉, 〈제인 에어〉 등 다양한 작품에 출연하다가 다시 골드스미스대학교에서 영문학과 비교문학 박사학위를 땄다. 박사 논문 주제는 의식과 AI 문제를 중심으로 한 심리철학에서의 사고실험과 철학에서의 서사 활용, 그리고 문학과 철학의 만남이었다.

박사 과정에 들어가면서부터는 〈가디언〉 〈타임스〉 〈스펙테이터〉 등에 칼럼을 썼고 단편소설 「선베드」로 왕립 아카데미 핀드롭 어워드를 수상했다. 이 단편을 확장시켜서 나온 장편소설이 본서이니, 이 소설이 박사 논문 과정에서 함께 나왔음을 짐작하기는 어렵지 않을 것이다. 『사랑 그리고 다른 사고실험들』은 출간된 해에 데스먼드 엘리엇 상과 부커상 후보에 올랐다.

또한 그는 알려진 LGBT 활동가이기도 하다. 1996년에 레즈비언으로 커밍아웃했고, 2014년에 평등결혼(동성결혼이라고도 옮기지만, 실제로는 동성 간만이 아니라 모든 커플에게 동일한 결혼 권리를 보장하는 법을 가리킨다)에 대한 에세이로 주목을 끌었으며, 유럽 다양성 기여상European Diversity Awards을 여러 차례 진행했다.

이런 삶의 궤적을 알고 나서 『사랑 그리고 다른 사고실험들』을 돌아보면, 소설 속에 그 모든 삶과 여정이 녹아들어가 있음을 확인할 수 있다. 그리고 다시 한번 이 소설이 이야기하는 복잡하고 아름다운 거미집 같은 우주에 대해, 수많은 교차점 위에서 살아가는 우리들에 대해 생각하게 된다. 부디 한국 독자분들도 이 작품에서 재미와 아름다움을 느낄 수 있다면 좋겠다. 그리고 이 소설이 마음에 드셨다면, 다시 한번 영화 〈에브리씽 에브리웨어 올 앳 원스〉를 보시기를 추천한다.

2014년에 한국계 미국인인 시인 레나 브래넌과 결혼한 작가는 현재 한국어를 공부하고 있으며, 한국계 미국인이 주인공으로 등장하는 다음 소설을 집필하고 있다고 한다. "한국 시인 김지하와 미국 시인 뮤리얼 러카이저, 철학자 푸코와 언어학자 촘스키, 그리고 그들의 언어 작업과 아이디어와 저항이 1970년대 미국 중서부에 사는 한국계 미국 아이에게 이르는 과정"을 다룬다는 다음 작품이 궁금하고 기대된다.

  소설에 삽입된 프로그래밍 언어는 파스칼Pascal이다. 1980년대와 1990년대에 널리 쓰인 언어인데, 소설 첫머리에 파스칼의 사고실험을 썼기에 이 언어를 고른 것으로 보인다. 일부 번역을 해 보기도 하고, 번역하지 않고 주석을 달아보기도 했다가 편집 과정에서 결국 이대로 두는 방향으로 결정이 났다. 코드의 의미를 아는 것이 소설 내용 이해에 꼭 필요하지는 않다는 판단에서다. 코드를 확인하고, 그 외에 필요한 내용 이해를 도와주신 권정민 님께 감사드린다.

이수현

옮긴이 **이수현**
작가이자 번역가로 인류학을 공부했다. 어슐러 K. 르 귄의 『빼앗긴 자들』로 번역을 시작하여 SF와 판타지를 비롯한 상상문학을 많이 옮겼다. 이외에 주요 번역서로는 『아메리카에서 오세요』 『새들이 모조리 사라진다면』 『아득한 내일』 『살인해드립니다』 『처형 6일 전』 『꿈꾸는 앵거스』 『킨』 『블러드차일드』 『이 책이 당신의 인생을 구할 것이다』 『노인의 전쟁』 『디 임플로이』 『화성에 드리운 그림자』, 얼음과 불의 노래 시리즈, 사일로 시리즈, 수확자 시리즈, 엠피리언 시리즈 등이 있으며, 『서울에 수호신이 있었을 때』 등을 썼다.

문학동네 세계문학
사랑 그리고 다른 사고실험들
초판 인쇄 2025년 6월 23일 | 초판 발행 2025년 7월 2일

지은이 소피 워드 | 옮긴이 이수현
기획 이현자 | 책임편집 박효정 | 편집 김지은 김혜정
디자인 이보람 유현아 | 저작권 박지영 형소진 오서영 조경은
마케팅 정민호 서지화 한민아 이민경 왕지경 정유진 정경주 김수인 김혜원 김예진 나현후 이서진
브랜딩 함유지 박민재 이송이 김희숙 박다솔 조다현 김하연 이준희
제작 강신은 김동욱 이순호 | 제작처 영신사

펴낸곳 (주)문학동네 | 펴낸이 김소영
출판등록 1993년 10월 22일 제2003-000045호
주소 10881 경기도 파주시 회동길 210
전자우편 editor@munhak.com | 대표전화 031)955-8888 | 팩스 031)955-8855
문학동네카페 http://cafe.naver.com/mhdn
인스타그램 @munhakdongne | 트위터 @munhakdongne
북클럽문학동네 http://bookclubmunhak.com

ISBN 979-11-416-1070-8 03840

잘못된 책은 구입하신 서점에서 교환해드립니다.
기타 교환 문의 031)955-2661, 3580

www.munhak.com